Deborah Eisenberg

Im Paradies des Regengottes

Stories

Deutsch von Nikolaus Hansen
und Sabine Hübner

Rowohlt

Nikolaus Hansen übersetzte «Über den See»,
«Semana Santa», «Zerbrochenes Glas» und
«Im Paradies des Regengottes»;
Sabine Hübner «Im Schutz der 82. Luftlandedivision» und
«Jemand zum Reden»
Hinweise auf Originaltitel und Originalausgaben
siehe Quellennachweis auf S. 256
Redaktion Thomas Überhoff
Umschlaggestaltung Hendrik Dorgathen

Die Autorin dankt
dem Deutschen Akademischen
Austauschdienst

1. Auflage August 1993

Satz aus der Baskerville (Linotronic 500)
Gesamtherstellung Clausen & Bosse, Leck
Printed in Germany
ISBN 3 498 01656 3

Für
Michael Naumann

Inhalt

Im Schutz der 82. Luftlandedivision

Zwei bläßliche Eier, vielleicht die letzte Leistung eines ortsansässigen Huhns, schwabbelten auf dem Teller, den die Kellnerin Caitlin hinstellte. Die Kellnerin blickte aus schräggeschnittenen schwarzen Augen auf, und hinter ihr, am anderen Ende des Raumes, sah Caitlin Holly eintreten, flankiert von zwei Männern. Hollys Haar war blond jetzt, eine gräßliche Küchenwandfarbe, aber sonst sah sie genauso aus wie Todd, oder wie Todd in ihrem Alter ausgesehen hatte. Unglaublich: Caitlin und Todd waren einmal so jung wie Holly gewesen; und Holly war jetzt so alt – so alt wie damals Caitlin und Todd! Bis Holly und die Männer ihren Tisch erreichten, blieb Caitlin viel zuviel Zeit, über diesen Trick nachzudenken, ein Trick, dessen Vorbereitung zwanzig Jahre gedauert hatte.

Vielleicht war es doch voreilig gewesen, diese Reise zu unternehmen; jedenfalls hatte sie sich das Wiedersehen anders vorgestellt als hier in diesem schäbigen Restaurant, wo Holly und ihre Freunde Einzug hielten wie ein Schöffengericht. Eher eine friedliche Zusammenkunft am Strand – rumgefüllte Kokosnüsse. Eine Erholungspause von New York (wo sie das Leben neuerdings chaotisch und eintönig fand), in deren Verlauf sie das einzige erforschen konnte, was ihr noch von ihrer Vergangenheit geblieben schien – Holly.

Eine Zeitlang war in New York alles gerade so glatt gelaufen, daß man sich nicht darum zu kümmern brauchte. Aber vor kurzem hatte Neil angefangen, sich zu beschweren – eine ermüdende Beschwerdeliste aufzustellen, die in Caitlins Augen nichts anderes war als eine schäbige Rechtfertigung dafür, daß er sich mit anderen Frauen traf. Wogegen sie zufällig herzlich wenig einzuwenden hatte, obwohl man, ganz praktisch, auch an die Miete denken mußte.

Caitlin spielte auf Zeit, hielt sich immer öfter in der Bar auf, wo sie arbeitete, und wartete darauf, daß es mit ihr und Neil wieder aufwärtsging oder sich sonstwas tat, aber in der Stille, die Neils lautstarkem Abgang folgte, verschaffte sich Caitlins Umgebung Gehör – der tägliche Lärm der Gäste, die, während sie ihnen Drinks einschenkte, noch einmal die magischen Ereignisse in ihrer Vergangenheit durchlebten; das teuflische Wispern ihrer eigenen Zukunft. Und als ihr klar wurde, daß niemand – gar niemand – darauf wartete, an Neils Stelle zu treten, rauschte ihr das Leben in den Ohren wie eine leere Muschel.

Sie hätte sich nicht so hängenlassen dürfen; nach Hollys Geburt hatte sie einige Zeit nicht auf der Bühne gestanden. Und als sie wieder zu arbeiten begann, kamen, nach einer kurzen Glückssträhne, immer seltener Angebote. Sie wuchs aus den Rollen hinaus, die zu ihr gepaßt hatten, aber in keine anderen hinein. Und jetzt merkte sie erstaunt, daß sie tatsächlich jahrelang nicht mehr aufgetreten war – wahrscheinlich war es schon Jahre her, daß sie auch nur vorgespielt hatte.

Sie zwang sich, binnen einer Woche zwei öffentliche Vorsprech-Termine wahrzunehmen, bei denen in einem großen Raum Unmengen von Leuten warteten, darunter auch ein paar Frauen in ihrem Alter, eindeutig zu alt für die Rolle, um die sie und Caitlin sich bewarben. Diese Frauen hatten sich, wie sie selbst auch, sorgfältig zurechtgemacht, um heiter und jugendlich auszusehen, und sie die ganze Zeit irgendwie haßerfüllt angestarrt. Beim zweiten Vorsprechen raschelte das Skript in Caitlins Händen, und der Regisseur, ein junger Typ in einem modisch-schlottrigen Anzug, brach schon nach einer halben Seite ab. Später erzählte ihr jemand, die Vorsprech-Termine seien bloß eine Auflage der Gewerkschaft gewesen, man habe die Rollen für beide Shows schon vorher besetzt gehabt.

Als sie nach dem zweiten Termin nach Hause kam, betrachtete sie sich prüfend im Spiegel. Ihre graublauen Augen waren noch immer klar und groß, ihr hellbraunes Haar glänzte. Aus einiger Entfernung hätte man sie für ein junges Mädchen halten können, aber heute abend war ihr Gesicht durch die bedeutungslose Vergangenheit einer Fremden entstellt. Sicher war ihr zukünftiges Selbst irgendwo eingesperrt, abgeschirmt wie ein Embryo. Sie sah forschend in den Spiegel, aber die Betrügerin vom Dienst starrte undurchdringlich zurück.

Während sie einen Drink nahm und dann noch einen, versuchte sie durch ihre aufgewühlte Panik angestrengt zu erkennen, was sie jetzt tun sollte, und dann kam ihr der Gedanke, daß sie Holly sehen mußte.

«Was ist denn los, Mama?» fragte Holly vorsichtig, als Caitlin sie an der Strippe hatte.

«Wie schön, daß du dich auch freust, mit mir zu sprechen», sagte Caitlin. Wie immer brachten Hollys helle, hohe, hektische Stimme und ihr leichter Südstaatenakzent sie aus dem Konzept.

«Es ist nach Mitternacht», sagte Holly.

«Es hat lang genug gedauert, dich zu finden», erwiderte Caitlin, obwohl sie zufällig Hollys neue Nummer besaß, die Todds Schwester Marta einem ihrer zwar seltenen, aber energischen Briefe voll kaum verhüllter Denunziationen beigefügt hatte. «Du hast mir ja nicht mal geschrieben, daß du umgezogen bist.»

«Hat dir gerade jemand den Laufpaß gegeben, Mama?» fragte Holly. «Ist es das?»

Caitlin zuckte zusammen. Als Kind war Holly jeden Sommer zu ihr gekommen, eine mißtrauische kleine Fremde aus Todds Welt, mit Todds Akzent. Später hatten sie und Caitlin zumindest jedes Jahr ein paar Wochen zusammen verbracht. Das reichte natürlich nicht. Aber war es denn Caitlins Schuld gewesen? «Du hast ja meine Nummer», sagte sie. «Ruf mich an, wenn du Zeit hast.»

«Nein, warte, Mama, leg nicht auf», sagte Holly. «Leg nicht auf. Tut mir leid.»

Holly erzählte, sie gehe zur Zeit nicht zur Schule; sie hätte es Caitlin schon noch mitgeteilt. Sie sei mit ihrem neuen Freund zusammengezogen, einem Geschäftsmann. Er reise viel herum, in den Süden, in andere Länder. Daddy möge ihn – er sei ein aufgeweckter Typ. Er spreche etwas Spanisch. Manchmal begleite sie ihn auf seinen Reisen. Es gehe ihr gut. Sie sei glücklich.

«Bist du wirklich glücklich?» fragte Caitlin. «Du klingst so nervös.»

«Ja, ich bin glücklich, Mama», sagte Holly. «Ich hab's dir doch gesagt.»

Caitlin ließ einen Moment verstreichen.

«Tut mir leid», sagte Holly.

«Hör mal», sagte Caitlin. «Was hältst du davon? Komm mich doch mal besuchen – was spricht dagegen? Wir werden uns amüsieren! Wir ziehen wie Touristen durch New York! Und dann erzählst du mir von deinem Freund. Ich hab vorgesprochen wie verrückt und muß mich auch erholen.»

«Ich muß mich nicht erholen», sagte Holly. «Ich bin erholt. Außerdem, Mama – hör mal, es tut mir leid. Aber das ist einfach nicht der richtige Zeitpunkt. Brandon und ich wollen nämlich verreisen.»

Aber sie hatte doch ganz fest damit *gerechnet*, Holly zu sehen... «Na dann», sagte sie. Sie hielt eine Weile verwirrt und benommen den Hörer in der Hand und überlegte krampfhaft, wie sie Schluß machen konnte, bevor sie in Tränen ausbrach oder ihr irgendwas herausrutschte, das sie später bereuen würde. Aber dann hörte sie sich zu ihrer eigenen Überraschung fragen: «Und wie geht's Todd?»

«Daddy?» sagte Holly. «Ach, Daddy geht's gut. Allerdings lief in letzter Zeit das Geschäft schlecht», fügte sie hinzu. «Er wirkt irgendwie erschöpft.»

Todds vollbusige Sekretärinnen, seine Taschenkalender zum Weihnachtsfest, sein Schauraum mit den albernen Sanitärinstallationen – hätte Caitlin all das so tief verachten können, wenn es nicht unzerstörbar gewesen wäre? Wie schrecklich, wenn sich herausstellen sollte, daß dem nicht so war! «Aber Linda kümmert sich doch sicher gut um ihn», sagte sie.

«Ja...» räumte Holly unsicher ein.

«Wir werden alle älter», sagte Caitlin. «Du würdest es nicht glauben, wenn du mich sähst.»

«Mama –» sagte Holly. «Alles okay mit dir, Mama?»

«Ja», sagte Caitlin. «Trotzdem.»

«Warte mal, Mama», bat Holly. «Bitte.»

Caitlin wartete, während Holly das Ohr wechselte.

«Hör mal», sagte Holly. «Na ja, wie dem auch sei – Brandon und ich müssen jetzt eine kleine Reise machen. Andernfalls» – Holly stockte – «ich meine, es wäre wirklich nett, dich zu sehen. Aber wir werden auf dieser Reise nicht viel Zeit haben. Es ist eine Geschäftsreise.»

«Also, wenn's weiter nichts ist», sagte Caitlin. «Ich reise leidenschaftlich gern.» Vor Hollys Geburt war sie eine ganze Weile zwischen Kalifornien und New York hin- und hergetrampt. «Um mich braucht sich keiner zu kümmern – ich zieh gern auf eigene Faust los und schau mich um.»

Nach einer Weile seufzte Holly. «Na gut, Mama», sagte sie dann. «Okay.»

Binnen drei Tagen hatte Caitlin alles in New York erledigt, ein Flugticket in jene Stadt gekauft, deren Namen Holly ihr buchstabiert hatte, und ein Visum beantragt. Aber als sie eines Morgens ganz früh in Miami umstieg, fragte sie sich, ob sie vielleicht doch irgendwas nicht richtig bedacht hatte. «Was macht dein Freund dort eigentlich?» hatte Caitlin Holly am Telefon gefragt. «Es ist *geschäftlich*, Mama», hatte Holly gesagt. «Aber was kümmert dich das? Wir beide machen jedenfalls Urlaub. Wir haben es warm.» Und Caitlin packte einen Koffer voll fröhlicher Sommersachen ein, teils neu gekauft, teils geliehen. Aber die wenigen anderen Frauen, die am Flugsteig warteten, wirkten steif und sauertöpfisch; abgesehen von ein paar kläglich aussehenden, fast kahl geschorenen Burschen und ein paar stämmigen Sportlertypen, deren mürrische Gesichter schlecht zu ihren bunten, offenen Hawaiihemden und abgeschnittenen Jeans paßten, bestand der Rest der Passagiere aus bleichen Männern mit Aktenkoffer, die auf ihren Stühlen saßen und geradeaus starrten.

Die Stille am Flugsteig wurde immer drückender, bis ein paar Minuten vor dem Einsteigen eine korpulente Frau in Bermudashorts hereinkam. Auf ihrem eisengrauen Haar wippte ein blaues Matrosenhütchen, und sie hielt einen kleinen Jungen am Arm gepackt. «Raten Sie mal, was er da drin hat!» sagte die Frau. Sie ließ den Arm des Kindes los und klopfte auf seinen Rucksack. «Einen Big Mac! Jedesmal wenn wir hier oben sind, machen wir beim letzten McDonald's halt, damit er seinem Bruder ein oder zwei Burger mitbringen kann!» Der Junge rieb sich den Arm und blinzelte ärgerlich. In seinem schmalen Gesicht schälte sich die Haut, er hatte bläuliche Schatten unter den Augen. «Hoffentlich haben Sie sich auch einen gekauft», sagte die Frau zu Caitlin. «Weil Sie jetzt nämlich eine ganze Weile keinen mehr kriegen werden, hab ich nicht recht?»

Caitlin rang sich ein kaum merkliches Lächeln ab und zog eine Modezeitschrift aus der Tasche.

«Für wen sind *Sie* denn unterwegs?» sagte die Frau und ließ sich schwerfällig auf einen der winzigen Stühle neben Caitlin sinken.

«Verzeihung?» sagte Caitlin.

«*Ich* bitte um Verzeihung, *ich* bitte um Verzeihung!» sagte die Frau und hob die Hände, wie um Caitlin abzuwehren. «Na, dann rede ich eben über meine Leute, mir macht das nichts. Wir halten uns nämlich strikt an den Religionsunterricht. Natürlich müssen wir auch gewisse Hilfsleistungen erbringen, aber da draußen auf dem Land ist das einzige, was wirklich zählt, der Religionsunterricht, hab ich nicht recht?»

«Tatsächlich?» sagte Caitlin und warf einen Blick in ihre Zeitschrift.

«Da können Sie Gift drauf nehmen», sagte die Frau. «Das wappnet sie gegen Versuchungen. Natürlich» – sie gluckste – «wappnen sie auch Waffen, denke ich. Aber im Ernst, man muß erst mal an sie rankommen, hab ich nicht recht? Sie haben ein gutes Herz, glauben Sie mir – sie sind rechtschaffen und arbeiten schwer, egal, was man so hört. Aber sie sind einfältig; bei genauerem Hinsehen sind es eben immer noch Indios. Und da kommen die Kubaner und die Katholiken daher und erzählen ihnen, Gott liebt die Armen. Und wo *das* hinführt, wissen wir ja, hab ich nicht recht? Also tun wir, was wir können, mit Schuhen und Reis – sie essen ja keine Kartoffeln. Und die Leitung plant zur Zeit ein Heim für Witwen und Waisen, damit sie sehen, daß wir nur ihr Bestes wollen. Nicht daß kein Risiko dabei wäre.» Sie hob streng die Brauen und starrte Caitlin durchdringend an. «Hoffentlich trete ich Ihnen mit der Frage nicht zu nahe», sagte sie, «aber fliegen Sie zum erstenmal runter?»

Caitlin blickte von ihrer Zeitschrift auf, aber die Gesichtszüge der Frau waren wie ein Haufen Wurzelstrünke, die ihre Miene verdeckten. «Ja.»

«Na», sagte die Frau, und ihr prüfender Blick wurde milder, «in der Stadt geht's ja. Weniger Moskitos. Da kriegen Sie auch mal ein ordentliches Stück Fleisch. Und es gibt ein paar saubere englischsprachige Kinos – ich meine, wenn Sie das viele Blut aushalten.»

Im Flugzeug ging die Frau mit dem Matrosenhütchen zu Caitlins Erleichterung an ihr vorbei, den Jungen, aus dessen Rucksack Fettgeruch strömte, im Schlepptau. «Kopf hoch!» rief die Frau, und der Mann auf dem Nachbarsitz sah Caitlin an.

«Total übergeschnappt», erklärte sie, um ihn zu beruhigen.

«Ja?» sagte er. Er schien seine Zweifel zu haben.

«Ich hab meinen Ohren nicht getraut», sagte Caitlin. «Hamburger. Indios. Rebellen...»

«Sind wohl schon ein Problem», erwiderte der Mann. «Es heißt zwar immer nein, aber natürlich müssen sie's vertuschen. Und doch, man weiß nie – in Guatemala zumindest ist wirklich alles unter Kontrolle.» Er zog die Brauen hoch und nickte Caitlin zu. «Ehrlich gesagt», vertraute er ihr besorgt an, «flieg ich das erste Mal dort runter.»

«Wir sind schon ein reiselustiges Völkchen», sagte Caitlin. «Nicht?»

«Haha!» Der Mann lachte zustimmend. «Sehen Sie, wir haben in den letzten paar Jahren in Guatemala und Salvador ganz gute Geschäfte gemacht, und da hat die Gesellschaft gedacht, warum probieren wir's nicht mal? Die sind da unten ja so verdammt wild auf Geschäfte – die Bedingungen sind günstig, und es gibt nicht so viele blöde Beschränkungen wie anderswo.»

Ein Blick über den Gang zeigte Caitlin, daß es dort auch nicht viel besser aussah – da hockten nur die mürrischen

Männer in den abgeschnittenen Jeans und tranken schon Dosenbier, das sie offenbar mitgebracht hatten.

«Und so, wie's momentan aussieht», fuhr der Mann fort, «ist da unten eine Menge Geld flüssig, ob Sie's glauben oder nicht. Natürlich nicht pro Kopf gesprochen – da ist es immer noch so ziemlich das ärmste Land der Hemisphäre. Na, außer Haiti, sagen wir mal.»

Haiti: Caitlin hatte einmal in einem Stück über Voodoo mitgespielt, in wunderschönen Kostümen. «Haiti stell ich mir immer so faszinierend vor», sagte sie.

«Ach ja?» Der Mann schien ein wenig beunruhigt. «Übrigens, was führt eigentlich Sie da runter?»

«Meine Tochter.» Caitlin lächelte ihn an. «Erstaunlich, nicht wahr?»

«Und wie», sagte der Mann.

«Ich war natürlich praktisch eine Kindbraut», sagte Caitlin.

«Tatsächlich?» sagte der Mann. Er schien verdutzt. «Und ist sie bei der Botschaft, Ihre Tochter?»

«Botschaft?» Caitlin sah ihn an. «Wieso denn, um Himmels willen?»

«Oh, Verzeihung», antwortete er. «Ich dachte bloß – nein, wohl doch nicht.» Er sah sie kurz an, ordnete sie irgendeiner nicht identifizierbaren Kategorie zu und verkroch sich in ungeteilten Trübsinn. Verärgert wandte sich Caitlin wieder ihrer Zeitschrift zu, während der Mann sich über seinen offenen Aktenkoffer beugte und auf der bleichen Folie seines Gesichts schattenhafte Überlegungen spielten. Aber als die Stewardess vorbeikam, fand er zu einer grämlichen Herzlichkeit zurück. «Kann ich Ihnen einen Drink bestellen?»

«Danke, gern», sagte Caitlin. «Einen Wodka Tonic, bitte.»

«Für mich Bourbon, Schätzchen», sagte der Mann zur Stewardess. «Phantastisch.»

«Schon besser», sagte er, als er sich ein paar Minuten später wieder Caitlin zuwandte. «Falls Sie mit Ihrer Tochter mal auf einen Drink vorbeikommen möchten, finden Sie mich im – na ja, hier.» Er zog eine Visitenkarte aus der Brieftasche. «Ich schreibe Ihnen mal mein Hotel auf.»

«Danke», sagte Caitlin. Unter dem hingekritzelten Hotelnamen stand gedruckt: «TechNil, Haushalts-Reinigungsprodukte, Harvey Gumbiner, Stellvertretender Vertriebsleiter.»

«Und falls Sie beide vorhaben, den Sommer da unten zu verbringen», sagte Harvey, «in der Botschaft findet am vierten wahrscheinlich eine Party statt. Das machen sie übrigens fast überall. Ein wunderbarer Brauch, finde ich – für gewöhnlich *das* Ereignis des Jahres. Jeder US-Bürger ist eingeladen, egal, was er wählt oder glaubt. Die Leute kommen aus allen Bereichen des Geschäftslebens. Hot dogs, Hamburger – wie im eigenen Garten. Frisch eingeflogenes Popcorn...»

Caitlin stellte ihren Sitz zurück. Nein, es war schon eine gute Idee gewesen, diese Reise zu unternehmen: neue Leute, Parties, interessante Männer...

«Aber verstehen Sie mich nicht falsch», sagte Harvey rasch. «Gelegentlich hört man von Schwierigkeiten in diesen empfindlichen Bereichen. Einzelerscheinungen, Geschmacklosigkeiten und so. Klingt vielleicht komisch, aber so ist nun mal die menschliche Psyche, nicht?» Er starrte nachdenklich auf seinen leeren Plastikbecher. «*Unser* Geld, *unsere* Protektion, aber irgendwie scheinen die Leute ein komisches Gefühl dabei zu haben. Geben ist eben seliger denn Nehmen. Noch einen Drink?»

«Eigentlich sollte ich ja nicht», sagte Caitlin und sah sich nach der Stewardess um.

Vor dem schmucklosen kleinen Flughafen wartete ein trauriges Häuflein Menschen unter dem aufgedunsenen Himmel. Drinnen, wo Ausweise kontrolliert und gestempelt, Gepäckstücke durchsucht und reichverzierte, wenig vertrauenerweckende Geldscheine ausgegeben wurden, sahen Caitlins Reisegefährten erneut stumm und nervös aneinander vorbei. Harvey verschwand rasch im Schlund des Gepäckausgabebereichs, die verlotterten Biertrinker waren nirgends zu sehen, und selbst die Frau mit dem Matrosenhütchen schien vom Ernst der Sache gepackt. Sie brachte alles zügig und mit kühler Effizienz hinter sich, und als sie mit zusammengekniffenen Lippen an Caitlin vorbeiging, schienen weder sie noch der Junge Caitlin wiederzuerkennen. Ein Beamter erschien und sagte etwas zu der Schar hinterhältig wirkender Burschen aus dem Flugzeug, die jetzt dicht hinter Caitlin standen. Ihre bleichen Köpfe schimmerten wie Pilze durch das kurzgeschorene Haar, und während sie dem Beamten Rede und Antwort standen und dabei sachlich nickten, ging eine dumpfe Angst von ihnen aus. Auf ihren Gesichtern lagen unterschiedlichste Emotionen im Widerstreit – Resignation, Eifer, Wut und Gehorsam –, die einander zu einem Ausdruck unbeständiger Leere ausbalancierten.

Ein trauriger Taxifahrer brachte Caitlin ohne Fragen oder Kommentar in das von Holly angegebene Hotel. Dort meldete sich Caitlin bei einer überwältigend lustlosen Frau. Zumindest sprach sie Englisch, dachte Caitlin – das tat hier offenbar jeder.

Caitlins Zimmer war eine desillusionierende Vorspiegelung von Luxus. Streifige Desinfektionsmittelreste zeugten von seiner Sauberkeit, und der schwache Kunststoffgeruch rief die Erinnerung an nach besten Kräften vergessene Morgen in Motels wach. Ein heftiger Brechreiz trieb Caitlin ins Bad, wo die Toilette unablässig vor sich hinspülte. Caitlin wusch sich mit der fasrigen, vom Hotel gestellten Seife das Gesicht und inspizierte die übrigen Toilettenartikel – noch mit Zollverschluß versehene Plastikpäckchen, die Shampoo und Badeschaum in unwahrscheinlich grellen Farben enthielten.

Sie setzte sich aufs Bett und sah aus dem Fenster. Die Berge rings um die Stadt waren mit fruchtbarer, aber verdorrender Vegetation bedeckt; die Stadt selbst schien aus bleichem, verfaulendem organischem Beton gebaut. Die nebelhaften Wolken trugen Fingerabdrücke vom Fensterglas. Es hatte keinen Sinn auszupacken – sie würde später in ein fröhlicheres Hotel umziehen. Sie ließ ihren Koffer im Schrank und ging ins Restaurant hinunter, wo sie mit Holly verabredet war.

Das Restaurant glich farblich der verdorrenden Vegetation. Die meisten Gäste und sämtliche Kellnerinnen hatten schweres schwarzes Haar und leicht schräggeschnittene schwarze Augen, wodurch die alltäglichen Anzüge und Kleider auf Caitlin wie Kostümierungen wirkten. Sie bestellte sich Frühstück. Wo blieb Holly?

Vor zwanzig Jahren hatte Caitlin gemerkt, daß sie schwanger war. Sie war mit einer kleinen, unerwartet erfolgreichen Revue auf Tournee gewesen und hatte Todd an der Bar des Hotels kennengelernt, in dem sie und die übrigen Mitglieder der Truppe wohnten. Seine kindische Ehrbarkeit und seine schlaue Naivität wirkten komisch, aber er sah sehr gut aus, Caitlin war beschwipst, und außerdem hatte das Ganze etwas unwiderstehlich Lächerliches, nicht nur für sie, sondern auch für die Jungs aus ihrem Ensemble, die mit ihr in der Bar hockten und warteten. Am nächsten Morgen ließ sich Caitlin dazu überreden, eine weitere Nacht mit Todd zu verbringen, und am Ende der Woche verschlug er ihr schon den Atem.

Sie schwebte im Zwiespalt zwischen ihrer Faszination und

der eklatanten Langeweile seiner Konversation. Zuerst hatte das Gefühl etwas Spielerisches. Die Jungs aus dem Ensemble erlagen einem Gruppenfieber: Alle fanden Todd köstlich. Sie dachten sich Geschichten aus – grelle, übertriebene Romanzen –, in denen Todd Caitlin, der Kleindarstellerin, die Show stahl. Die Jungs und Caitlin hatten sich halb krank gelacht, wenn Todd schließlich nach der Vorstellung auftauchte, um sie mit nach Hause zu nehmen, und dann schmollten und grollten die Jungs und brachten den gutmütigen Todd damit ganz durcheinander. Egal, dachte Caitlin; sie würden ja bald weiterziehen.

Aber dann war sie schwanger. Wenn sie morgens aufwachte, nahm der Gedanke daran sie sofort gefangen. Tags bedrückte sie ein dumpfes Gefühl, das sich unmöglich abschütteln ließ: sie war furchtbar zerstreut und vergeßlich.

Natürlich konnte sie das Baby loswerden – kein großes Problem –, aber was war dann mit dem Plan für den Rest ihres Lebens? In Wahrheit, dachte sie allein in ihrem Hotelzimmer, konnte sie doch nicht damit rechnen, diesen Beruf ihr Leben lang auszuüben. Und jedesmal, wenn sie sich dazu zwang, über ihr weiteres Vorgehen nachzudenken, ergab sich statt einer Antwort nur wieder eine neue Frage.

Es kam vor, daß die Welt minutenlang schwebte und sie sich unbeschwert fröhlich, ja glücklich fühlte; aber dann fiel ihr wieder ein, was in ihr vorging, und eine dumpfe Furcht drückte sie nieder. So verging Tag um Tag, und dann zeigte sich eines Tages, zwischen den Gefühlsfetzen, die um sie herum wie von rauhen kleinen Windstößen aufgewirbelt wurden und wieder zu Boden sanken, eine Art Hoffnung. Allmählich gewann diese Hoffnung an Substanz und Gewicht, und eines Nachts hatte Caitlin einen Traum.

Ihr träumte, sie liege erschöpft und verzweifelt in ihrem Bett, als sie ein wunderschönes Möbel an der Wand bemerkte, über und über bedeckt mit Rosetten und Engeln. Sie stand auf, öffnete es, und da, funkelnd in der Dunkelheit, lag die Lösung ihres Problems.

Es war ein lächerlicher Traum, aber beim Aufwachen wurde ihr mit der Wucht einer konkreten Möglichkeit klar, daß sie die Mittel zu ihrem Glück buchstäblich in sich trug. Als sie Todd sagte, sie sei schwanger, drückte seine Miene eine solche Selbstzufriedenheit aus, daß ihr vor Wut schlecht wurde, und dann begann er sofort, Pläne zu schmieden.

Eine Zeitlang nach der Hochzeit flehte Todd Caitlin an, ihm doch zu sagen, was er falsch gemacht habe, aber schließlich ließ er es, da er eindeutig nichts falsch gemacht hatte. Später bat er Caitlin, bei ihm zu bleiben, mit erhobener Stimme und in einem süßlich-arroganten, falschen Ton, der sie zu gehässigen, rasenden Drohungen veranlaßte. Bei einigen dieser Ausbrüche war Holly im Zimmer gewesen; sie hatte sich schreiend an Caitlins Knie geklammert, als könnte Caitlin wirklich jede Sekunde fortgehen. «Nicht! Nicht!» schrie sie dann. «Mama, geh *niiicht* fort!» Und danach waren sie alle drei noch tagelang erschüttert und verängstigt, ganz im Bann des Schrecklichen, das fast geschehen wäre.

Als Holly dreieinhalb war, ging Caitlin wirklich fort. Todd reagierte höflich und förmlich – er war seit den Tagen in der Hotelbar um einiges selbstbeherrschter geworden –, aber seine Effizienz in Sachen Holly enthüllte einen tief eingewurzelten, verinnerlichten Haß, der Caitlin völlig entgangen war. Es machte ihm kaum Mühe sicherzustellen, daß Caitlins Zugang zu Holly gesetzlich beschränkt wurde; offenbar war er seit einiger Zeit darauf vorbereitet gewesen.

Jetzt, als die Kellnerin sich entfernte, erschien Holly – in unmeßbar winzigen Details anders als die Person aus Caitlins Vorstellung – und wies auf einen ihrer beiden Begleiter.

«Mama, das ist Brandon», sagte sie mit ihrer hektischen, leisen, tonlosen Stimme. «Mein Verlobter.»

Obwohl Brandon kaum älter wirkte als Holly, hatte er eine geschliffene, messerscharfe Ausstrahlung. Seine Augen waren knallblau und ausdruckslos, und sein Haar leuchtete flachsblond, ein Ton, dem Holly offenbar ihre eigene Haarfarbe anzugleichen versuchte. *Verlobter?* Später, wenn sie in Ruhe miteinander reden konnten, mußte sie Holly sagen, sie solle sich ja nicht darauf einlassen.

Lewis, der andere Mann, war bestimmt annähernd doppelt so alt wie Holly. Er war groß und sah etwas verweichlicht aus. Sein lockiges Haar war fettig und splissig von der Sonne; zwischen seinem Schnurrbart und seiner Pilotenbrille ragte eine narbenübersäte Nase hervor. Er trug Jeans und ein kurzärmeliges Hemd, unter dem Caitlin ein verwaschenes rosafarbenes T-Shirt sah, das verführerisch an seinem breiten Oberkörper klebte.

Sie setzten sich zu Caitlin, und Lewis bestellte auf spanisch Frühstück für sich, Holly und Brandon. Hollys natürlicher Gesichtsausdruck war, wie Caitlin bemerkte, immer noch störrisch und etwas besorgt – selbst als Kleinkind war sie schon pedantisch und bedächtig gewesen. Aber sie hatte einiges von Todds Steifheit verloren, und das Träger-T-Shirt und die Shorts standen ihr besser als die rüschigen Sachen, die sie als Kind bevorzugt hatte.

Brandon streckte seine langen Beine aus und taxierte Caitlin wohlwollend. Aber Holly blinzelte ihm rasch zu, starrte dann auf ihren Teller und rieb mit dem Daumen einen Klecks darauf weg.

«Tja», sagte Caitlin.

«Wir freuen uns, daß Sie sich die Zeit genommen haben, hierherzufliegen und uns Gesellschaft zu leisten, Ma'am.» Er wandte Holly seinen starren blauen Leuchtfeuerblick zu.

«Nicht wahr, Liebling?» fragte er, und sie sah ihn mit offenem Mund an.

Brandon wirkte merkwürdig sauber, als habe er gerade ein paar charakteristische Merkmale abgeduscht; seine glitzernden, leeren Augen hätten zu einem Tier gepaßt – zu irgendeinem Wesen, das nur auf allerfeinste Geruchs- und Akustiksignale reagiert. Er hatte den gleichen Akzent wie Holly, sprach aber mit beunruhigender Beherrschung. Verlobter! Na, das war ja jetzt alles wieder in Mode – Tischordnung, Schamgefühl, Vermögenssicherung –, aber es schien noch gar nicht lange her zu sein, daß kein Mensch geheiratet hatte. Außer Todd natürlich.

Holly räusperte sich. «Was war denn mit diesen Vorsprech-Terminen, Mama? Was Gutes dabei?»

Caitlin strich sich das Haar zurück. «Nichts», sagte sie. «Wo man hinschaut, nichts als Scheiße.»

«Eine Unterhaltungskünstlerin, wie?» sagte Lewis und deutete mit der Gabel auf Caitlin. «Wissen Sie, ich bewundere Entertainer. Ich war insgeheim immer ein bißchen scharf drauf, selbst einer zu werden. Als Kind hab ich mit meinem Schlagzeug die ganze Nachbarschaft auf die Palme gebracht. Und als ich dann aus Vietnam zurückkam, hatten meine Kumpels und ich eine Band. ‹Gross National Product›, vielleicht erinnern Sie sich?»

«Nicht wirklich», sagte sie höflich.

«Nicht wirklich», äffte er sie nach. «O Wunder, o Wunder – keiner erinnert sich, verdammt. Aber was soll's? Wir sind ja auch ausschließlich in miesen Vierteln aufgetreten.»

Holly und Brandon widmeten sich mit der Hingabe von Feinschmeckern ihrem Essen, als plötzlich in einem anderen Teil des Raums Unruhe entstand. *«¡Buenas!»* verkündete jemand laut. Caitlin wandte sich um und sah einen jungen Mann von Tisch zu Tisch gehen und die Gäste begrüßen.

«*¡Buenas!*» rief er und blieb an ihrem Tisch stehen. «Wie geht's den Herrschaften denn heute?» Sein Akzent war so leicht, daß man den Eindruck hatte, er kräusle sich nur um die Wortränder. «Ich bin Ricky.» Er streckte Caitlin eine Hand in einem kleinen, rückenfreien schwarzen Handschuh hin, der am Handgelenk einen Druckknopfverschluß hatte. «Direkt aus Miami?»

«Miami?» sagte sie. Seine Kleidung sah aus wie eine Pfadfinderuniform aus einem Pornofilm; sein nackter, muskulöser Schenkel befand sich auf Höhe ihres Gesichts.

«Ich steh auf Miami», sagte er. Er legte eine Hand leicht auf Hollys, die andere auf Brandons Schulter. «Die Leute da sind freundlich, nicht so wie hier. *Hier* – hier versucht einen eine Bande verrückter Flüchtlinge andauernd zu verarschen!» Zerstreut knetete er Hollys Schulter unter dem T-Shirt-Träger. «Hast du eine Maschine?» sagte er zu Brandon. «Vielleicht flieg ich dieses Wochenende mit dir rauf.»

Holly war rosenrot angelaufen, aber Brandon blickte nachdenklich in die Ferne.

In der Stille schien Ricky zu bemerken, daß seine Hand auf Hollys Schulter lag. Er nahm sie herunter und winkte. «Okay, Leute, bis später im Club.»

Brandon begann wieder zu essen, und Holly stocherte weiter in ihren Eiern herum, während Caitlin von einem zum anderen sah. «Freund von euch?» fragte sie.

Brandons schon äußerst nichtssagende Miene wurde noch nichtssagender. Weder er noch Holly sahen auf. «Weil, wenn ihr mich fragt», fuhr Caitlin fort, «man kann sich auch zu sehr zukiffen.»

«Ach, hier unten kennt jeder jeden», sagte Lewis. «Nicht wie in Guatemala. Hier ist alles unter Kontrolle. Ein Platz für jeden, jeder an seinem Platz. Keine große Affäre; für jeden fällt ein Stück vom Kuchen ab; eine Hand wäscht die andere.»

«Erinnerst du dich noch, was wir immer gespielt haben, Mama?» fragte Holly plötzlich. Sie wandte sich Caitlin zu. «Erinnerst du dich? Wir haben gespielt: Wir sind in Hollys Zimmer, in unserem Haus, in Durham, in North Carolina, in der westlichen Hemisphäre, auf dem Planeten Erde, im Sonnensystem, im Universum...»

Hollys Zimmer mit den neuen Möbeln und der Unmenge gräßlicher Teddybären von Todds Familie. Wie konnte sie sich nur daran erinnern? Sie war ja kaum vier gewesen. Sie hatte ernsthaft mit ihren Bären und Teetassen gespielt, während ihr die von Schauspielunterricht und Theaterproben träumende Caitlin das helle, duftende Haar aus dem Gesicht gestrichen hatte und die beiden im schalen, fruchtigen Nachmittagslicht der vielgestaltigen Aufgabe nachgegangen waren, Mutter und Tochter zu sein. «Ich erinnere mich», sagte Caitlin.

«Tja», sagte Holly, «und jetzt sind wir im Restaurant, in unserem Hotel, in Tegucigalpa, in Honduras, in was auch immer, in der westlichen Hemisphäre, auf dem Planeten Erde, im Sonnensystem, im Universum...»

«Honduras...» Und was war mit dem weißen Sand und den Palmen, und was mit den Urlaubern, die einander inmitten Massen schwitzender Eingeborener ausfindig machten und sich heimlich beifällige Blicke zuwarfen? Na ja, natürlich wußte Caitlin, daß in diesem Teil der Welt momentan alles mögliche andere passierte. «Was ist das eigentlich, was man zur Zeit dauernd von hier unten zu hören bekommt?» sagte sie und versuchte, aus den Bruchstücken, die sie im Fernsehen aufgeschnappt hatte, etwas Solides zu konstruieren.

«Sie meinen wohl den Krieg, Ma'am», sagte Brandon.

«Ja...» Caitlin kramte in ihrem Gedächtnis. «Klar, hier herrscht ja Krieg.»

«Nein, Ma'am», sagte er.

Caitlin sah ihn scharf an. Hätte sie doch nur Holly öfter bei sich in New York haben können! «Könnten Sie vielleicht eine andere Anrede für mich finden?» fragte sie.

«Mama –» begann Holly, aber als Brandon sie am Handgelenk berührte, sah sie auf den Tisch.

«Tja», sagte Lewis und erhob sich. «Ich werd mich mal ein bißchen frischmachen.»

Brandon nickte ihm zu, aber Holly starrte weiter mit gerunzelten Brauen auf ihren Teller. Wie hilflos sie wirkte! Caitlin streckte die Hand nach ihr aus. «Mein Kleines», sagte sie, «du hattest früher so schönes aschblondes Haar.»

«Haschblond, Mama», sagte Holly, «wie deins.»

«Liebling?» sagte Brandon. Er wandte sich Caitlin zu. «Es ist schon hart – jetzt hat sie Sie so lange nicht gesehen, und dann müssen Sie so bald wieder weg.»

«Muß ich nicht», sagte Caitlin.

«Doch, mußt du», sagte Holly.

«Weißt du was?» sagte Caitlin und zog vor Wut jedes Wort in die Länge. «Warum gehen wir nicht an den Strand, bevor hier irgend jemand fies wird?»

«An welchen Strand?» sagte Holly. «Außerdem muß Brandon heute nachmittag arbeiten, und ich muß ihm helfen.»

«Hör mal, Schätzchen», sagte Brandon. «Ich muß nach Palmerola und das Zeug für Salvador einladen. Da willst du doch sicher nicht rumstehen.»

«Doch», sagte Holly ganz besonders leise zu ihrem Teller.

«Ich kann ja mitfahren», sagte Caitlin.

«O nein, das kannst du nicht», sagte Holly.

Caitlin fuhr zu ihr herum. «Jetzt reicht's aber», sagte sie. «Erst lockst du mich an diesen gräßlichen Ort, und dann kann ich nicht mal heute nachmittag mitkommen!»

«Kannst du auch nicht», sagte Holly. «Sie werden dich

nicht lassen. Außerdem hab ich dich nirgendwo hingelockt, sondern du hast dich selbst eingeladen.»

«Wie bitte?» sagte Caitlin.

«Tut mir leid», sagte Holly. «Tut mir leid.»

«Na», sagte Caitlin, «selbst eingeladen hab ich mich ganz sicher nicht.»

«O doch», sagte Holly, «natürlich hast du das. Und jetzt beschwerst du dich wieder, wie üblich. Als ob du eine Prinzessin wärst, und ich wäre eines Tages vor deiner …»

«Müssen wir denn unbedingt –» sagte Caitlin.

«Du tust, als käme ich aus einem *Schweinestall*! Du tust, als wären Daddy und ich – was weiß ich! Du schämst dich wegen mir. Schau – du kannst mich ja nicht mal richtig ansehen!»

«Wie kannst du nur so was sagen! Glaubst du vielleicht, ich wär auch nur fünfzehn Minuten bei deinem Vater geblieben, wenn du nicht gewesen wärst? Wenn du nicht gewesen wärst, würde ich deinen Vater heute nicht mal bei einer polizeilichen Gegenüberstellung erkennen!»

«*Genau* das habe ich –»

«Also *gut*», sagte Caitlin. «Wenn du mich nicht hier haben willst, geh ich eben.»

«Gut!» sagte Holly. «Dann geh doch! Du meinst, du könntest hier einfach aufkreuzen und *charmant* sein und – und *hübsch*, und dann ist alles vergessen, was du getan hast, und irgend jemand zieht dich aus der Scheiße, in der du steckst! Du glaubst, du kannst immer davonlaufen, und wenn du zurückkommst, ist alles genau so, wie du es haben willst! Ich finde das zum *Kotzen*!»

«Liebling?» sagte Brandon sanft. «Schätzchen? Wir sind hier in einen *Restaurant*.» Er wandte sich an Caitlin. «Sie ist überreizt.»

«Das sehe ich, Brandon», sagte Caitlin. «Ich bin ihre Mutter.»

Brandon erhob sich. «Ich nehme sie jetzt mit, und wir rufen Sie später an, wenn es uns besser geht.»

«Das glaubst *du*», sagte Holly wütend. Sie stürmte hinaus, während Brandon Caitlin die Hand hinstreckte.

«Hat mich gefreut, Sie kennenzulernen, Ma'am», sagte er mit undurchdringlicher Gelassenheit.

Mein Gott, dachte Caitlin. Wie idiotisch. Später würde Holly es bereuen – das war immer so. Aber bis dahin ... Na gut. Auf ins Abenteuer. Sie seufzte und betrachtete den Matsch auf ihrem Teller; wie um alles in der Welt hatten die anderen nur diese mickrigen, jämmerlichen Eier runtergebracht?

Die hügeligen Straßen waren belebt. Staubfahnen und niedrige, sich langsam dahinwälzende Wolken verschleierten die kalkweißen Gebäude und Kirchen. Gruppen schwarzhaariger Schulkinder in blauen Uniformen teilten sich wie Mükkenschwärme und strömten links und rechts an Caitlin vorbei. Männer und Frauen gingen mit sanften, verzagten Mienen vorüber; anfangs lächelte Caitlin ihnen fröhlich zu, aber sie lächelten versöhnlich und schüchtern zurück, als müßten sie sich Caitlins Lächeln entziehen oder es gar erdulden.

Die kurzgeschorenen Burschen im Flugzeug waren natürlich Soldaten gewesen, dachte Caitlin. Aber wer waren all die anderen Amerikaner? Etwa dieser stämmige, rotgesichtige Typ, der beim Gehen Bier trank. Sein hellrotes T-Shirt kam auf sie zu. «GEBT DEN HUNGRIGEN die Penner zu fressen!» stand darauf. «Siehst gut aus, Omi», sagte der Bursche und rülpste ihr ins Ohr, als er sie leicht anrempelte.

Sie blieb an einer niedrigen Mauer stehen und rieb sich wütend den Knöchel. Als sie aufblickte, merkte sie, daß sie auf einer gepflasterten Plaza stand, wo sich ein Haufen zerlumpter Menschen um irgendwas scharte. Sie mischte sich unter die schmuddelige Menge und sah in ihrer Mitte einen Mann auf einer Decke sitzen, umgeben von kleinen Häufchen getrockneter Pflanzen, einem riesigen Koffer und Glasgefäßen mit einer rauchgrauen Flüssigkeit, in der undefinierbare Dinge schwammen. Caitlin verstand natürlich nicht, was er sagte, aber seine Stimme hob und senkte sich voller Crescendi und höchst beunruhigender Pausen, und seine Augen glitzerten vor Spott, während er die gesamte Vitalität, die von seinem staubbedeckten Publikum ausstrahlte, auf sich zog und dessen Lähmung prasselnd in der Luft um ihn herum zu verbrennen schien.

Die Frauen in der Menge kicherten und legten einander die Köpfe auf die Schultern; die Männer zappelten und grinsten blöde. Plötzlich verstummte der Mann auf der Decke. Er starrte vor sich hin, dann hob er die Arme hoch und steckte sie in den Koffer, aus dem er, während die Frauen kreischend auseinanderstoben, eine große Schlange zog, die sich genüßlich in seiner Hand wand. Caitlin merkte, daß sie sich an eine barfüßige Frau klammerte, die entschuldigend lächelte, und dann, als die Menge wieder zusammenlief, legte sich der Mann die sich windende Schlange um die Schultern und griff ein weiteres Mal in den Koffer.

Diesmal zog er einen kleinen, wachsartigen weißen Block heraus. Die Leute spähten und reckten den Hals. Als der Mann streng in die Runde sah, wurde es still. Er strich mit der Hand über den Block, und während die Menge seufzte wie ein Taubenschwarm, der von einem Baum auffliegt, begann der Block zu schäumen.

Sofort stürzten die Zuschauer nach vorn und zogen Banknoten aus der Tasche, die ebenso mitgenommen und zerknittert aussahen wie ihre Besitzer; der Mann sammelte sie auf der Decke und verteilte in einem irrwitzigen Tempo Seife.

Und dann war alles vorbei. Der Mann hatte Kräuter, Schlange und Koffer zusammengepackt – Flaschen, Decke, alles war verschwunden, bis auf ein paar Leute, die noch verwirrt herumtrödelten, und die von tiefem Kummer erfüllte Caitlin.

Sie holte ihre Puderdose aus der Tasche und sah in den Spiegel. *Oh!* Höchste Zeit, sich nachzuschminken und sich irgendwo im Sitzen mit einem kleinen Happen zu stärken. Sie blickte sich um. Hoffnungslos. Aber droben am Stadtrand sah sie ein hoch aufragendes Gebäude. Vielleicht waren ja *dort* all die Cafés und netten Läden. Um sich aufzuheitern, kaufte sie sich für unterwegs an einer kleinen Bude einen Klumpen klebriger Süßigkeiten.

Die steilen Straßen wanden sich endlos dahin, und bei jeder Senke oder Kurve, die Caitlin hinter sich brachte, verschwand der mächtige Turm und ragte dann wieder in die getönte, dunstige Luft.

Hoch droben machte die Stadt einen wohlhabenderen Eindruck. Häuser standen ein wenig zurückgesetzt hinter verdorrten Vorgärten. Gespenstische Fahrzeuge, deren Insassen hinter schwarzem Glas nicht zu erkennen waren, glitten vorbei, und kräftige, an ihrem Strick zerrende Hunde verbellten Caitlin oder schnappten nach ihr. Außer Atem vor Hitze blieb sie einen Augenblick stehen, der Garten neben ihr wankte – meine Güte, da war ein Mann im Tarnanzug! –, und sie wandte sich rasch ab, um sich direkt vor dem hohen Gebäude wiederzufinden. Es war Harvey Gumbiners Hotel.

Die riesige Lobby war in sandfarbenes Licht getaucht, das verschiedene Menschengruppen verhüllte. Jemand schien zu sagen: «Gelobt sei Gott!», und irgendwo bewegte sich etwas in einem tiefen Sessel. Bleiche Männer, wie die in Caitlins Maschine, führten leise Gespräche und offenbarten dunklen Männern mit Sonnenbrille den Inhalt ihrer Aktenkoffer. In einer Ecke unterhielten sich flüsternd ein paar Rucksacktouristen, die Bibeln bei sich trugen. Ein atemberaubend schönes

Mädchen in Begleitung eines blonden, etwa fünfzigjährigen Mannes, der aussah, als bade er permanent in Alkohol, wandelte verträumt vorbei. Der Mann hatte ihr langes schwarzes Haar um die Hand geschlungen. Sie flüsterte ihm etwas zu, worauf er lächelnd die Augen schloß, ihr Haar immer noch wie eine Leine um die Hand.

Caitlin fand Harvey in der Bar, mit einem Mann namens Boyce – von der Botschaft, erklärte Harvey. Boyce hatte entzündete Augen und kratzte sich ständig. «Allergie», sagte er unglücklich und winkte einer Gruppe Kellnerinnen, die an der Bar lehnten und wie Sträflinge oder Kinder aus dem Fenster starrten. Eine riß sich los und kam langsam, mit wiegenden Hüften, zum Tisch. Leicht schwankend blieb sie bei ihnen stehen. Sie hörte nicht auf, aus dem Fenster zu starren, wie im Schlaf.

«Ist der Rum hier sensationell?» fragte Caitlin. Die Kellnerin lächelte hilflos und zuckte dann die Achseln. «Okay», sagte Caitlin. «Was kann schon schiefgehen? Cuba libre, bitte. *Gesundheit!*» sagte sie zu Boyce, der gerade ein Niesen unterdrückt hatte.

Als ihr Drink kam, erzählte sie Harvey und Boyce von dem Mann mit der erstaunlichen Seife.

«Das ist doch nicht möglich», sagte Harvey. «Seife, die ohne Wasser schäumt?» Er sah Caitlin mißtrauisch an. «Was hat diese ‹Seife› denn gekostet?»

«Zwei von diesen Dingern», sagte Caitlin. «Den roten.»

«Zwei Lempiras!» sagte Harvey. «Sie hat zwei Lempiras gekostet? Hören Sie mal, das ist verdammt teuer – ungefähr ein Dollar!»

«Scheint mir angemessen.» Boyce rieb sich die Augen. «Wenn man kein Wasser dazu braucht. Schließlich haben sie ja kein Wasser.»

«Aber natürlich braucht man Wasser dazu», widersprach

Harvey. «Für Seife braucht man immer Wasser – ich *kenne* mich doch aus mit Seife! Es ist offenbar eine Art Trick. Zwei Lempiras! Wissen Sie, dieses Land ist schon sehr teuer. Ich meine, wenn man bedenkt, wie arm es ist. Heute morgen habe ich mir ein paar Batterien für mein Radio gekauft. Und für zwei Batterien habe ich dreizehn Lempiras bezahlt! Also das nenne ich verdammt teuer.»

«Tja», sagte Boyce und machte eine leichte Handbewegung, «was man hier in Tegucigalpa sieht, ist eine duale Ökonomie. Die internationale Gemeinschaft, die den ganzen Konjunkturaufschwung geschafft hat, verwischt das Bild; die wohlhabenden nicaraguanischen Emigranten, die neureichen Militärs –» Er räusperte sich mit Inbrunst. «Verzeihung. Nein, was ich sagen will ist, daß die Preise, die man sieht, das Bild verwischen, denn das sind Preise für Ausländer, nicht für Honduraner. In den kleineren Städten – Choluteca zum Beispiel – sieht man solche Preise nicht.»

Harvey verzog das Gesicht. «Trotzdem», sagte er. «Ich meine, sehen Sie mal: Zwei Batterien für mein Radio kosten mich dreizehn Lempiras. Also, das muß doch auch Auswirkungen auf diese Leute in – wie sagten Sie noch – Choluteca haben.»

«Eben *nicht*», erwiderte Boyce. «Worauf ich nämlich hinauswill ist, die Leute in Choluteca *haben keine Radios*.»

«Ah, seien Sie gegrüßt!» Ein gutgekleideter Mann war an ihrem Tisch stehengeblieben und begrüßte Boyce. «Entschuldigen Sie, ich möchte nicht stören.»

«Tja», sagte Boyce. «Mr. Best.» Er sah weg, aber Harvey war schon dabei, sich und Caitlin vorzustellen. «Okay», seufzte Boyce. «Setzen Sie sich doch.»

«Du meine Güte!» sagte Mr. Best. «Wie ich sehe, trudeln all unsere Freunde ein.»

«*Ach* du Schreck!» sagte Boyce. «Sie haben *recht* – das ganze internationale Pressekorps! In zwei Stunden drängeln sie sich im Pool wie die Lemminge.»

Caitlin sah sich um und bemerkte, daß sich die Bar nach und nach mit Männern und Frauen mit großen Umhängetaschen füllte. «Warum so viele Reporter?» fragte sie.

Mr. Best lächelte und bestellte bei einer Kellnerin, die an der Bar gemächlich Gläser zu einer Pyramide stapelte, mit einer Handbewegung Drinks.

«Mir scheint, meine Liebe», sagte Harvey, während die Gläserpyramide einstürzte und die Kellnerinnen sich vor Gelächter bogen, «wir beide haben uns für unsere Ankunft hier einen ziemlich spannungsgeladenen Tag ausgesucht. Das Weiße Haus hat nämlich verlauten lassen, daß Nicaragua gestern nacht in Honduras eingefallen ist.»

«Ach, *das* ist es also», sagte Caitlin und versuchte sich zu erinnern. «Honduras und Nicaragua befinden sich im Krieg –»

«Tja», sagte Boyce. Die drei Männer sahen Caitlin an. «Nicht direkt.»

Harvey warf Boyce einen Blick zu und wandte sich dann lächelnd an Caitlin. «Sehen Sie, wir *sind* hier in Honduras. Und Honduras ist eine Demokratie – alles in Ordnung hier. Aber nebenan in Nicaragua? Vor etwa neun Jahren wurde der Diktator dort – ein äußerst wenig anziehender Mann – gestürzt –»

«Von Kommunisten», sagten Boyce und Mr. Best wie aus einem Munde.

«Ja», bestätigte Harvey. «Und das ist nicht gut. Deshalb geben wir den Nicaraguanern, denen es anders besser gefallen hat – Contras heißen sie –, Geld, damit sie gegen die neue Regierung kämpfen können. Und wir lassen die Contras hier in Honduras unterschlüpfen, wo wir die Möglichkeit haben –»

«Verzeihung» unterbrach Mr. Best. «Eine kleine Korrektur.» Er zwinkerte Caitlin charmant zu. «Honduras ist ein neutrales Land – die Contras *sind nicht* hier.»

«Nein, der Punkt ist», sagte Boyce laut zu Caitlin, «der Punkt ist, daß es sich bei Honduras um ein strategisch äußerst empfindliches Gebiet handelt. Natürlich haben wir finanzielle Interessen in der Region – das haben wir nie zu leugnen versucht –, aber der Punkt ist der, daß Honduras, *strategisch* gesprochen, bares Geld ist. Und deshalb hetzen die Sowjets und die Kubaner überall diese einheimischen Bewegungen auf. Ansonsten, *mein Gott!* Die Leute sind im Grunde friedlich; die wissen doch gar nicht, was da vor sich geht. Das sind *Bauern*, um Himmels willen. Und das ist der Punkt, sehen Sie – daß wir nicht nur hier sind, weil wir dahinschmelzen, wenn wir an das Verhältnis zwischen freiem Unternehmertum und Demokratie denken!»

Caitlin sah ihn an. Sie reiste gern. Aber dies war keine Reise.

«Ich sehe schon, ich habe Sie nicht überzeugt», fuhr Boyce fort. «Ich sehe schon, Sie denken, ich übertreibe die Gefahr, um eine Intervention zu rechtfertigen oder weiß der Himmel, was Sie gelesen haben. Aber das stimmt nicht, es *stimmt* einfach nicht. Denken Sie an die Nähe zu den Vereinigten Staaten, denken Sie an Kuba, denken Sie an den Panama-Kanal. Wann haben Sie zum letztenmal wirklich über die Landkarte nachgedacht? Ich möchte, daß Sie jetzt mal die Augen zumachen und sich die Karte vorstellen.»

Caitlin nippte an ihrem Drink, und im rötlichen Dunkel hinter ihren Lidern krochen erschöpfte, staubige Gestalten – wie die Leute auf der steinernen Plaza – über eine verworrene Fläche. Doch dann begannen sich klare Farben zusammenzuballen: das Blau North Carolinas, das frische Pink New Yorks, das Orange Kaliforniens; kleine Bergketten und Seen, kleine Regierungsgebäude wurden durcheinandergewürfelt und warteten darauf, eingeblendet zu werden. Sie fächerten sich über die Landkarte aus, die Karte schwenkte in die Nacht, und eine Lampe leuchtete in Hollys Zimmer in North Carolina, wo Holly, einen Bären im Arm, allein in ihrem winzigen Schaukelstuhl saß und wartete. Dann stieg wieder der Rum durch Caitlins Strohhalm und spülte in einer goldenen Flut alles fort, als sie die Augen öffnete und sah, daß Mr. Best sie mit einem matten Lächeln musterte.

«Mr. Best», sagte sie langsam. Er war ein dunkler Typ und sehr attraktiv. «Sind Sie aus Honduras?»

«Ich verbringe einen Großteil meiner Zeit in Tegucigalpa, aber das Import-Export-Geschäft macht leider viele Reisen erforderlich. Es wird einem zur Last.»

«Ja.» Sie sah ihn an. «Ich bin Schauspielerin, deshalb kann ich davon ein Lied singen.»

«Ah.» Mr. Best zog die Augenbrauen hoch.

«Aber was führt Sie hierher?» fragte Boyce unvermittelt.

Also wirklich, dachte Caitlin – von dem Moment an, wo sie ins Flugzeug gestiegen war, hatten sich alle benommen, als hätten sie noch nie eine Touristin gesehen. Aber sie warf Mr. Best nur einen Blick zu und lachte. «Der Verlobte meiner Tochter hat hier geschäftlich zu tun, und die beiden haben mich eingeladen. Also lasse ich natürlich alles liegen und stehen, springe ins Flugzeug, und kaum bin ich da, müssen sie gleich in irgendeine andere Stadt. Nach Pomarola, haben sie gesagt, glaube ich.»

«Palmerola –» sagte Boyce.

«Palmerola», sagte Harvey und warf Boyce einen Blick zu. «Das ist keine Stadt – das ist die US-Basis, nicht wahr? Wo die US-Army stationiert ist?»

«Die *honduranische* Basis», korrigierte ihn Boyce. «Wo die *honduranische* Armee stationiert ist.»

«Ganz richtig.» Mr. Best zwinkerte Caitlin wieder zu. «Die US-Army ist ja gar nicht hier.»

«Und was genau», fragte Boyce, und sein Gesicht rötete sich, «macht der Verlobte Ihrer Tochter?»

Sein heftiges Interesse verwirrte Caitlin einen Moment lang, aber dank der Ruhe, die Mr. Best ausstrahlte, faßte sie sich wieder und erinnerte sich an die Unterhaltung beim Frühstück. «Ach, Brandon ist Unternehmer. Er hat sein eigenes Flugzeug und fliegt von einem Land zum andern.»

«Ach ja», sagte Mr. Best nachdenklich. «Ein junger Mann, den ich kennenlernen sollte. Ich darf Ihnen doch meine Karte geben; vielleicht könnten wir uns alle mal abends zum Dinner treffen.» Boyce sah erstaunt zu, wie Mr. Best seiner Brieftasche eine Karte entnahm, aber als Caitlin die Hand danach ausstreckte, runzelte Mr. Best die Stirn und steckte die Karte wieder zurück. «Tut mir leid», sagte er und suchte eine andere heraus, «die war ... übrigens» – er erhob sich und wandte sich an Boyce – «ich glaube, ich bekomme heute noch was von Ihnen?»

«Ja, ja, ja», sagte Boyce. Er fuhr sich mit beiden Händen durchs Haar. «Schauen Sie bei der Botschaft vorbei. Wenden Sie sich an meine Sekretärin ... O Gott», sagte er, als Mr. Best fort war, «ich bin so *müde*. Oh», sagte er mürrisch, als Lewis durch die Tür trat. «Hallo, Lewis. Lange nicht gesehen.»

«Lange nicht gesehen», sagte Lewis. «Ein gängiger Satz. Na, na, na, das scheint ja eine äußerst angenehme Gesellschaft zu sein!»

Boyce zupfte gereizt am Etikett seiner Bierflasche, aber Harvey streckte die Hand aus. «Harvey Gumbiner», sagte er.

«Was Sie nicht sagen», sagte Lewis und zog sich einen Stuhl an den Tisch. «Hallo, meine Schöne!» Er tätschelte Caitlins Schulter. Was immer «frischmachen» für Lewis heißen mochte, es schloß nicht ein, daß er sich umzog.

«Sie kennen sich ja!» sagte Boyce vorwurfsvoll.

«Hier ist ja schon schwer was los, wie?» sagte Lewis. Caitlin sah sich um. Inzwischen waren die meisten Stühle von Journalisten besetzt. Eine kleine, gutaussehende dunkelhaarige Frau mit einer Kamera über der Schulter drehte am Fenster eine langsame Pirouette. «Attraktive junge Leute», sagte Harvey und musterte die Frau. Er nahm eine Handvoll Erdnüsse aus einer Schale, die auf dem Tisch stand, und schob sie sich in den Mund.

«Alle warten drauf, daß die 82. Luftlandedivision aus dem Himmel fällt», sagte Lewis.

«Was?» sagte Harvey.

«Na klar», erläuterte Boyce einfältig. «Wir konnten doch schlecht stillhalten, oder? Ich meine, *‹Rote›*, verstehen Sie? *‹Die einen demokratischen Verbündeten angreifen!›*»

«Die *82. Luftlandedivision!*» sagte Harvey und wandte sich Caitlin zu, als könne sie damit etwas anfangen. «Da haben wir beide uns aber wirklich einen höllischen Tag rausgesucht!»

«Keine Panik», sagte Lewis. «Hier gibt's niemanden, gegen den sie kämpfen könnten – das hier ist bloß ein Fototermin.»

«Es handelt sich hier tatsächlich», warf Boyce ein, «um einen sehr bedeutsamen Moment. Der dokumentiert werden muß. Denn wenn die zu Hause diese Mitschnitte sehen, all die mutigen Fallschirmspringer, die in den Dschungel tauchen, dann werden sie die Gefahr begreifen. Sie werden sehen, was eine Invasion bedeutet, und vielleicht geht ihnen dann auf, warum wir hier sind. Warum ich hier bin, warum ich vor anderthalb Jahren in dieses gottverdammte Kuhkaff versetzt worden bin. Ander*thalb*, wohlgemerkt. Keine Restaurants, kein Nachtleben, weißer Abschaum draußen in Palmerola, der die Frauen terrorisiert. Mein *Gott*», sagte er zu Caitlin. «Ich meine, waren Sie schon mal in Guatemala *City*?»

«Kopf hoch», sagte Lewis. «Job ist Job.»

«Was zum Teufel ist denn *das* –» unterbrach Harvey. Caitlin folgte seinem entsetzten Blick und sah Ricky in seinen Khakishorts und schwarzen Handschuhen im Paradeschritt durch die Lobby marschieren.

«Das ist bloß Ricky», sagte Lewis. «Scheint aus dem Casino zu kommen.»

«Hoffentlich kein *Amerikaner*», sagte Harvey.

«Genaugenommen sind wir nicht für ihn zuständig», sagte Boyce steif zu Harvey. «Genaugenommen sind wir auch nicht für das Casino zuständig –»

«Nein, aber wenn er Sie so *stört*», sagte Lewis, «warum gehen Sie dann nicht einfach hin und –»

«Das hier ist ein freies Land», sagte Boyce kurz angebunden. «Und das soll es auch bleiben. Wenn Sie uns jetzt entschuldigen würden. Mr. Gumbiner und ich haben eine –»

Lewis schwenkte Boyce' Bierflasche. «Betrachten Sie sich als eingeladen», sagte er. «Wiedersehen.»

«Also dieser Boyce», sagte er, als Boyce und Harvey durch die Lobby verschwunden waren. «Man schimpft nicht auf den Waschsalon, wenn man dreckige Wäsche hat, oder? Ich meine, wer sich nicht die Finger schmutzig machen will, bleibt aus der Küche. Weil man zu dem stehen sollte, was man tut. Man sollte sagen: ‹Da, schauen Sie her, dies und das tun wir. Weil wir an dies und das glauben. Deshalb müssen wir auch das eine oder andere tun.›» Dieser distanzierte Blick war irgendwie merkwürdig, dachte Caitlin, als spähe er dahinter hervor, um ihre Reaktion zu testen. «Jedenfalls», fuhr Lewis fort und ließ das Thema fallen, auf das er hinausgewollt haben mochte, «ich muß zugeben, er ist ziemlich clever. *Ausgefuchster* Lügner. Armes Schwein, der wird Tegucigalpa nie verlassen.»

«Uns hat er jedenfalls ziemlich blitzartig verlassen», sagte

Caitlin. *Mit* Harvey, ihrer Rückversicherung fürs Abendessen. «Hoffentlich hab ich nichts Falsches gesagt.» Lewis hob die Bierflasche und nickte einer Kellnerin zu.

«Hallo Lewis!» Einer der Journalisten setzte sich zu ihnen. «Tut mir leid, wenn ich störe.»

«Wie leid genau?» sagte Lewis freundlich. «Rein interessehalber.»

Der Journalist schloß mit einem kurzen Lächeln die Augen und drehte Caitlin den Rücken zu. «Bingo!» sagte er. «Aber Spaß beiseite, ich will was über diese Invasion wissen.»

«Was heißt schon wissen?» sagte Lewis und zwinkerte der Kellnerin zu, die ihm sein Bier hinstellte.

«Ich würde zum Beispiel gern wissen», sagte der Journalist, «ob sie überhaupt *stattgefunden* hat. Und ob tatsächlich irgendwelche Nicaraguaner die Grenze überschritten haben.»

«Ertappt», sagte Lewis. «Es weiß nämlich keiner, wo die Grenze ist. Peinlich, peinlich. Klar hat's 'ne Invasion gegeben, mein lieber Freund – haben Sie das nicht in den Nachrichten gehört?»

«Wissen Sie was, Lewis?» sagte der Journalist. «Hatten Sie eigentlich noch nie Angst, man könnte Sie mal mit Müll verwechseln und den Haien vorwerfen?»

«Schau mich doch an, Kumpel», sagte Lewis und stellte seine Flasche ab. «Seh ich etwa so aus wie einer vom Generalstab, verdammt? Wenn du scharf auf die Story bist, dann zieh doch los und beschaff sie dir! Oder noch besser, rühr dich nicht aus Washington weg und sperr die Ohren auf, wenn sie sie rumerzählen.»

«Trotzdem danke, Mann.» Der Journalist tippte leicht an seine Bierflasche und schlenderte davon, wobei er schüchtern einer schönen Dunkelhäutigen zunickte, die ihn gar nicht sah.

«Unverschämter, klischeegläubiger kleiner Mistkerl», sagte Lewis. An seinem Arm zuckte ein Muskel. «Ich geb dem

Kerl genug Informationen, um eine Datenbank zu blockieren, und wie dankt er mir das?»

«Dann ist er eben ein Arschloch», sagte Caitlin. «Das ist sein Problem, nicht Ihres.» Sie war der Unterhaltung nicht gefolgt, aber soviel war klar. «Und Sie waren sehr offen zu ihm.» Sie nickte. Dann nickte sie noch einmal.

«Tja», Lewis schloß die Augen. «Gegenseitiger Respekt, sozusagen.»

Einen Moment später machte er die Augen wieder auf. «Sehen Sie nur. Sehen Sie sich dieses Spektakel an, diese menschlichen Wracks. In ein paar Stunden wird der Himmel keine vierzig Kilometer von hier voller schwarzer Pünktchen sein – die 82. Luftlandedivision schwebt hernieder, und alle Kameras in diesem Raum sind nach oben gerichtet. Fotos von Lianen, Fotos von Pünktchen, das zeigt denen daheim mal so richtig, was es heißt, in unmittelbarer Nähe des Kommunismus zu leben. Wetten, daß drei Viertel dieser Wichser auch in Vietnam Pünktchen und Lianen fotografiert haben? Nach einem harten Arbeitstag kommen sie dann hierher zurück, hocken am Pool und reden über die alten Zeiten. Hocken hier am Pool und in Panama City, San Salvador und Managua und heulen sich einen vor, wie sie damals in Saigon, Vientiane, Phnom Penh und Bangkok am Pool gehockt haben. Tja, jetzt können sie das alles noch mal machen – Pünktchen, Lianen, Flammen, Kameraden, die in Erfüllung ihrer Pflicht gefallen sind, bla bla, da kommen einem glatt die Tränen.» Er machte eine Pause, und seine Miene verdüsterte sich. «Sie fragen sich jetzt bestimmt, wie ausgerechnet ich dazu komme, so daherzureden, oder? Pünktchen und Lianen, damals haben wir das doch alle gemocht.»

Warum ... ja. Warum war *Holly* eigentlich hier? «Ich finde diese Bar schrecklich!» sagte Caitlin.

«Worauf warten wir dann noch?» sagte Lewis. «Frische

Luft! Landschaft!» Er winkte der verträumten Kellnerin wegen der Rechnung. «Kommen Sie, hauen wir hier ab.»

Lewis' Jeep schmiegte sich wie ein Tier an die Straße, als er sich durch die wellige Landschaft von der Stadt entfernte. Kilometerlange Barackensiedlungen auf lehmfarbener Erde, die auf Caitlin wie komplett aus Müll hergestellt wirkten – Karton, Plastik, Holzreste –, wichen allmählich sonnenbeschienenen Tälern und majestätischen, pinienbewachsenen Hügeln. Caitlin sah aus dem Fenster, bis Lewis eine Kassette einlegte und wilder Rock 'n' Roll die Landschaft auslöschte. «Unser Sound», sagte Lewis. «Aber die Kids heute wachsen immer noch damit auf. Ist das nicht irre? Obwohl wir Rebellen waren, haben wir was so Dauerhaftes geschaffen. Heute gehört es einfach zu dem, was schon ewig da war. Aber für mich klingt es immer noch wie damals, als es grade erfunden worden ist. Erinnern Sie sich noch dran? Wissen Sie noch, wie locker und neu alles war?»

Caitlin erinnerte sich. Damals war immer was los gewesen, immer stand was Gutes kurz bevor – und kein Ende abzusehen. Irgendwer hatte immer Geld, nächtliche Schrecken waren morgens vorbei, das Häßliche und Öde lösten sich in Regenbogen auf. «Es war eine tolle Zeit», sagte sie.

«Ja», sagte Lewis. «Eine tolle Zeit. Aber wissen Sie was?» Er runzelte die Stirn und stellte die Kassette ab. «Für mich haben sich unsere Wege dann irgendwie getrennt. Im Krieg wurden wir immer nach Bangkok verschifft, zum Ausspannen. Und da hörten wir dann oft in den Bars die neuen Songs und hatten keine Ahnung, um was es ging. Die Texte, meine ich. Worüber redeten die eigentlich alle? Es war doch *unsere* Heimat, oder? Ich meine, wir haben dieses Land schließlich *repräsentiert,* wir haben für seine Sache gekämpft, *das* war unsere Generation! Aber da drüben in ‹unserer Heimat› lief offenbar dieses ganz andere Leben. Also, wo war da für *uns* noch Platz?

Da, schauen Sie mal», sagte Lewis ein paar Minuten später, als sie vom Highway auf eine unbefestigte Straße abbogen. «Was sehen Sie?»

«Ich geb's auf», sagte Caitlin.

«Genau», sagte Lewis. «Gar nichts. Sie können den ganzen Tag hier langdüsen, ohne je diese Dörfer zu bemerken.»

Und während er sprach, entfaltete sich tatsächlich wie eine Papierblume im Wasserglas ein kleines Dorf vor ihnen. Zunächst sah man nur die staubige Straße, dann ein Paar Ochsen mit geschwungenen Hörnern, länglichen ägyptischen Köpfen und vorstehenden Rippen, über denen straff das Fell lag; sie waren vor einen Karren mit großen Holzrädern gespannt. Auf einem von ihnen saß rittlings ein kleiner Junge, über dessen aufgeschwollenem Bauch ebenfalls die Rippen vorstanden. Er starrte nur vor sich hin, als der Jeep vorbeifuhr, obwohl Caitlin winkte, und dann wurde die Straße von buntgetünchten, in der Sonne samten wirkenden Mauern gesäumt, mit Öffnungen darin, die wohl in winzige Behausungen oder Läden führten.

Lewis parkte, wo die Straße aufhörte und die Mauern sich zu einem kleinen Dorfplatz hin öffneten, auf dem ein Lilienmeer wogte und in dessen Mitte ein paar Holzbänke im Schatten eines riesigen Baumes standen. Der bläuliche Stamm schoß hoch und höher zu einer dichten, mächtigen Blätterkuppel empor, die sich sacht im Wind bewegte und sich sattgrün gegen den tiefen, ruhigen Himmel abhob. Winzige Vögel flogen zwitschernd durch die Luft. Kleine gelbe Schmetterlinge tanzten in der Hitze über dem hohen Gras und brachten die Luft um sich zum Flimmern, aber über die Steintreppen einer an den Platz grenzenden Kirche ergoß sich kühles Dunkel. Tauben hockten auf dem riesigen Holzportal zwischen beschädigten Engeln und plusterten sich auf, als Caitlin und Lewis hindurchgingen.

Licht in gespenstischen Farben fiel durch die hohen Fenster. Eine barfüßige Frau, der sich das Haar in Strömen über den Rücken ergoß, lag auf den Knien, und weit weg, in dem Lichtstrahl, der den Altar durchbohrte, hing blutend und friedlich Christus in seinem ewigen Todeskampf. «Gehen wir», flüsterte Caitlin. «Ich möchte wieder gehen.»

Die Hitze war enorm, aber Lewis schien sie nichts auszumachen. Er führte Caitlin hinter die Kirche in eine Gasse, wo sie in winzigen getünchten Räumen ein paar primitive Möbel sah oder ein, zwei Kisten Limonade und Regale, auf denen ein paar Büchsen oder Säcke mit Lebensmitteln standen. Auf dem Lehmboden in einem der Räume lagen riesige, glänzende Avocados aufgetürmt, wie ein Haufen schlummernder Tiere, und durch eine andere Tür sah Caitlin einen Kreis in grobe Kleidung gehüllter alter Männer, die auf seltsam geformten Saiteninstrumenten spielten. Sie sangen in brüchiger Harmonie, und ein blasses Meeresleuchten strahlte aus ihren dunklen Augen, während sie mit knochigem, pergamentenem Gesicht aufmerksam den Tönen lauschten, die ihre Finger erzeugten. Leute zogen sich ins Haus zurück, wenn Caitlin und Lewis vorbeigingen, und die Kinder hielten sich fern.

Die Gasse verzweigte sich in Lehmpfade. Man sah einen Bach glitzern; jenseits davon lagen niedrige Hütten fast hinter Blüten und Kletterpflanzen verborgen, die sie wie Haarbänder schmückten. Caitlin blickte sich um, sah aber keinen Menschen. «Gehen wir», sagte sie. «Das sind komische Leute.»

«Die sind einfach bloß paranoid», erwiderte Lewis. «Denken wahrscheinlich, wir suchen nach Kommunisten.»

«Warum sollten sie das denken?» Caitlin unterdrückte ein kindisch besorgtes Kichern.

«Warum nicht?» sagte Lewis. «Der Ort hier würde sich

gut eignen, wenn ich so drüber nachdenke. Sehen Sie sich doch die Leute an – sie hungern. Haben Sie ihre Gesichter nicht gesehen?»

Als Caitlin sich erneut umblickte, brach aus der über allem liegenden Stille ein Kind und rannte so blitzschnell über ein Feld, daß man nichts als braune Beine und helle Lumpen sah. Kleine Angstschauer perlten über Caitlins Haut – sie drehte sich um und begann ebenfalls zu rennen.

Lewis holte sie mühelos bei der Kirche ein. «He», sagte er und hielt sie am Handgelenk fest. «Immer mit der Ruhe! Ich möchte Sie fotografieren.»

«Kommen Sie», sagte Caitlin, «ich will hier weg!»

«Ich hab gesagt, ich würde Sie gern fotografieren», wiederholte Lewis. «Was ist denn los mit Ihnen?» Er drehte ihr so lange das Handgelenk um, bis sie auf die Steinstufen sank. «Bitte lächeln», befahl er und hob einen kleinen Fotoapparat, den sie noch gar nicht bemerkt hatte.

Sie stand auf, starrte Lewis wütend an und hätte fast die Balance verloren.

«Tut mir leid», sagte er. «Ich werde immer ganz aufgedreht, wenn ich jemand bei mir hab, der Englisch spricht. Da, schauen Sie», sagte er und öffnete ihr die Wagentür. «Nicht schlecht, wie?» Er gab Caitlin einen kleinen Schnappschuß, der gerade aus dem Apparat gekommen war, und da hockte sie, ein unbeholfenes Pünktchen auf Steinstufen, und hielt mit einer Hand ihr Handgelenk umklammert.

Sie hielt ihr Handgelenk umklammert, und die Straße sackte unter dem Jeep weg. Sie sah entsetzt aus auf dem Bild, richtig krank. Diese Leute hungerten – sie wollte mit Holly reden. Konnte Holly diese schrecklichen Dinge beim Frühstück wirklich ernst gemeint haben? Wo *steckte* sie bloß? Caitlin war doch wegen ihr gekommen. Sie wollte *Holly* sehen. «Ich fühle mich miserabel», sagte sie zu ihr.

«Aber das hat doch nicht wirklich weh getan» – es war Lewis, der ihr leichthin antwortete – «oder, Schätzchen?»

«Lewis –» Es herrschte eine geradezu *unglaubliche* Hitze; Caitlin hätte am liebsten die Hand unter Lewis' Hemd geschoben und sich die Stirn mit seinem weichen rosaroten T-Shirt getrocknet, aber es war voll dunkler feuchter Flecken. «Mir geht's einfach nicht gut.»

«Ihnen geht's nicht gut?» Lewis warf ihr einen Blick zu. «Hören Sie mal, Sie haben doch nicht irgendwas Komisches gegessen?»

«Ich hab heute noch gar nichts gegessen», sagte Caitlin. «Nur beim Frühstück einen Bissen von diesen Scheißeiern. Und auf der Straße ein bißchen Konfekt.»

«Auf der *Straße*?» fragte Lewis. «Sie haben was auf der Straße *gegessen*?» Und dann kotzte Caitlin sein ganzes Auto voll.

«Haben Sie denn gar keine Ahnung?» sagte Lewis später, als er sie in ihrem Hotelzimmer zu Bett brachte. «Auf der Straße sollte man nie was essen!» Die Toilette, die immer noch heftig spülte, rauschte und dröhnte im Hintergrund. «Jedenfalls» – er schenkte ihr aus einem Krug ein Glas Wasser ein – «nehmen Sie jetzt erst mal zwei von diesen kleinen Dingern hier, dann geht's Ihnen in ein paar Stunden wieder gut.»

«Lewis», sagte sie. «Lewis...»

«Ich schau später wieder nach Ihnen», sagte er von der Tür aus. «Und dann will ich Sie wie neugeboren vorfinden. Soll ich jemand wegen der Toilette raufschicken? Das Scheißding macht einen ja wahnsinnig!»

Caitlin hatte das Gefühl, ihre Augen seien voller Körnchen und viel zu groß. Das ganze Zimmer war voller Körnchen. Es löste sich in zischende Spiralen aus schwarzen und weißen Pünktchen auf; Zickzacklinien fuhren ihr aus dem Kopf. Das

Geräusch von fließendem Wasser sollte doch erfrischend wirken! Boyce hatte gesagt, sie hätten kein Wasser; warum nahmen sie dann nicht welches von ihrem, wer immer sie sein mochten? Blumen und Schmetterlinge pulsierten durch das Gewirbel – hinter ihnen sah sie glitzernde Augen. Auf der gepflasterten Plaza schrien zerlumpte Mengen nach Zauberseife, von deren Existenz die mächtigen Großindustriellen, die gefährlich nah durch den Flughafen von Miami schwärmten, nichts wußten. Es stimmte nicht, was Holly beim Frühstück gesagt hatte, und der Beweis dafür bestand darin, daß sie *hier* war. Warum war sie denn hergekommen, wenn nicht, um Holly zu sehen, um zu sehen, was aus all der Zeit geworden war, die sie gehabt hatte! Holly war zu hartherzig; man konnte Dinge *durchaus* ungeschehen machen, mit etwas Phantasie – man konnte sie anders darstellen, in einem anderen Licht sehen. Außer – ja, außer es ging ihr so schlecht; denn wenn es ihr so schlecht ging und sie *im Sterben lag*, dann würde alles, was je passiert war, für immer so bleiben wie jetzt.

Jenseits der Nebelwand von Caitlins Übelkeit saß Holly, in irgendeine phosphoreszierende Substanz getaucht, glücklich, entspannt. Caitlin warf sich hin und her und versuchte, nach ihr zu rufen, aber wieder antwortete ihr Lewis. «Können Sie aufstehen?» sagte er.

«Ist Holly weg?» sagte Caitlin.

«Holly?» sagte Lewis. «Sie haben stundenlang geschlafen.»

«Ich muß unbedingt mit Holly sprechen», sagte Caitlin.

«Die sind noch gar nicht zurück», sagte Lewis. Wie war er eigentlich reingekommen? Er mußte ihren Schlüssel mitgenommen haben. «Wie wär's mit einem Happen zu essen? Wir fahren mal die Hauptstraße runter und checken *le tout* Teguci aus.»

«Ich hab keinen Hunger», sagte Caitlin. «Wann kommt Holly zurück? Ich möchte auf sie warten.»

«Vergessen Sie's», meinte Lewis. «Die kommen nicht zurück. Jedenfalls heut abend nicht mehr. Es ist ja schon fast Mitternacht, und *kein Mensch* fährt nach Einbruch der Dunkelheit noch auf diesen Straßen rum. Jedenfalls sollten Sie jetzt 'n bißchen rausgehen, frische Luft schnappen.»

Er hatte recht. Caitlin fühlte sich schwach und irgendwie komisch. Die Toilette rauschte immer noch, und dieses Zimmer, in das Holly sie gesteckt hatte, war heiß und stank säuerlich.

In den fließenden Lachen der Dunkelheit beim Aufzug lümmelten zwei Uniformierte herum. «Keine Angst, Prinzessin.» Lewis führte sie in den Aufzug, und als sich die Tür schloß, fühlte sie sich sicher. «Die haben nicht auf Sie gewartet.» Aber es sah ganz so aus, als hätten sie automatische Waffen getragen. Wie der Mann, fiel Caitlin ein, den sie ein paar Stunden zuvor im Garten bei Harveys Hotel gesehen hatte, obwohl sie das in dem Moment gar nicht richtig registriert hatte. Jetzt begannen er und andere, die ihr nur flüchtig aufgefallen waren, in verschiedenen Uniformen durch ihre Erinnerung auf sie zuzumarschieren. Sie hatten am Straßenrand im Schatten gestanden, ja, jetzt fiel es ihr ein, und in der Stadt von erhöhten Posten aus das Menschengewimmel beobachtet. Beim Verlassen des Hotels kamen Caitlin und Lewis am Restaurant vorbei, wo jetzt statt der Kellnerinnen gepflegte, ernste Kellner herumliefen, die wie Boxchampions aussahen.

Die Straßen waren so steil und kurvenreich, daß die kleinen Lichter der Straßenlampen und Häuser in der Dunkelheit aussahen, als hingen sie an Schnüren in der Luft. «Ja, nachts ist es hübsch hier», sagte Lewis. «Und tagsüber auch, wenn die Sonne scheint – das hellt es auf wie ein Lächeln. Trotzdem ein komischer Ort für 'ne Schaltzentrale, oder? Man würde nicht denken, daß es eine der wichtigsten Städte der Vereinigten Staaten ist. Wie Chicago – mal abgesehen von der Lage, meine ich.»

Lewis öffnete schwungvoll die Tür seines Apartments – ein einziger Raum über einem verrammelten kleinen Laden. Es gab kaum Möbel – nur ein Bett, einen Fernseher und einen Nachttisch, auf dem eine Lampe, ein geschnitztes Kästchen, ein Aschenbecher und ein Fischglas mit einem kleinen Goldfisch und einer häßlichen Keramikburg darin standen. Aber eine Wand war wie die Pinnwand eines Jungen mit Zeitungsausschnitten, Fotos und militärischen Abzeichen bedeckt, inklusive einer Konföderiertenflagge und einem Eisernen Kreuz.

«Bißchen Fernsehen?» sagte Lewis. Er hob sein Hemd, um ein Pistolenhalfter abzuschnallen, das er auf den Nachttisch legte, und streckte die Hand nach dem Fernseher aus.

Der Monitor wurde hell; winzige Männchen an Fallschirmen trieben über die Bildfläche. Wie Blumen blühten sie einer nach dem anderen auf und verdunkelten den Bildschirm, und dann kam ein Schnitt. Man erkannte die Straße, die Caitlin im Lauf des Tages entlanggegangen war. Im Hintergrund sah sie die gepflasterte Plaza; vorn zogen Kinder in Schuluniform vorbei und unzählige Männer und Frauen mit diesen sanften, resignierten Mienen. «In der Innenstadt von Tegucigalpa jedoch», intonierte ein Sprecher mit sonorer Stimme, «ging heute alles seinen gewohnten Gang...»

«Genug?» sagte Lewis. Er stellte den Ton ab und setzte sich aufs Bett.

«Lewis», begann Caitlin. Es stimmte, sie hatten nicht auf sie gewartet, diese Burschen am Aufzug. Aber gewartet hatten sie auf jemanden. «Darf ich Sie mal was fragen?»

«Klar», sagte er. «Hier, greifen Sie zu.» Er hielt ihr das geschnitzte Kästchen hin, das mit dicken Joints gefüllt war. «Alles Exportqualität.»

Als sie sich über Lewis beugte, damit er ihr Feuer geben konnte, fiel ihr Blick auf einen Schnappschuß an der Pinnwand hinter ihm. Die Gestalt darauf schien ein Mann zu sein, aber der Körper war dermaßen verstümmelt, daß Caitlin sich nicht sicher war. Hautfetzen waren weggerissen, Arme und Beine verdreht, aber das junge Gesicht war erschütternd unversehrt.

«Der war von der Gewerkschaft», sagte Lewis. «Hat in vielen kleinen Städtchen großen Ärger gemacht. He, was soll die Gafferei? Kapieren Sie denn nicht, was hier läuft? Wissen Sie nicht, in was für einer Welt wir nach dem Willen dieser Leute leben sollen?»

Caitlin gab ihm den Joint und sah, wie er beim Inhalieren genüßlich die Augen zusammenkniff. Eine Weile rauchten sie schweigend, der Joint ging hin und her, und Caitlin dachte an ihr Hotelzimmer – das kleine Zimmer, das ihr während ihrer Übelkeit Zuflucht geboten hatte. «Lewis –» sagte sie.

«Das ist die Kette dieses Burschen», sagte Lewis und zog eine Silberkette aus seinem T-Shirt. «Ich hab noch nie mit jemand drüber gesprochen, aber ich phantasiere immer, daß der Bursche irgendwo eine Frau hat – eine Witwe. Sehr schön, sehr unschuldig, und sie trägt das Gegenstück zu der Kette da. Und eines Tages werde ich dieses schöne honduranische Mädchen irgendwo sehen, mit einer Schar kleiner Kinder im Schlepp, und sie trägt die Kette und zack – bin ich verheiratet und hab Familie.»

«Womit verdient Brandon eigentlich seinen Lebensunterhalt?» sagte sie.

«Ach, *das* hatten Sie also auf dem Herzen?» sagte Lewis. «*Das* hat Sie beschäftigt?»

Sie sah ihn achselzuckend an.

«Gut», sagte er. «Ich hatte nämlich schon befürchtet, ich würde Ihnen zu langweilig.»

«Nein», sagte sie. Draußen vor dem Fenster brannten fröhlich die kleinen Lichter.

«Gut», sagte er. «Freut mich zu hören. Na, keine Sorge. Brandon macht ausschließlich Transporte. Geregelte, hochbezahlte, sichere Arbeit. Weiß meistens nicht mal, aus was seine Ladung besteht. Tja, die jungen Leute heutzutage, sehr vernünftig – kein bißchen romantisch. Butch – he, Butch!» sagte er und tippte an das Goldfischglas. «Komm, sag meiner neuen Freundin guten Tag. Ist sie nicht hübsch? Ist meine neue Freundin Caitlin nicht hübsch? Ach», sagte er und wandte sich von dem im Kreis schwimmenden Fisch ab, «leck mich doch. Offen gestanden, Butch ist nicht besonders gesellig. Manche Leute finden ja, ein Fisch eignet sich nicht als Haustier, weil er kein liebevoller Kamerad ist. Aber ich sage immer, he – woher wollt ihr denn die Zuneigung eines Fischs beurteilen können? Man schaut ins Glas, und man sieht, was man sieht. Außerdem ist es lächerlich, so über Haustiere zu reden. Was ist denn eigentlich ein Haustier? Doch nichts anderes als ein kleines bewußtes Wesen zur Korrektur deines eigenen Bewußtseins, das dir sonst unter Umständen manchmal – wie soll ich sagen? – wie das ganze Fischglas vorkommt? Und da erweist sich so ein Fisch auf Anhieb als tauglich. Danach muß man sich überlegen, was sind eigentlich die charakteristischen Merkmale eines Fischs? Und die wären: a) ein Fisch schwimmt, was an und für sich schon eine gute Eigenschaft ist; b) einen Fisch muß man nicht ausführen, dito; und c) ein Fisch hat ein sehr weises, ewiges und archetypisches Wesen. Whow!» Er nahm den kleinen Fotoapparat aus der Gesäßtasche und streckte sich mit dem Arm über den Augen auf dem Bett aus. «Nichts macht so high wie Gras.»

«Stimmt», sagte Caitlin. Er reichte ihr einen neuen Joint, und sie setzte sich in die Ecke und lehnte sich an die Wand.

«Natürlich», fuhr Lewis fort, «lebt der einzelne Fisch nicht ewig, das ist die Kehrseite. Bloß um Ihnen ein Beispiel zu geben: Ich habe bis vor kurzem auf den Philippinen gelebt. Da hatte ich mich richtig ausgerüstet mit einem Aquarium samt Fisch – ein ganz besonders schönes, ansprechendes Exemplar, eine Art blau-gelb gestreifte Scheibe mit wedelnden Flossen. Na, und dieser Fisch schwamm hin und her, immer um die kleine Burg da rum, und machte sich von morgens bis abends so seine Gedanken. Man konnte wochenlang ununterbrochen zuschauen – egal, was man tagsüber gesehen hatte, ganz egal was, der Fisch rückte alles wieder zurecht. Ein wunderschönes Geschöpf. Aber eines Abends hab ich mit ein paar Kumpels ein bißchen was getrunken, und da kam eins zum anderen und so weiter und so fort, und als ich dann zurückkam und ins Zimmer trat, zufällig erst nach ein paar Tagen, da trieb dieser Fisch mit dem Bauch nach oben auf dem Wasser.»

«Vielleicht sollten Sie den hier mal füttern», sagte Caitlin. Der Fisch machte einen aufgeregten Eindruck; er flitzte hin und her und stieß gegen das Glas. «Ich glaub, er hat Hunger.» Vielleicht war er auch am Ersticken – das Glas war schmutzig, und farblose Brösel schwammen darin herum.

Einen Moment lang schien es, als habe Lewis nicht zugehört, aber dann nahm er den Aschenbecher vom Nachttisch und warf ihn an die Wand. «Scheißfisch!» hörte ihn Caitlin durch den Lärm des Aufpralls sagen, der um sie schwirrte wie ein Lasso, das gleich zugezogen wird.

Zehn Schritte bis zur Tür, höchstens zehn. Aber die Tür war auf der anderen Seite des Betts. Lewis legte sich wieder hin und schaute an dem Fisch vorbei auf Caitlin hinunter. «He», sagte er. «Was machst du denn da auf dem Boden?»

Diese Burschen im Flugzeug hatten so verletzlich gewirkt mit ihren kahlgeschorenen Köpfen, und gefährlich, wie ein Wurf junger Tiere, die sich blind krümmen und unbeholfen ihre winzigen Zähne und Klauen zeigen. «Habt ihr eure

Befehle?» hatte der Beamte am Flughafen sie leise gefragt, und sie hatten genickt, bleich und hilflos.

«Komm her», sagte Lewis. Er streckte die Hand aus und schraubte die Birne aus der Nachttischlampe. Das Zimmer flackerte nervös im grünlichen Licht des Fernsehers, und Lewis' liegende, hügelige Gestalt – seine langen Beine, sein breiter Rumpf, seine breiten Schultern, das sich auf der Stirn kräuselnde Haar – erinnerte Caitlin an eine Landschaft; vielleicht füllte sich die Luft dahinter bereits mit kleinen Fallschirmspringern, die sich wie Sporen über all die fernen Dörfer, die atmenden Berge und lebendigen Täler verteilten.

An dem Tag, als Caitlin Todd verlassen hatte, und zwar endgültig (als sie nicht mehr erwünscht war), hatte der Himmel an ein seidiges weißes Banner erinnert. Holly weinte den ganzen Morgen kein einziges Mal, ja sie schien gar nicht zu begreifen, was geschah.

Als das Taxi kam, um sie zum Flughafen zu bringen, hatte Caitlin geweint. Sie kniete neben Holly und hielt ihr kleines Gesicht zwischen den Händen, aber Holly schien sie kaum zu sehen. «Darf ich heute mit Patricia spielen, Daddy?» hatte Holly gefragt und sich weggedreht, als wäre Caitlin unsichtbar, als hätte Caitlin einfach aufgehört zu existieren. «Darf ich mit Patricia spielen?»

«He», sagte Lewis.

Caitlin zuckte zusammen. Sie sah den Fisch im flackernden Licht hin und her flitzen, im Kreis schwimmen und gegen die Rundung stoßen, als könnte sich sein schlieriges kleines Glas jeden Moment in einen riesigen frischen Teich verwandeln, auf dem Blätter und Blumen schwammen.

«Schau», sagte Lewis, «ich dachte, ich hätte dir gesagt, du sollst herkommen.»

Über den See

Auf den ersten Blick schienen es Gesteinsformationen im Steilhang über ihnen zu sein, was Robert vom Rücksitz aus sah – Lava- oder Basaltsäulen. Dann brachen goldene Strahlen durch den Morgendunst, die schwarzen Formen sprangen hin und her, Mensch / Mineral, Mensch / Mineral, und die Sonne glänzte auf Macheten und ließ einen irritierenden Moment lang die Tücher aufleuchten, hinter denen sich Gesichter verbargen wie hinter Masken, und die Gewänder – die weiten bestickten indianischen Hosen, die Mick und Suky in dem Dorf kaufen wollten, zu dem sie gerade unterwegs waren.

«Oho!» sagte Mick. «Lohnt sich die Fahrt?» Aber die Hand, die er nach Sukys Zigarette ausstreckte, zitterte. Wie lange, fragte sich Rob; wie lange noch bis zum Dorf?

Bei ihrer Ankunft würde er mit Mick und Suky etwas essen, sich vielleicht sogar ein Zimmer in ihrem Hotel nehmen, aber dann würde er sich sofort um eine Rückfahrmöglichkeit in die Stadt kümmern. Bestimmt waren andere Touristen mit Autos da, und außerdem gab es angeblich ein Boot, ein kleines Boot für den Posttransport zwischen der Stadt und dem Dorf auf der anderen Seite des Sees, wohin sie jetzt unterwegs waren. Trotzdem, er konnte nicht ernsthaft Mick und Suky die Schuld daran geben, daß er mitgefahren war; er hatte sich ihnen anvertraut, nicht gerade begeistert, aber wissend, was ihn bei diesen Leuten erwartete, mit denen er zu Hause nicht im Traum auch nur ins selbe Auto gestiegen wäre. Und wenn was passierte – wenn die Guerillas wiederkämen oder wenn sie Banditen begegneten oder wenn ihm schlecht würde oder wenn sie, was die schrecklichste aller Vorstellungen war, von der Armee angehalten würden –, könnte er niemandem als sich selbst Vorwürfe machen.

Sukys schmaler, sonnengebräunter Arm auf der Rücklehne des Fahrersitzes schimmerte matt. Ihre Schulter, ihr Nakken... Der Wagen fuhr Schlangenlinien, und Rob sah hinaus auf den dampfenden See. Er, er allein wäre schuld, er, er ganz allein. Schweiß bildete sich unter der Oberfläche, drängte nach oben, sammelte sich in Form winziger fäulniserregender, wie Edelsteine glänzender Tropfen in Mulden rund um jeden einzelnen goldenen Haarstengel.

Mick behauptete, der bröckelnde Bunkerklotz, in dem sie sich einquartiert hatten, sei das erste Hotel am Platze, und der schmutzige Pavillon, unter dessen von Ungeziefer wimmelndem Strohdach sie jetzt saßen, sei das beste Restaurant weit und breit. «Das einzige Restaurant», ergänzte Suky träge. «Na ja, es gibt noch ein anderes, aber da hat sich Mick letztes Jahr einen fiesen Parasiten geholt.»

Na und? Rob wäre schon bald auf dem Rückweg in die Stadt. «Nehmen alle Huhn?» fragte Mick. «Immer gut, immer ungefährlich.» Er legte die klebrige Speisekarte hin und wandte sich mit einer winzigen Verbeugung dem Kind zu, das gelangweilt über einer Stuhllehne wippte und auf die Bestellung wartete. *«Tres pollos.»*

Das Kind musterte Mick, ehe es antwortete. *«Pollo no hay»*, sagte es gleichgültig.

«Pues», sagte Mick. *«Pescado. Bien fresco.»*

«Pescado no hay», sagte das Kind.

«Bueno –» Mick verschränkte die Arme vor der Brust und bedachte das Kind mit einem grausamen Grinsen. *«Carne.»*

Das Kind starrte zurück.

Suky gähnte. *«¿Qué hay?»* sagte sie.

«Frijoles», sagte das Kind, schon im Weggehen. Zufrieden, fragte sich Rob, weil es ihnen immerhin Bohnen anbieten konnte, oder weil es ihnen nichts anderes anbieten konnte?

Der Pavillon stand etwas erhöht, so daß man die Schotterstraße und dahinter den See überblickte. Vor ihnen, bei jedem der Pfosten, die das Strohdach trugen, stand ein Soldat mit dem Gewehr im Anschlag, das auf die zerlumpten Ladinos unten auf der Straße und die lautlosen Indios in ihren kunstvoll gearbeiteten, anmutigen, schmutzigen Kleidern gerichtet war. Von der Stadt aus gesehen war der See blau gewesen und die Luft darüber klar, ein reiner Äther, in den ehrfurchtgebietend und pittoresk die Vulkane und Hügel ragten. Aber auf dieser Seite hatte die Luft einen grünlichen Schimmer von den Pflanzenpartikeln, die mit stumpfem Glanz umherschwebten wie Schuppen. Das Wasser, der Vulkan, die dichte Vegetation und der Schorf der Wellblechdächer auf den umliegenden Hügeln – alles lag wabernd wie unter Dunstschichten, als wären sie tief im See und blickten durch das Wasser hinauf.

«Vielleicht nicht gerade ein Feinschmeckerparadies», sagte Mick. «Aber man muß zugeben, daß es wunderschön ist.»

Un*glaub*lich. War sich Mick seiner Ignoranz bewußt? Selbst wer dem gewissen Reiz dieser düsteren, vielgestaltigen Landschaft erlag, konnte wohl kaum die Soldaten übersehen. Auf ihre Gesichter hatten sie anarchische schwarze Zeichen geschmiert, und ihre Augen funkelten rot vor Erschöpfung oder Haß, oder von irgendeiner Krankheit.

Natürlich hatte auch Rob mit unschönen Dingen gerechnet. Vor einigen Tagen in der Stadt, als Mick über den See auf das Dorf deutete, hatte Rob in seinem Inneren eine heftige, wenn auch nicht eindeutige Reaktion verspürt. Vage, aber verlockende Bemerkungen über die Gegend waren ihm zu Ohren gekommen – die einzigartigen Webarbeiten und Stikkereien, die alten Religionen. Er empfand eine unwiderstehliche Anziehungskraft. Aber irgend jemand hatte Guerillas erwähnt, und jemand anderes hatte ihm von den Menschen dort erzählt, von den Indio-Bauern, an denen der Wandel der Jahrhunderte spurlos vorübergegangen war und die jetzt während der Pflanz- und Erntezeit auf die Plantagen im Osten verschleppt wurden, wo sie unter militärischer Aufsicht arbeiten mußten. «Klingt sehr interessant», hatte Rob höflich zu Mick gesagt.

«‹Interessant›?» hatte Mick gesagt. «Sensationell ist es. Sehr dunkel, sehr geheimnisvoll.»

Suky hatte daraufhin geseufzt, erinnerte sich Rob. Und er hatte irgendwas gesagt wie, daß er irgendwann wahnsinnig gern mal dorthin fahren würde, und daraufhin hatte Suky gesagt: «Warum kommst du dann nicht mit uns? Wir fahren am Mittwoch.»

Mittwoch. Rob hatte sie angestarrt, während sie mit dem Strohhalm den Boden ihres Glases erforschte. «Warum nicht?» hatte sie gesagt, ihn angesehen und ihren Drink beiseite geschoben. «Jetzt ist die ideale Gelegenheit. Irgendein General ist grade oben in den Staaten, um im Kongreß um mehr Unterstützung zu werben, und darum gibt sich das Militär im Moment Mühe, keine Gringo-Touri-College-Boys umzulegen.» Dann hatte sie kurz gelächelt und dabei ihre seltsam kleinen, ungleichmäßigen scharfen Zähne gezeigt.

Ein plötzliches Schamgefühl (als wäre er im Begriff, etwas Gemeines zu tun oder zu denken) beschwor jetzt eine andere Erinnerung in Rob herauf: Seine Eltern, neben sich Kästen mit Dias – die Ausbeute zahlloser Reisen, die sie ihm und seiner Schwester auf einer Leinwand im Wohnzimmer zeigten und manchmal auch anderen Leuten aus der Nachbarschaft, die ähnliche Reisen planten. Seine Eltern waren unternehmungslustig und wißbegierig – sie hatten geistig wie körperlich wesentlich mehr Energie als er. Soviel Rob wußte, hatte es nie einen Ort gegeben, an den sie nicht gern gefahren wären. Und obwohl sie in diesem Sommer pro forma ein wenig gegen die Nachlässigkeit seiner Reiseplanung protestiert hatten, spürte Rob deutlich ihren Stolz, ihre Begierde, neue Ecken der Welt durch seine Augen kennenzulernen. Wenn er doch nur ihre Vitalität hätte. Schlechtes Wetter schien ihr Interesse an der Lebensweise anderer Menschen nur zu steigern. Schlechtes Essen auch, und Kakerlaken erst recht. Soweit Rob sich erinnern konnte, waren nur zwei oder drei ihrer Reisen mißlungen. Da kamen sie dann klagend und verstört nach Hause zurück, und ihr sonniges Temperament schien angeschlagen. Welche Reisen waren das gewesen? Haiti? Die Philippinen? Rob konnte sich nicht mehr genau erinnern – die Dias waren in den Kästen geblieben.

Das kellnernde Kind kam zurück und schob drei Teller mit Reis und Bohnen auf den Tisch; einen vierten mit Tortillas knallte es mit soviel Schwung in die Mitte, daß er noch einen Moment sirrend kreiselte. *«Dos más, Pablo»,* sagte eine Stimme hinter Rob. Dann: «Willkommen, willkommen.»

Der Besitzer der Stimme war vermutlich kaum über dreißig, ein paar Jahre älter als Mick und Suky, aber mit seiner gewichtigen Freundlichkeit nahm er die Privilegien eines erheblich höheren Alters für sich in Anspruch. Die eine Hand hielt er Mick hin, mit der anderen zog er, ganz Gentleman, einen Stuhl für das sphinxartige Indiomädchen heran, das ihn begleitete. *«Y Pablito»,* rief er dem Kind zu, *«dos cervezas.»*

Höchstwahrscheinlich Drogen, dachte Rob. In den Städten hatte er auf seiner Reise schon solche Männer gesehen. Aber die blieben gewöhnlich unter sich, standen in Gruppen beieinander oder mischten sich mit entsprechenden anderen Typen – stämmigen, pockennarbigen Südamerikanern oder angealterten Wracks aus den USA: gescheiterte Altsechziger mit fettigen, schütteren Pferdeschwänzen und schmerbäuchigen Klappergestellen, die von ursprünglich geschmeidigen und kraftvollen Körpern übriggeblieben waren, von Körpern wie dem dieses Mannes.

Verzweiflung überkam Rob – sie hatten seinen Teller abgewaschen! In einem zitternden Tropfen am Tellerrand tummelte sich ein ganzes Erreger-Universum. Wer an Krankheiten denkt, wird auch krank, pflegte Mick zu sagen, und da schien was dran zu sein, aber der Umkehrschluß – wer an Gesundsein denkt, bleibt auch gesund – schien weit weniger überzeugend.

«Rob, Suky, he –» Mick tippte Rob auf den Arm und zeigte auf die Biere, die Pablo vor den beiden Neuankömmlingen auf den Tisch stellte. «Das ist 'ne schlaue Idee. Seht ihr, was Kimball da macht?»

Kimball wer? Welcher Kimball? Mist, dachte Rob, sehr ungut. Seine Gedanken waren Amok gelaufen. Jetzt bekam er sie, nicht ohne Mühe, wieder in den Griff.

Rob fiel auf, daß dieser Kimball zwar einen voluminösen Eindruck machte, aber gar nicht besonders groß war – nur ziemlich breit und gut gebaut. Trotz seines scharfgeschnittenen Gesichts und seiner ziemlich kleinen dunkelblauen Augen strahlte er mit seiner cremeweichen Haut und seinen geschmeidigen schwarzen Locken eine gewisse Großmut und Grandezza aus. Und Mick unterwarf sich ihm mit widerwärtigem Eifer.

Wirklich erstaunlich. Der erhabene Mick, der würdevolle Mick – aber ein Gespür für die Ranghöhe des anderen war in der Aristokratie der Weltenbummler offenbar von ausschlaggebender Bedeutung.

«Die Leute merken gar nicht, wie schnell ihnen der Flüssigkeitsmangel zum Verhängnis werden kann», sagte Mick wichtigtuerisch zu Rob. «Ehrlich. Der Saft hier ist prima.

Wenn du kein Bier magst, trink wenigstens 'nen Saft.» Aber Kimball interessierte es offensichtlich einen Scheißdreck, dachte Rob, wer Bier trank und wer nicht; obwohl alle anderen Tische frei waren, saß er die ganze Zeit mit gerecktem Hals da, als suche oder erwarte er jemanden.

«Ich hab keinen Durst», sagte Rob.

Suky hatte die Augen geschlossen, aber Rob meinte, ein spöttisches kleines Lächeln um ihren Mund spielen zu sehen. Und wenn schon. Er *hatte* keinen Durst; er konnte warten – er hatte drei Flaschen mit tadellosem Wasser im Hotel, in seinem Rucksack, dessen Gewicht Mick zu einigen ironisch-verwunderten Bemerkungen Anlaß gegeben hatte, als sie ins Auto gestiegen waren.

«Suky?» sagte Mick.

«Bier», sagte sie.

«Also, ich nehm 'n Bier *und* 'nen Saft», sagte Mick mit entnervender Fröhlichkeit. «Pablo –» rief er.

War das wirklich der Name des Kindes? fragte sich Rob. Oder eine abfällige Gattungsbezeichnung. Und wie hieß dieses Indiomädchen? War sie überhaupt schon vorgestellt worden? Es schien Rob, als hätte sie noch keine Miene verzogen, seit sie am Tisch saß. *«Señorita»,* sagte er. *«¿vive usted aquí?»*

Kimball drehte sich um und musterte Rob. «Sie spricht kein Spanisch», sagte er. Er legte den Arm um das Mädchen und flüsterte ihr etwas in einer Sprache voller Sch- und Z-Laute ins Ohr. Das Mädchen lachte – ein winziges harsches Glitzerlachen. «Aber, ja –» Kimball drehte sich wieder um und sah Rob an. «Sie läßt dir sagen, sie lebt hier.»

Die Augen des Mädchens glitten mit der brennenden Kälte von Trockeneis über Rob hinweg. Sie wirkte noch furchterregender als Kimball. Was war nur mit ihr los? Wenn er bloß Meredith gebeten hätte mitzukommen. Sie hätte Zeit gehabt im Sommer, das hatte sie ihm signalisiert. Und wenn sie jetzt hier wäre, wüßte sie, was ihn beunruhigte – sie wußte so was immer. Manchmal war es nichts weiter als Schönheit, wie sie ihm klargemacht hatte. «Rob, das ist einfach *wunderschön*, begreifst du das nicht?» pflegte sie dann zu sagen. Oder: «Die Frau sieht nicht sonderbar aus, sie ist bloß *schön*.» Und dann lachte sie und rieb ihren Kopf an seinem, und er begriff: Was immer es war, es war lediglich schön.

Er seufzte und legte seine Gabel hin – er hatte versucht etwas zu essen, aber Reis wie Bohnen schmeckten angebrannt und muffig. Suky warf einen Blick auf seinen Teller, dann sah sie ihn an. Sie trank einen Schluck Bier und reckte die Arme hoch über den Kopf.

Die Art, wie viele Mädchen sich anzogen, die in diesen Breitengraden reisten, war abstoßend. Schmutzige Unterwäsche, deren Ränder überall vorstanden, oder, schlimmer noch, überhaupt keine Unterwäsche, wie hier in Sukys Fall, die jetzt den Träger ihres nuttigen Tops zurechtrückte und Rob dabei freie Sicht bot. Was empfanden wohl die Menschen, wenn sie zusehen mußten, wie ihr Land zu einem Privatstrand verkam? Was mochte zum Beispiel das Indiomädchen denken? Wenn Meredith auf Reisen war (das wußte Rob, obwohl sie noch nie zusammen unterwegs gewesen waren), achtete sie ganz besonders auf anständige Kleidung. Allemal, wenn sie in ein Dritte-Welt-Land fuhr, wo die Bewohner, wie sie Rob erklärt hatte, einander wenig mehr anzubieten hatten als gegenseitige Achtung.

Rob konzentrierte sich wieder auf die Runde am Tisch und mußte mitanhören, wie Mick hemmungslos drauflos protzte – wo Suky und er überall gewesen waren auf der Jagd nach Textilien, die sie in den Staaten verkaufen wollten, welches Essen sie überlebt, welche Gefahren sie ausgestanden hatten... Aber wenn Rob ehrlich war, mußte er sich eingestehen, daß Mick und Suky noch immer Eindruck auf ihn machten.

Seit er ihnen begegnet war, hatte er sich permanent zu irgendwelchen lächerlichen Posen verstiegen – entstellte und verklemmte Reaktionen, auch übertriebene. Und selbst jetzt noch, wo Mick seinerseits kriecherische, speichelleckerische Tendenzen zeigte, buhlte Rob mit unbändiger Gier danach, von ihnen anerkannt zu werden. Armselig, aber wahr.

Sie waren ihm gleich aufgefallen, als er in der Stadt aus dem Bus stieg. Sie standen an einem Lebensmittelstand und scherzten in so ausgezeichnetem Spanisch mit dem Besitzer, daß Rob kein Wort verstand. Sie waren offenkundig Amerikaner, und er sehnte sich nach dem Klang seiner Muttersprache, aber in Wahrheit war es etwas an ihrem Äußeren, das ihn innehalten ließ – die Art, wie sie als Paar wirkten; das leicht Verwilderte, das Westentaschenformat ihrer Erscheinung, verwöhnt und diesseitig zugleich.

Obwohl er von dort, wo er stand, das in seinem Studentenführer empfohlene Hotel sehen konnte, lungerte er in ihrer Nähe herum und wartete auf eine Gelegenheit, sie um Rat zu fragen. Als sie ihr Gespräch beendet hatten, brachten sie ihn ohne spürbares Interesse an seiner Person zu einem Hotel in entgegengesetzter Richtung von dem, das er im Auge gehabt hatte.

Ihre Teilnahmslosigkeit hatte ihn irritiert. Seine Aufrichtigkeit, sein positives Wesen (und sein Aussehen, wie er mit einigem Unbehagen einräumte) erregten normalerweise die Aufmerksamkeit der Leute. Aber diese beiden! Schwer zu sagen, ob sie überhaupt zuhörten. Die *meisten* Menschen bemühten sich, durch ihren Gesichtsausdruck zu signalisieren, daß sie verstanden; die *meisten* Menschen waren interessiert an dem, was jemand sagte. Eine unwillkommene Entrüstung überkam Rob bei der Erinnerung an diese erste Begegnung, und sie bereitete den Weg für das mit verräterischer Heftigkeit nachdrängende Gefühl der Peinlichkeit; sein *eigenes Gehirn* hatte ihn soeben verleitet, etwas höchst Unangenehmes zu denken – daß nämlich der Gesichtsausdruck der meisten Menschen, daß sein eigener Gesichtsausdruck genauso wirksam soziale Informationen transportierte wie die Kleidung.

Die Stadt war klein, und im Lauf der folgenden Tage begegnete Rob den beiden mehrmals. Sie nickten ihm in ungewaschener Herablassung gnädig zu, und Rob fühlte sich von Mal zu Mal deutlicher daran erinnert, daß sie die größten und bemerkenswertesten Gestalten in diesem kleinen Universum waren, während sie ihn lediglich als winziges Partikelchen im weiten Touristenmeer betrachteten.

Aber am Sonntag hatte Rob an einem Tisch in einem überfüllten Restaurant gesessen, und sie waren hereingekommen und hatten eine Weile in der Tür gestanden. Rob deutete, mehr aus schlichter Höflichkeit als aus Hoffnung, auf die freien Stühle neben ihm, und sie kamen tatsächlich an seinen Tisch und setzten sich ohne einen Ausdruck der Überraschung oder des Dankes. Und als Mick ein Salatblatt und eine Tomatenscheibe – beides triefte förmlich von Mikroben – mitten auf seinen Hamburger drapierte, hatte Rob, ganz trunken vor Glück, sogleich das Gebot des Augenblicks erkannt und es ihm gleichgetan. Wie rein der See von der anderen Seite ausgesehen hatte, dachte Rob wieder. Von ihrem Tisch aus hatte er einen hervorragenden Blick gehabt, und ihm war aufgefallen, mit welcher Bestimmtheit die Seeoberfläche den Vulkan und die kleinen Hügel widergespiegelt hatte – die Hügel, in denen er jetzt saß und schwitzte.

Bali, bla bla bla, tönte Mick noch immer. Bergstämme, Panama, Opium, bla bla – es war keine drei Tage her, daß Rob das alles gehört hatte. Keine Frage allerdings, daß Micks Erzählkunst sich mit der Erlauchtheit seines Publikums steigerte.

Erlauchter, aber vielleicht weniger leicht zu beeindrucken.

Kimball rieb sich lediglich das Kinn und machte ein entrückt nachdenkliches Gesicht. Nur ein einziges Mal veränderte sich sein Ausdruck. Einer der Soldaten hatte sich halb umgedreht; er schien Kimball anzusehen. Antwortete Kimball mit einem Nicken? Rob meinte zu erkennen, daß er für Sekundenbruchteile den Blick senkte. War etwas geschehen? Nein, nur ein junger Indio ging seelenruhig die Straße entlang. Suky rutschte die ganze Zeit unruhig auf ihrem Stuhl hin und her und hatte ihre eigenartig gelben Augen auf den See fixiert. Dabei drehte sie eine Strähne ihres lockigen Haars in den Fingern. Eifersüchtig vielleicht, dachte Rob, weil Mick sie kaum beachtete, und völlig unvorbereitet durchzuckte ihn ein heftiger kleiner Anfall von Sympathie für sie.

«Wir sind jetzt schon ein paarmal hier rübergekommen», sagte Mick. «Aber wir hatten nicht allzuviel Glück. Sehr schwer, heutzutage noch Qualität zu finden. Die alten Sachen sind in miserablem Zustand, die neuen der reinste Beschiß...»

Kimball legte die Fingerspitzen aneinander und deutete mit einer Kopfbewegung auf das Indiomädchen, und jetzt erst bemerkte Rob den feinen gleichmäßigen Streifen in ihren Kleidern, die Weichheit des Gewebes, den Sattel an ihrer Bluse, auf dem Blumen und Urwaldtiere – Leoparden, Affen, Schlangen – in einem üppig gestickten Kranz blühten und jagten.

«Mir auch schon aufgefallen», sagte Mick.

«Hat sie selbst gemacht», sagte Kimball.

Mick begutachtete die Bluse von der Seite, dann streckte er die Hand aus und rieb ein Stück des Gewebes zwischen Daumen und Zeigefinger.

«Die Familie leistet erstklassige Arbeit», sagte Kimball.

«Tolles Stück», sagte Mick. «Tja.» Mit trübem Blick starrte er das Mädchen an.

Kimball beugte sich hinüber zu ihr, und sie flüsterten miteinander, als bestünde die Möglichkeit, daß einer der anderen ihre absurd geheimnistuerische Sprache verstand. «Paß auf», sagte Kimball. Er schob seinen leeren Teller beiseite. «Sie fragt, wann ihr abreist? Weil, es ist so – wir könnten gleich noch rübergehen und uns ansehen, was ihre Familie an Sachen da hat, und dann könntet ihr uns beide zurück in die Stadt mitnehmen.»

«Gebongt», sagte Mick.

«Bloß, daß es bei uns ein bißchen eng ist», sagte Suky.

«Wir kriegen sie schon mit», widersprach Mick. «Kein Problem.» Er sah Rob an.

«Klar», sagte Rob. «Kein Thema.»

«Wir haben 'ne Menge Gepäck», sagte Suky und sah Rob offen ins Gesicht. «Warum nehmt ihr nicht das Postboot?» sagte sie zu Kimball. «Das wäre wahrscheinlich sehr viel bequemer.»

Rob spürte, wie er rot wurde. Sosehr sich Suky und Mick über seinen Rucksack lustig gemacht hatten, es wäre trotzdem genug Platz für Kimball, das Mädchen und ihn auf der Rückbank.

Kimball umgab sich mit einer Aura geistiger Abwesenheit. «Das Problem ist», sagte er, «daß wir einen Geschäftstermin haben – wir müssen bis morgen früh in der Hauptstadt sein.»

«Also, in dem Fall können wir euch sowieso nicht helfen», sagte Suky. «Wir fahren erst morgen zurück.»

«Hm», sagte Kimball. Er machte sich auf dem Teller des Indiomädchens zu schaffen und wickelte eine Portion Bohnen in eine der säuerlichen, faden Tortillas. «Also, für uns macht es sowieso keinen Sinn, das Boot zu nehmen», sagte er. «Da sind wir viel zu spät in der Stadt, um gleich weiterzukommen. Da können wir ebensogut noch 'ne Nacht hierbleiben und uns dann morgen bei euch mit reinquetschen.»

«Und was ist mit eurem Geschäftstermin?» sagte Suky.

Kimball schaufelte die Reste vom Teller des Mädchens. «Muß der Termin halt einen Tag warten, denn eins steht fest – bei Dunkelheit ist die Straße in die Hauptstadt für uns tabu.»

«Bei Dunkelheit!» sagte Mick. «He, rat mal, wen wir heute morgen gesehen haben. Auf *dieser* Straße. Am hellichten Tag.»

Kimball stellte seine Bierflasche auf den Tisch und sah Mick an. «Wen denn?»

«Die Muchachos», verkündete Mick.

«Bist du sicher?» sagte Kimball, und erst in diesem Moment schien Mick seinen starren Blick zu bemerken.

«Er meint damit», wandte Mick sich an Rob, als hätte der den Fauxpas begangen, «daß man in dieser Gegend nie sicher ist. Die Armee trägt die Klamotten der Guerillas, die Guerillas tragen die Uniformen der Armee...»

Kimball sah von einem zum anderen. «Sie haben euch nicht angehalten?» sagte er.

«Sie waren weg», sagte Mick. «Erst waren sie da, und dann waren sie weg, *verschwunden.*» Wirklich, dachte Rob, es konnte keinen Zweifel daran geben, wer das heute morgen gewesen war; schließlich hatten sie nur ein paar Meter von ihnen entfernt gestanden. Klar, jeder konnte sich ein Tuch vors Gesicht binden, aber wer konnte lernen, einfach unsichtbar zu werden? Nur Menschen, die in den Bergen gelebt hatten. Nur Menschen, die in den Bergen gejagt worden waren wie die Tiere. «Sieh mal, brauchst dir bloß Rob anzugucken», sagte Mick. «Der sieht immer noch aus, als hätte er Gespenster gesehen.»

Rob überhörte Micks Scherzchen und wandte sich an Kimball. «Halten sie die Leute an? Ich hab nämlich gehört, daß so was schon vorgekommen sein soll. In San Cristobal hab ich einen Typen getroffen, der erzählt hat, sie hätten ihn angehalten, ich weiß nicht genau, ob das hier in der Gegend war, aber sie haben ihm seine letzten fünfzig Dollar abgenommen. Er sagt, das war die schlimmste Erfahrung seines Lebens. Natürlich nicht das Geld, aber als er die Kanone gespürt hat, die sie ihm irgendwie ins Haar gedrückt haben, das war wie ein Schalter an seinem Kopf, hat er gesagt, und er hat gesagt, alles war plötzlich hell erleuchtet von einem eigenartig gleißenden Licht, und alles war vollkommen durchsichtig, wie diese kleinen Glasdinger.» Rob erinnerte sich an die Stimme des Jungen, an sein weißes, staunendes Gesicht. «Er sagt, sonst ist sein Leben immer total dunkel und durcheinander gewesen, aber in dem Moment hat er gesehen, daß alles zusammenpaßte und sein ganzes Leben plötzlich einen Sinn bekam. Und der Sinn, den es bekam – der Sinn, den es *bekam*, war der, daß es vollkommen, total sinnlos war.»

Die anderen sahen ihn an. Dann lächelte Suky und klopfte eine Zigarette aus ihrer Packung.

«Natürlich», sagte Rob, «war er froh, daß es nicht die Armee war.»

«Tschuldige», sagte Kimball zu Suky. «Kannst du mir eine abtreten?»

Sie nahm mit großer Geste einen tiefen Zug und gab ihre Zigarette an Kimball weiter. «Übrigens», sagte sie zu ihm. «Woher wußtest du eigentlich, daß wir mit dem Wagen hier sind?»

Kimball sah sie mitleidig an. «Wie solltet ihr wohl sonst hergekommen sein, vor Eintreffen des Postbootes?» schloß er messerscharf. «Außerdem», fügte er hinzu, «hab ich euch ankommen sehen.»

«He, seht mal», sagte Mick. «Keine Soldaten mehr.» Und tatsächlich: Sie waren von ihren Posten vor dem Restaurant verschwunden.

Kimball sah hinunter zum See. «Ja, und das Postboot kommt», sagte er. Er warf einen Blick auf seine Uhr – ein unverhältnismäßig teures Stück, wie Rob bemerkte. «Auf die Minute, mehr oder weniger.»

«Fabelhaft», sagte Suky. «Jetzt kommen die Stunden der Hosenanzüge, bis wir das Kaff wieder für uns haben.»

Kimball drehte sich auf seinem Stuhl herum, damit er sie voll ansehen konnte. «Wißt ihr was?» sagte er nachdenklich. «Ihr Typen seid in Ordnung. Ihr wißt, was sich gehört, und das gefällt mir. Also, es geht mir um folgendes: Wenn ihr heute nacht unbedingt hierbleiben *müßt*, möchte ich euch um einen Gefallen bitten. Seid so gut und gebt auf euch acht, und bleibt auf euren Zimmern.»

«Unmöglich», sagte Suky. «Rob und ich haben Karten für die Oper.»

Mick machte ein ärgerliches Gesicht. «Sehr witzig», sagte er.

Kimball lächelte nachsichtig. «Also, ihre Familie» – er zeigte auf das Indiomädchen – «*verbarrikadiert* sich jede Nacht.»

«Im Ernst?» sagte Mick. Er spitzte die Lippen und betrachtete sein Saftglas. «‹Verbarrikadiert sich›.»

«He, Vorsicht», protestierte Kimball, als hätte Mick die Familie des Mädchens beleidigt. «Das sind anständige Leute.»

Mick nickte dem wie versteinerten Mädchen galant zu. «Das bezweifle ich keine Sekunde», sagte er. «Aber was willst du … ich meine, wenn es zu echten … *Zusammen*stößen …» Er drehte das Glas in den Händen. «Was meinst du, Suke?»

«Sag ich doch», sagte Suky. «Ich hab Opernkarten. Außerdem –» Sie lächelte zuckersüß. «Rob will bleiben, ist doch klar. Rob hat Lust auf ein paar Zusammenstöße.»

«Keine Zusammenstöße», sagte Kimball. «Klar, ab und zu passiert mal was, dann und wann, aber das eigentliche Problem hier in der Gegend» – er senkte die Stimme – «sind die *brujos*. In letzter Zeit gab's mal einen hier, der hat sich nachts in einen wilden Bären verwandelt. Hat rumgewütet, die kleinen Mais- und Bohnenpflanzungen der Leute verwüstet, ist auf Menschen los, wann immer er konnte.» Er musterte Mick. «Also, Micky. Wir wissen doch ganz genau, daß Leute, die was ganz Mieses im Schilde führen, sich nachts draußen rumtreiben. Du weißt das so gut wie ich. Auf Menschen, die sich nachts draußen rumtreiben, ist kein Verlaß. Aber manchmal passiert eben was, das darf man auch nicht vergessen. Die Oma von irgendwem wird krank, sie müssen von irgendwoher Wasser holen. Ein Kind läuft draußen rum. Ihr wißt, wie das ist. Und dieser *brujo* hat ein paar Leute ziemlich übel zugerichtet, ehe sie ihn eines Nachts in einem Maisfeld abgeknallt haben. Und am nächsten Morgen? Als die Sonne aufging? Da liegt da der Leichnam eines alten Mannes, wie man ihn sich reizender nicht vorstellen kann. Der nette Opa von nebenan.» Er seufzte und schüttelte den Kopf. «Aber wißt ihr was?» Er sah auf, als würde er sich über irgend etwas wundern. «Rob? Suky? Hört ihr mir zu? Weil, jetzt kommt der interessante Teil. *Hinterher* haben alle möglichen Leute behauptet, der reizende Alte und seine Frau seien *Guerillas* gewesen.»

Suky sah ihn nachdenklich an. «Im Ernst?» sagte sie nach einer Weile.

«Im Ernst», sagte er. Er stand auf, sah dorthin, wo vorher die Soldaten gestanden hatten, und rückte seine Jeans zurecht. «He –» Er pfiff. «Pablito –»

«Ein Dollar fünfzig für jeden», sagte Mick nach eingehender Prüfung der Rechnung. «Unschlagbar.» Er trank seinen Saft aus, stellte das Glas entschlossen auf den Tisch und stand auf. «Klar, wir versuchen euch zu helfen, fahren heute noch zurück, wenn die Geschäfte gut laufen – muß ja nicht sein, daß wir unbedingt über Nacht bleiben. Also, fertig?»

«Ich glaube, ich lauf einfach ein bißchen rum», sagte Rob. «Kleine Erkundungstour.»

Mick und Suky sahen ihn ausdruckslos an.

«Klar, Professor», sagte Kimball. «Erkunde ruhig.»

Nachdem es Rob gelungen war, ein bißchen Zeit für sich zu ergattern, stellte er fest, daß er nichts damit anzufangen wußte. Die Hoffnung auf eine Mitfahrgelegenheit zurück in die Stadt, die ihm vorhin im Wagen so naheliegend erschienen war, entbehrte offenkundig jeder realistischen Grundlage; er hatte im Dorf keine anderen Autos gesehen. Und wen sollte er fragen? Pablo zupfte ihn am Ellenbogen und starrte auf den kleinen Stapel Münzen auf dem Tisch. *«Sí.»* Rob nickte. *«Gracias.»* Pablos Augen glänzten, als er nach dem Geld griff.

Er konnte den Mann fragen, der im Hotel hinter der Rezeption gestanden hatte, dachte Rob. Allerdings schien das auch nicht sehr vielversprechend. Für einen Hotelbesitzer in einem Ort, der von Besuchern nicht gerade überlaufen war, war der Mann bemerkenswert – na, nicht gerade unhöflich gewesen, dachte Rob, aber ziemlich... *reserviert.*

Rob erinnerte sich, daß er noch eine andere Gruppe von Gästen im Hotel gesehen hatte. Drei Blondschöpfe mit ernsten, runden Gesichtern, von denen eins oder zwei männliche Züge trugen. Die konnte er fragen. Eine gute Idee.

Aber als er sich vorstellte, zurück zum Hotel zu gehen und dort die Leute zu treffen, wurde ihm flau. Ihre Anwesenheit im schattigen Innenhof des Hotels vorhin hatte etwas Gespenstisches, etwas Abweisendes gehabt. Der Hotelbesitzer hatte auf einen Verschlag hinter ihnen gedeutet – die Dusche, hatte er erklärt. Eine Dusche! Aber Mick war ungeduldig gewesen und hatte abgeraten. «Das Ding ist garantiert eiskalt, Mensch. Laß uns erst was essen – nachher ist sie bestimmt wärmer.» Rob blieb hartnäckig. Mit der Fahrt hierher hatte auch er sich seine Rechte erworben, fand er. Also warteten Mick und Suky, während er das kleine steife Handtuch aus seinem Zimmer holte und in der Dusche verschwand. Sekunden später war er wieder im Hof – zutiefst gedemütigt. Die Dusche war *unerträglich* kalt. Mick hatte sich gebogen vor Lachen, und die Blondschöpfe mit ihren kugelrunden Gesichtern hatten ihn angeglotzt. Aber vielleicht hatten sie gar nichts kapiert – sie waren ja Ausländer. Na, Ausländer sowieso, aber er meinte natürlich, sie waren keine Amerikaner.

Rob sah hinauf in den wäßrigen Himmel, hinaus auf den wolkigen See. Schlimmstenfalls mußte er eben bis zum späten Nachmittag warten. Bis dahin war es entweder Kimball gelungen, Mick und Suky zu überzeugen, heute noch in die Stadt zurückzufahren, oder er konnte allein das Postboot nehmen. Was letztlich die sehr viel attraktivere Alternative war – auf die Rückfahrt über diese gräßliche Straße konnte er weiß Gott verzichten. Aber es war ihm inzwischen ohnehin nicht mehr so dringend damit, von hier wegzukommen. Es war – tja, irgend etwas war *richtig* daran, daß er war, wo er war. Schließlich – der Gedanke drang ihm tröpfchenweise ins Bewußtsein – *war* er jetzt wirklich hier...

Er hatte weggewollt, irgendwohin weit weg, diesen Sommer, solange er noch konnte, bevor die Hochschule anfing. Immer wenn seine Eltern von ihren Reisen zurückkamen, waren sie erfüllt von etwas, das sich nicht benennen ließ. Die Fotos in den teuren Bildbänden ließen etwas davon ahnen, sie gaben eine vage Vorstellung – die Hochglanzfotos vom Hafen einer Stadt am Meer, wo die Boote schaukelten, von Straßenlaternen in regnerischer Nacht, die einen milden Glanz auf die Häuser einer Altstadt warfen, von Männern und Frauen aus fernen Ländern, die vor der Linse kauerten – verführerisch und unanfechtbar.

Seit Sommeranfang fuhr er nun tiefer und tiefer hinab in den Süden, mit Bussen voller Bauern und Hühnern. Sein Herz hatte geklopft bei jeder blau-goldenen Abfahrt in die Tiefe eines Tals, es hatte geklopft angesichts der grob gezimmerten weißen Kreuze, die entlang der Straße den Tod markierten, es hatte geklopft, wenn er die leuchtende, gleichgültige, von Gottes Hauch erfüllte Luft einatmete, durch die er jeden Moment hinabzustürzen glaubte, mitsamt seinen Mitreisenden in diesem Blechbehälter, der von Felsvorsprung zu Felsvorsprung scheppern würde. Und die ganze Zeit hatte er das Gefühl gehabt, sich auf einem Lehrpfad zu befinden, der ihn so weit führen würde, wie man nur kommen konnte.

Jetzt war er hier. Weiter konnte man nicht kommen. Das Ende des Pfades, wo die Welt sich im Dickicht verlor.

Wenn Meredith hier wäre, würde sie ihm zeigen, wie man die Schönheit dieses Ortes entdeckte, als handele es sich um ein Foto. Durch ihre Augen würde dieser Ort seinen Zusammenhalt gewinnen, seine Faßbarkeit. Der See mit seinen schaumigen Dunstschwaden – Meredith würde die Fakten wissen: Größe, Wassertiefe, geologischer Ursprung. Sie würde die soziale Struktur, die Sprache, die Lebensgrundlage dieser schweigenden, undurchschaubaren Dorfgemeinschaft erforscht haben. Sie würde jetzt lachen und ihn überreden, sich endlich auf den Weg zu machen.

Ach, wenn er doch bloß einfach zurück ins Hotel gehen und endlich duschen könnte. Aber er malte sich Merediths Bestürzung aus: *Du bist den ganzen Weg dorthin gefahren und hast dir nicht mal den Marktplatz angesehen? Oder die Kirche?* Sie schüttelte ihre schweren goldbraunen Locken und lachte. *Du hast bloß geduscht und bist wieder zurückgefahren?* Nein, sie würde nicht lachen – ihr weißes Lächeln würde sich verfinstern, wenn sie sein Gesicht sähe.

Gut. Also: Marktplatz, Kirche, *dann* Dusche und Rückfahrt. Ein paar Touristen mühten sich den Hügel hinauf. Offenbar hatte Suky die drohende Plage der Masseninvasion überschätzt. Die sind auch alle auf dem Weg zum Marktplatz, dachte Rob, während er sie im Dickicht der Wellblechdächer und der kleinen Hügel aus den Augen verlor.

Der Wirrwarr von Wegen und Biegungen täuschte darüber hinweg, daß der Marktplatz kaum zwei Minuten vom Restaurant entfernt war. An Gestellen hingen indianische Gewänder, und auf Holzrosten waren verschrumpelte und mit Fliegen übersäte Mangos zu kunstvollen Haufen gestapelt.

Blasse lächelnde Menschen, entschieden und mitleidsvoll, weiche Hüte zum Schutz gegen die Sonne auf den Köpfen, richteten ihre Kameras auf unterernährte Kinder und deren finster blickende Mütter. Noch schlimmer war das Feilschen an den Marktständen. Das Ganze hatte etwas beklemmend Vertrautes. Es war, wie wenn man sich als Erwachsener eine jener aberwitzigen, primitiven sentimentalen Fernsehshows ansah, die Rob aus seiner Kindheit kannte. «Sie wollen, daß man mit ihnen handelt, sie erwarten es von einem. Sie empfinden es als Beleidigung, wenn man es nicht tut», erklärte eine Frau ihrem Ehemann, dem die Schamröte im Gesicht stand. «Zwanzig Dollar», sagte sie zu einer Marktfrau und schien zu meinen, sie würde eine fremde Sprache sprechen.

Die Marktfrau war sehr dick. Wie durch ein automatisches Ventil gesteuert breitete sich gleichmäßig die Wut über ihr Gesicht. Sie hielt ihrer Kundin eine mit Papageien und Eistüten reichbestickte Hose zur Begutachtung hin, und die traf – mit Bedacht und gezwungener Heiterkeit – ihre Wahl, als würde sie in einem Laden in Paris Hüte aufprobieren.

Die Hose hatte an einer Seite einen großen Rostfleck, und das war der entscheidende Punkt. Die Marktfrau war unerbittlich. Der Fleck ließe sich rauswaschen, behauptete sie hartnäckig, aber ohne eine Spur von Glaubwürdigkeit. Die Kundin gab sich wissend, bedauernd. Während sie dem Stand den Rücken kehrte und das Bewußtsein von Charakterstärke ihr Gesicht erhellte, zischte die Marktfrau wütend hinter ihr her. Die sich entfernende Kundin beschleunigte zwar nicht den Schritt, aber ihr Gesichtsausdruck verhärtete sich ein wenig. Rob stand wie angewurzelt da und erwartete jeden Moment, daß ihre Haut platzte, daß ihr Fleisch zu Brei würde, daß ihr Haar und ihre Zähne in den Schmutz des Platzes fielen.

Warum hatte er das Gefühl, die Ungleichheit zwischen Käuferin und Verkäuferin aufheben zu müssen? Es war ein dümmlicher, abergläubischer Impuls, der ihn da trieb, sagte er sich. Überall ertrug die Menschheit das barbarische Benehmen seiner Landsleute. Und wie sollte es anders sein? Die Sache war einfach – man hatte Macht und Geld auf seiner Seite; jedes Tun basierte unweigerlich auf dieser Tatsache. Wenn er jetzt nachgab und etwas kaufte, so würde dies auch für seine Transaktion gelten.

Es stimmt, dachte er. Er konnte kaufen oder nicht; er konnte seine Macht und sein Geld ausspielen oder darauf verzichten – damit war das Feld seiner Entscheidungsfreiheit abgesteckt. Aber diese Erkenntnis peitschte die Wellen der Erregung nur weiter auf, die ihn zu beuteln drohte wie eine Nußschale im Sturm, sollte er den Markt verlassen, ohne etwas zu kaufen.

Am nächstgelegenen Stand raffte er hastig wie ein Dieb mehrere Schärpen und eine Hose zusammen, deren miserable Verarbeitung einen niedrigen Preis erwarten ließ. Er zahlte, was man von ihm verlangte, und war verschwunden, noch ehe die verblüffte Marktfrau hatte entscheiden können, ob sie sich über ihn lustig machen oder ihn bemitleiden sollte. Hatte diese Geste seinen rasenden Puls, seinen heftigen Atem, die

Überproduktion seiner Drüsen auch nur ansatzweise beruhigt? Nein.

Mick hatte recht gehabt, dachte er; er hätte sich einen Saft bestellen sollen. Der Flüssigkeitsmangel konnte durchaus mitschuldig an seiner Benommenheit sein. Aber immerhin hatte er jetzt den Marktplatz gesehen, und die Kirche konnte nicht weit sein. Er würde einen pflichtschuldigen Blick hineinwerfen und dann ins Hotel zurückgehen, dort ein Glas Wasser trinken und duschen, und bis dahin wären Mick und Suky wahrscheinlich auch schon abfahrbereit. Er klemmte seine Erwerbungen unter den Arm, wobei er feststellte, daß auch diese neue Hose Rostflecken hatte. Sollte er sie am Straßenrand zurücklassen? Sinnlos; ihren Makel trug nun auch er.

Die Kirche war nicht hinter der nächsten Ecke, um die er bog, auch nicht hinter der zweiten oder der dritten. Hinter der vierten verloren sich die kleinen Hütten allmählich im dampfenden Unterholz. Im Dunst bewegten sich Gestalten – Frauen, die Wasserkrüge auf dem Kopf und Babies in Tüchern auf dem Rücken trugen. Dahinter tauschten der graue See und der graue Himmel ihre Dämpfe aus.

Etwas ragte aus dem Unterholz! Nein, nur ein alter Mann, der auf ihn zukam. Manchmal, dachte Rob, sahen diese Indios in ihren Schlabberhosen, in ihren weiten, schlotternden Klamotten ein wenig bemitleidenswert aus. Fast ein bißchen albern, wie Klinikpatienten. *«Señor»*, rief Rob. *«¿Iglesia? ¿Donde está, por favor?»*

Der Alte wankte näher. Er hielt einen betagten Strohhut an der Krempe; seine Miene war spöttisch und belustigt. Rob erkundigte sich noch einmal nach der Kirche, aber der Alte ließ sich nicht anmerken, ob er verstanden oder überhaupt die Frage gehört hatte.

Die Feuchtigkeit in seinen Augen gab seinem Blick etwas Strahlendes, Durchdringendes, aber zugleich Unbestimmtes.

Sein Gesicht glich einem Flickenteppich mit furchentiefen Nähten. Der Mund stand offen wie eine Tür, und im Innern staken Zahnstümpfe kreuz und quer. Dennoch machte der Mann einen angenehmen, ja beruhigenden Eindruck. Rob sah, wie er sich näherte, und hatte das Gefühl, eine monotone Schläfrigkeit würde sich in ihm ausbreiten. *«Iglesia»,* sagte Rob noch einmal. Das Wort war eine hölzerne Kugel, die über einen Holzboden rollte. Sie rollte auf den Alten zu, der die Hand ausstreckte, und erst im letzten Moment fiel es Rob ein, seine zurückzuziehen.

Der Alte blieb schwankend vor ihm stehen. Besoffen, entschied Rob. Am Morgen hatten sie entlang der Straße eine ganze Menge Gestalten im Schmutz liegen sehen. «Besoffen», verkündete Mick beim ersten. Und beim dritten: «Scheiße, all diese Besoffenen.»

Das Gesicht des Mannes legte sich in fröhliche Falten, als wären er und Rob uralte Freunde. *Du stirbst schon nicht, wenn er sich an deinem Ärmel festhält,* ermahnte sich Rob. Es gelang ihm nicht, den Blick von dem Mann abzuwenden – es war, als wäre er tatsächlich eingeschlafen.

Aber der Mann hatte kein Interesse mehr an dem Arm, den Rob ihm jetzt hinhielt. Seine Lippen bewegten sich, und die seidigen Töne seiner Sprache umschwebten Rob. Ja, wie Patienten, die im Dunst umherwandern. *«No entiendo»,* sagte Rob, als ihm einfiel, daß der Mann davon ausging, verstanden zu werden. Der Alte lächelte zustimmend und nickte. Sie lächelten beide, bemerkte Rob mit beiläufigem, irritiertem Interesse.

Der Alte deutete in den Dunst. «Nein», sagte Rob, immer noch lächelnd, während das Wort vor ihm flatterte – nein, nein – wie ein Segel oder Flügel. Aber der Alte sah Rob an und machte ihm ein Zeichen, ihm zu folgen.

Ein paar Meter abseits des Weges standen einige frisch

angemalte Kreuze. Der Mann beobachtete Rob, während er den Seidenfaden seiner Sprache weiterspann. *«No entiendo»*, sagte Rob wieder und lächelte genau wie der Mann. *«No entiendo ...»*

Jede Bekundung von Robs Nichtverstehen schien den Mann nur mehr zu amüsieren. Er nickte, reckte einen Finger empor, blieb dann ganz still stehen und verneigte sich, als wolle er eine Rede oder ein Gebet vortragen. Verschmitzt sah er auf, um sich Robs Aufmerksamkeit zu vergewissern, dann beugte er sich hinab und hob ein imaginäres Bündel auf. Während er Rob heitere Blicke zuwarf, wiegte er das Bündel im Arm, ehe er es zurück auf den Boden legte.

Wieder reckte er einen Finger empor und wartete, bis Rob nickte, dann nahm er kerzengerade Aufstellung und entrichtete jemandem, der hinter Rob stand, einen militärischen Gruß. Während Rob in der schweren Luft nach Atem rang, richtete der alte Mann eine imaginäre Waffe auf die Stelle, an die er das Bündel gelegt hatte, und zog den imaginären Abzug.

«No entiendo», sagte Rob, als die Vorstellung von neuem begann. «Ich verstehe nicht –», aber der alte Mann beharrte auf seinen beklemmenden Wiederholungen. Die Kreuze hinter ihm glänzten neu und weiß wie Knochen, und Rob durchsuchte seine Tasche nach kleinen Scheinen; als er dem alten Mann ein paar davon in die Hand knüllte, fiel klimpernd ein Schwall Münzen in den Dreck.

Hinter der nächsten Biegung fand Rob die Kirche. Sie war gigantisch, absurd. Die blau-grün gestreifte Innenbemalung und die hohe Decke ließen sie so groß wie ein Stadion erscheinen. Rob drehte sich der leere Magen um wie eine Socke. Ihm brach der kalte Schweiß aus.

Auf dem weiten, rissigen Betonboden lagen duftende Gräser und Blumen verstreut. Hier und da kauerten Indios in kleinen Gruppen um dampfende Kessel und sangen monotone Gesänge. Ein Kind flatterte krächzend und mit rudernden Armbewegungen an ihm vorbei – ob es Fliegen spielte oder geisteskrank war, ließ sich nicht sagen. Der monotone Singsang – hoch, modal, nasal – mäanderte durch den Raum, umkurvte rückwärts den neuen spanischen Gott, der über dem Altar hungerte, und kreiselte vorwärts in eine düstere Zukunft... Rob wischte den Schweiß weg, der ihm in die Augen lief; um Gottes willen – die drei rundgesichtigen Blondschöpfe aus dem Hotel stolzierten durch die Weiten des Hauptschiffs, und einer von ihnen hielt mit beiden Händen eine riesige Ananas. Eine *Ananas*! Heilige in bestickten Hosen und mit zerbeulten Strohhüten blickten aus ihren Nischen wollüstig auf sie herab, und während Rob nach einer Stelle zum Anlehnen tastete, bemerkte er, daß die Tücher – die Maskierung der Guerillas –, die ihnen die Gläubigen vor Nase und Mund gebunden hatten, den Ausdruck des Hungers in ihren Gipsaugen übertrieben hervorhoben.

Sein Zimmer ging hinaus auf den See. Die Scheibe war gesprungen und schmutzig, aber da sich das Fenster ohnehin nicht schließen ließ, hatte Rob vom Bett aus einen klaren Blick. Auf dem sattgrünen Streifen Land zwischen Hotel und See standen ein paar Hütten verstreut, und Kinder spielten in der Nähe der Pier, an der das Postboot lag. Rob schloß die Augen, die Stimmen der Kinder schwebten zu ihm herauf, und er fand sie intim und anspielungsreich wie ein geträumtes Flüstern im Ohr. Er hatte schon eine Weile so gelegen. Zwei Stunden? Drei? Nicht zu sagen – die Stimmen der Kinder wurden lauter und leiser und boten keinen Anhaltspunkt für das Maß der vergehenden Zeit.

Als Rob ins Zimmer gekommen war, hatte er langsam, behutsam eine von seinen drei Flaschen Wasser ausgetrunken.

Dann war er wieder nach unten ins Duschhäuschen gegangen, doch dem Hahn war kein Tropfen zu entlocken gewesen, gleich welcher Temperatur. Der Hotelbesitzer hatte draußen an der Tür gestanden und in die Berge hinaufgestarrt. Er hatte höflich gewartet, bis sich Rob auf spanisch durch seine Frage gemüht hatte. «Generator», hatte er dann auf englisch geantwortet und mit einer unmißverständlichen Geste das Gespräch für beendet erklärt, um wieder in die Berge hinaufzustarren.

In den Schmutz und die alte Farbe an den Wänden in Robs Zimmer hatten Gäste Graffiti geritzt. *Hi,* lautete eines. *Ich heiße Bob Mir gefällt es hier Ich bin Amerikaner und hier stinkt alles Das Klo geht Auch nicht Hier ist alles ekelhaft Ich mag Indios Ich mag ☺ Am liebsten mag ich tote Indios Das Essen hier ist ekelhaft Hier ist alles dreckig dreckig Bye bye ☺ Dein Bob.*

Rob starrte wie gelähmt auf die Wand, dann mußte er lachen. Ein Amerikaner namens Bob! Klar doch! Wahrscheinlich eher ein Deutscher. Und die mußten gerade reden. Gerade die. Außerdem, dachte Rob, funktionierte die Toilette tadellos. Sie hatte zumindest funktioniert, schränkte er ein, solange der Generator lief.

Sein flaches kleines Kopfkissen roch schimmelig. Ebenso sein Bett, eine klumpige Landschaft auf einem Holzgestell. Er versuchte, die einzelnen Geruchsstränge voneinander zu trennen, den üppigen Duftstrom aus Wachstum und Verfall zu entwirren; er versuchte sich zu konzentrieren, während in der brütenden Hitze sein Schweiß in die Matratze sickerte und Streifen grauen Lichts das Wasser, den Himmel und den Vulkan verschwimmen ließen. Wo waren Suky und Mick? Wenn sie doch jetzt hereinkämen und man zusammen in die Stadt zurückfahren könnte!

Er schloß die Augen, und das Dorf lag vor ihm. Einen Moment lang sahen die Marktstände, sahen die Hütten mit ihren

Wellblechdächern, sahen die Kinder hübsch und exotisch aus – *wunderschön*. Aber die Gerüche von den gammelnden, in ärmlichen Haufen zum Verkauf geschichteten Lebensmitteln und von den wankenden, fliegengeplagten Tieren durchdrangen bald die glatte Oberfläche, bis sie sich wellte und zerfiel. Dann weichten sie auch Robs Haut auf; sie drangen in seinen Körper, und mit ihnen gelangte der monotone Singsang aus der Kirche in sein Inneres, wo er mit jeder winzigen, kurzen Modulation den genetischen Code seiner Zellen zu verändern schien.

Er war jetzt nicht mehr bloß schmutzig, er war verseucht. Nein, er war ein Gifte produzierender Tiegel, dessen Ausfluß die hinter ihm liegenden Abschnitte seines Lebens infizierte. Seine Eltern erschienen in ihrer sonnendurchfluteten Küche. Rob rollte sich zusammen, aber er spürte dort, wo er die Matratze berührte, Schmutz aus seiner Haut sickern wie Blut.

Tief unter sich sah er ein paar Touristen in Richtung Pier schlendern. Die Kinder, die zuvor noch dort gespielt hatten, schützten nun Schularbeiten vor und bettelten artig um Bleistifte. Rob konnte sie hören: *Lapiz, lapiz,* in ihrem Singsang-Spanisch; er sah sie vorrücken, Leute umringen, am Ärmel zupfen, ohne daß die peinliche Erstarrung, die ihr Beutezug auslöste, sie störte. Offenbar hatte Mick seinen ehrgeizigen Plan aufgegeben, heute noch in die Stadt zurückkehren zu wollen, und Rob würde sich aufraffen müssen, hinunter zum Boot zu gehen.

In der Küche gesellte sich Meredith zu seinen Eltern. Das Spülbecken war voll Wasser. Ein Topf schaukelte funkelnd in einem fröhlichen Berg Seifenschaum. Zu Hause hatten sie noch nicht bemerkt, daß die Wände fleckig wurden und zu wanken begannen.

Er drehte sich auf die andere Seite und rollte sich um sein Kopfkissen. Seifenblasen zwinkerten ihm zu und platzten. Er wählte eine aus und setzte mit größter Vorsicht die winzigen Gestalten seiner Eltern und Merediths hinein. Das Seifenschiff ließ ihn gewähren und umschloß die Passagiere mit seiner dünnen Haut. Dann erhob sich die Blase in die Lüfte und entschwebte durchs Küchenfenster. Ein kleiner Krampf zog seine Brust zusammen; er legte die Finger auf die Augen. Als er sie wieder wegnahm, waren sie naß und heiß. «Klopf, klopf», sagte jemand.

«Wer da?» sagte er und setzte sich abrupt auf.

«Die Feuerwehr trara.» Suky stand in der Tür. «Hör mal –» Sie sah rücksichtsvoll zur Seite. «Zwei Sachen. Erstens: Der Generator läuft nicht. Zweitens: Mick ist es schlecht.» Rob starrte sie an und wartete darauf, daß sich die Satzbrocken zu einer Information zusammenfügten. Einen Moment lang sah es aus, als würde sie näher kommen und sich zu ihm aufs Bett setzen.

Ein kleines Tier krabbelte zögernd über den Träger ihres Tops und rückte auf die untere Spitze des Amorbogens zwischen ihren Schlüsselbeinen vor. Sie bemerkte es, ließ es auf ihren Finger klettern und trug es zum Fenster. Rob fielen ihre zarten geschmeidigen Finger auf, und daß sie die Nägel bis aufs Fleisch abgekaut hatte. Ein ausgiebiger Schauder lief ihm über den Rücken. «Wie, schlecht?» fragte er.

«Schlecht, Kotzeritis halt», sagte Suky. «Wahrscheinlich hatten sie heute morgen den Saft mit Wasser verdünnt.» Mehr schien sie nicht sagen zu wollen. Unschlüssig stand sie im Zimmer.

Rob beugte sich hinunter, um seinen Rucksack aufs Bett zu ziehen. «Ich hab sauberes Wasser dabei», sagte er.

«Clever», sagte Suky gleichgültig.

Was konnte er denn sonst noch tun? «Ist es gut gelaufen bei euch heute?»

«Doch», sagte Suky. «Echt super. Und wer weiß – vielleicht ist Mick ja irgendwann fertig mit Reihern, und wir können morgen zurückfahren. Freu mich schon auf die Fahrt, du nicht? Durch Guerilla-Gebiet, mit einem Informanten im Auto?»

«Informant für die Armee?» Rob starrte Suky an. «Kimball?»

«Berater, wenn dir das lieber ist», sagte sie. «Was hast du denn gedacht? Daß er Anthropologe ist?» Trotz der Hitze schlang sie die Arme um ihren Körper. «Du und Mick, meine Güte.» Ihr Haar kringelte sich wie Dampf um Nacken und Schläfen, ihr Top war fleckig von Schweiß. Durch das Fenster hinter ihr sah Rob, wie sich unten die Touristen beim Boot versammelten. *Aufstehen, höchste Zeit, aufstehen, höchste Zeit.* Er erinnerte sich an die fröhlichen Morgenweckstimmen seiner Eltern; wie er, von seinen nächtlichen Ausflügen erwachend, zurück in sein eigenes Bett geschwebt war.

«Aber was wir jetzt organisieren müssen», sagte Suky, «sind Kerzen. Die Sonne geht jeden Moment unter.»

«Kerzen», sagte Rob. «Kerzen … Äh, hör mal – die gibst du am besten Mick.» Er hielt ihr die beiden Wasserflaschen hin, die er noch hatte. «Bevor er zuviel Flüssigkeit verliert.»

Suky sah ihn an. «Und was ist mit dir?»

Einer der dunklen Flecke auf ihrem Top schien sich kaum merklich auszuweiten. Vielleicht auch nicht. «Weißt du», sagte er, «ich muß runter zum Boot.»

Sie nahm eine der beiden Wasserflaschen. «Super», sagte sie. Ihre Haut schimmerte matt, ihr Gesicht war ausdruckslos. «Na denn. *Bon voyage*.»

«Warte mal –» sagte Rob. «Gibt es – gibt es was, womit ich euch helfen kann?» Aber sie war schon verschwunden, und die Verkrampfung und Unsicherheit in seiner Stimme hinderten ihn daran, ihr nachzurufen.

Die Kinder unten an der Pier mit ihren riesigen Augen

klammerten sich an ihn, und ihre winzigen Hände tasteten nach seinen Taschen. Der hagere barfüßige Bootsmann, der in seinen zerlumpten, aufgekrempelten Hosen die letzten Fahrgelder kassierte, hatte etwas von einem Affen. Rob sah zurück zum Dorf: grün, Dunst, schimmerndes Blech. Ja, sie alle waren exponiert hier unten auf der Pier, gebannt im Fadenkreuz der versteckten Zielfernrohre.

Auf der anderen Seite des Sees trieb auf einer Scheibe von grellem Blau eine Ansammlung schachtelförmiger Gebäude, die alle zusammen nicht größer waren als sein Fingernagel. Kaum zu glauben, daß die Stadt so nah war, daß er, Suky und Mick noch an diesem Morgen dort gewesen waren. Kaum zu glauben, daß er jetzt einfach dorthin zurückfuhr, zu den lauten, miserablen Restaurants, zum angestrengten, todgeweihten, fieberkreischigen Gejuchze von Ladinos und Gringos in Ferienstimmung... *Aufstehen! Höchste Zeit. Aufstehen! Höchste Zeit...*

Er fand Suky in dem Pavillon, wo sie wieder über einem Teller Reis mit Bohnen saß. «Ich hab 'ne Taschenlampe dabei», sagte er. Er nahm sie aus seinem Rucksack und hielt sie ihr hin wie eine Opfergabe. «Ich dachte, vielleicht brauchst du sie.»

Sie sah zu ihm auf und hielt, statt zu antworten, ein Bündel Kerzen hoch.

Ein kleines Mädchen, kaum älter als sechs, brachte Suky eine Cola. *«¿Donde está Pablo?»* fragte Rob. Das Mädchen starrte ihn an.

«Verstärkung für den abendlichen Hochbetrieb», erklärte Suky. «Pablo ist in der Küche und kocht.»

Rob sah sich um. Abgesehen von Suky und ihm war das Restaurant leer. «Darf ich mich zu dir setzen?» fragte Rob und wartete, bis Suky mit den Schultern zuckte.

Die Abenddämmerung kam rasch und legte sich in schwerem Faltenwurf über Hügel und Hütten. Überall auf der Straße, auf allen Wegen durch das Dorf schwebten plötzlich Kerzenlichter im ruhigen, steten Schritt der Indios. Der Vulkan und die niedrige Vegetation nahmen sich vor dem dunklen Hintergrund aus wie ein Ginstergebüsch; ein farbloser Schimmer verband Himmel und See.

Das kleine Mädchen brachte Rob Reis mit Bohnen. Er aß ein paar Bissen – jetzt, da er nicht mehr hungrig war, konnte er essen. Suky zündete eine der Kerzen an und klebte sie auf den Tisch. Das kleine Mädchen kam näher und starrte in die Flamme; zärtlich ließ sie den Finger über eine der anderen Kerzen gleiten und sah dabei Suky an, die verneinend den Kopf schüttelte. Das kleine Mädchen schmiegte sich mit einem lauten, in ein Gähnen übergehenden Seufzer an sie. *«¿Tienes hambre?»* sagte Suky.

«Hambre», bestätigte das Kind, und Suky hob sie hoch. Sie saß auf Sukys Schoß und aß geschickt mit Hilfe von Tortillas zunächst deren und dann Robs Teller leer. Als Suky dem Mädchen über das prächtige, schmutzige schwarze Haar strich, stieß es einen wohligen kleinen Japser aus, und die beiden kuschelten sich zufrieden aneinander.

Pablo rief aus der Küche; das kleine Mädchen rutschte von Sukys Schoß. Sie nahm eine der Kerzen und sah Suky herausfordernd an. «Meinetwegen», seufzte Suky. *«Sí.»*

«¿Y para Pablo?» sagte das kleine Mädchen.

Suky rieb sich die Stirn. Weinte sie? Nein, sie war offenbar bloß erschöpft. «Okay», sagte sie, und das Mädchen raste mit seinen Trophäen in Richtung Küche.

Der Himmel über dem anderen Ufer des Sees war immer noch ein bißchen blau; während der ganzen vier Tage – entschwundenen Tage –, die Rob dort verbracht hatte, war der Himmel klar gewesen; klar, dachte er nicht ohne einen Nachhall schmerzlichen Bedauerns.

«Ich bin doch nicht mit dem Boot gefahren», sagte er.

«Was du nicht sagst», sagte Suky. Wieder rieb sie sich die Stirn.

«Ich hab gedacht, ich laß dich lieber nicht mit Mick allein, wenn es ihm nicht gutgeht», sagte Rob.

«Rob», sagte sie, und er zappelte, gefangen in ihrem unerbittlichen Bernsteinblick. «Rob, ich möchte bitte eines klarstellen: Du kannst mich mal.»

Rob seufzte. Er ließ den Finger langsam durch die Flamme gleiten. Das hatte ihn als Kind fasziniert – daß man das tun konnte, ohne die Hitze zu spüren; daß jeder Gegenstand im Haus unerwartete Lücken in einer zu erwartenden Abfolge von Funktionen offenbarte. *War alles, was er sagte, immer auch eine Lüge?*

Ein Hund bellte, fing an zu jaulen. «Mist», sagte Suky. Eine Kerze nach der anderen verlosch, und Nacht legte sich über das Dorf, während zwei, drei Hunde in das Gejaul einfielen, und kurz darauf saßen Rob und Suky inmitten eines Heulkonzerts. «Laß mich raten», sagte Rob. *«Brujos.»*

Suky löschte mit zwei Fingern die Kerze. Im Mondlicht schien der Himmel riesig zu sein, und Rob sah, was sie und die Hunde längst gesehen hatten: eine Reihe schwarzer Punkte, eine Reihe kleiner schwarzer Gestalten, die von den Bergen herab näher und näher kamen, wie an einer Vorrichtung lautlos abgeseilt – eine dunkle Kolonne von Soldaten, die mit dem Gewehr in der Hand ins Dorf hinabstiegen.

«Nicht weiter wild –» Sukys ruhige Stimme übertönte das wirre Hundegekläff. «Jeden Abend dasselbe. Hat uns einer von den Leuten erzählt, bei denen Mick und ich heute eingekauft haben. Erinnerst du dich an die Typen, die wir heute morgen da vorn gesehen haben? Abend für Abend kommen sie alle runter. Die gesamte Einheit. Und sie bleiben die ganze Nacht und bis in den Tag hinein im Dorf. Aber solange das

Postboot da ist, müssen sie sich verkrümeln, logisch. Sie gehen wieder rauf in ihre Unterkünfte und schlafen, während hier unten die Touristen rumstolpern.»

Unten auf der Straße eilten noch ein paar Nachzügler vorbei, die Gesichter im Kerzenschein starr vor Entschlossenheit.

«Das Boot», sagte Rob. «Das Postboot...»

«Genau», sagte Suky. «Und jetzt sind die Touristen weg.»

Der Hotelbesitzer stand noch immer an der Tür. Rob fragte sich, wonach er die ganze Zeit Ausschau hielt. Konnten er und Kimball einander in der Dunkelheit, über die Berge hinweg, ebenso klar erkennen, als wenn sie sich auf wenige Meter gegenüberstanden? *Ich habe mir den Ort angesehen, ich habe mir den Marktplatz angesehen, ich habe mir die Kirche angesehen,* versicherte sich Rob, doch alles, was er jetzt sah, war grenzenlose Dunkelheit, überblendet vom Spiegelbild seines eigenen Gesichts, eines Gesichts, auf dem der Ausdruck einer nie am Ernstfall geprüftem Integrität lag, ein unschuldiger Ausdruck, der ihm höchst gelegen kam.

Im Hof verspeisten die drei Blondschöpfe ausgelassen und doch mit strengem Zeremoniell ihre Ananas. Einer schnitt mit einem langen, funkelnden Messer eine Scheibe von der Frucht ab und hielt sie Suky hin. Suky blieb stehen. Sie strahlte eine irritierende Wärme aus. Dann schüttelte sie den Kopf, als wäre ihr nicht etwas angeboten, sondern abgeschlagen worden. «Suky –» sagte Rob. Sie sah ihn an, dann wandte sie sich ab.

Schimmernde Lichter spiegelten sich in der Mitte des Sees; das Boot hatte sie schon vor Stunden durchquert, und längst saßen im elektrischen Lichtschein der Stadt die Touristen und bissen in Steaks, bestellten exotische Drinks, stellten in ihrem

Hotelzimmer den Fernseher an... Aber dieses Hotel, dieses ganze Dorf hier war von der Stadt aus unsichtbar. Selbst von Robs Zimmer aus waren die verstreuten Hütten direkt unter seinem Fenster nichts weiter als diffuse schwarze Flecke. Hockten dort unten Soldaten, das Gewehr im Anschlag, vor verbarrikadierten Türen? *Hi, ich heiße Bob,* las Rob. Er blies seine Kerze aus, und die Nacht legte ihren Schleier über die Geschichte, die sich da unten ohne weitere Zeugen abspielte.

Er streckte sich auf dem Bett aus. Im Dunkel rings um ihn raschelte und flüsterte es, und auf seinem Körper lag der samtene Glanz von Mond und Sternen. In ländlichen Gegenden wie hier gab es bestimmt Tiere, alle möglichen Tiere, Urwaldtiere. Keine Löwen oder Elefanten natürlich, aber auf jeden Fall Schlangen, vielleicht auch Affen – die Sorte Affen, die nachts kreischten – und kleine Nachtgeschöpfe, die aussahen wie große Katzen oder Ratten und durch verfallene Hütten huschten, wo noch vor kurzem Menschen gelebt hatten. Nach der Geburt lagen sie noch ein paar Tage in düsteren Höhlen, ehe sie eines Nachts ihre Augen öffneten, die wie Juwelen glühten.

Und wenn sie ihre winzigen jungen Mäuler öffneten, wenn ihre unschuldige Natur sie veranlaßte, die Gelenke ihrer tadellosen jungen Kiefer zu dehnen, was gäbe es da nicht alles an Herrlichkeiten zu entdecken! Die zuckende Zunge, das kindlich hohe Heulen, die nadelspitzen Zähne, all die wundervollen Werkzeuge, die der jeweiligen Spezies eigneten und die es für jedes neue Wesen neu zu entdecken galt. Ja. Rob klopfte das Herz, als wäre er gerannt, um rechtzeitig zu einer Verabredung zu kommen.

Als es an der Tür klopfte, gönnte er sich den Luxus eines kurzen Zögerns; beim Aufstehen fiel der samtene Glanz von seinem Körper ab.

«Mick braucht Wasser», sagte Suky von der Tür.

Rob räusperte sich. «Wie geht's ihm?» fragte er.

«Er kotzt», sagte sie. «Wie gehabt.»

«Setz dich», sagte er atemlos. «Die andere Flasche muß hier irgendwo sein.» Wieder lief ihm ein ausgiebiger Schauder über den Rücken.

Suky legte sich aufs Bett und stützte den Kopf mit einer Hand auf, während Rob so tat, als würde er suchen. Als er es nicht mehr aushielt, zog er die Flasche und einen Stapel Styroporbecher aus ihrem Versteck. «Hier», sagte er.

Suky griff nach der Flasche, aber er hielt sie fest. «Vorsicht, Vorsicht», sagte er versuchsweise. «Das ist alles, was ich noch habe.»

Sie sah ihn scharf an, dann wurde ihre Miene undurchdringlich.

Als sie noch einmal langsam die Hand ausstreckte, ließ er die Flasche los.

Mit zitternden Händen zog er zwei Becher aus dem Stapel. Suky goß in jeden ein wenig Wasser. Das Geräusch war ohrenbetäubend. «Prost», meinte er sie sagen zu hören, und dann schrammten ihre Becher aneinander.

Er versuchte die Gedanken zu bändigen, die ihm durch den Kopf jagten, während er mit dem Finger Sukys Schlüsselbein entlangfuhr und den Schleier der Angst wegblinzelte, der sich ihm immer wieder über die Augen legte. Die Dunkelheit breitete sich aus wie Rankwerk, das sich zu dicken, fettigen Blüten entfaltete, und in der Ferne wurden Geräusche hörbar; hier und da in der Dunkelheit plapperten Robs Gedanken. «Was geschieht hier?» flüsterte er gegen Sukys Hals, aber ihre Augen verengten sich, glühten, wurden weit – schon entglitt sie ihm wieder. Die Schreie in der Ferne – erwachte da etwas vom Blutgeruch? Während Rob die Träger von Sukys Schultern streifte, lauschte er angestrengt und wartete.

Semana Santa

SONNTAG

Alles wie versprochen: Kostüme, Weihrauchduft – Prozessionen schon in vollem Gange; Stadt prickelt vor Erwartung. Triste, schäbige Blaskapellen. Christusfiguren, Figuren der Jungfrau Maria – primitiv, elegant – auf floßähnlichen Holzpaletten (*anda* hat McGee die Dinger genannt). Männer in purpurnen Gewändern tanzen drumrum. Vom Hotelzimmerfenster – hölzerne Läden – sehe ich Leute mit riesigen Palmblätterbündeln im Arm über den Platz gehen. Echt froh, daß Zwicker mich geschickt hat. (Kleine Wiedergutmachung für die Februarnummer: Twin Cities!)

Marktplatz mitten in der Stadt, Stadt wie kleiner Teller, von Bergen umringt, hoch unter der Sonne. Luft flimmernd, ungewiß; Wolken um Berggipfel drapiert, Farben verfließen im sanften Himmel. Sanfte Sonne. Hauswände wie Wolkenbänke, hübsche ausgeblichene Farben, stellenweise blanker Stein. Verfall ist subtil, vielfältig. Ruinen vom Erdbeben (1770er? Checken). Eingestürzte Torbögen, Fenstergiebel, Säulen – riesig. Zwischen den Trümmern Gras, winzige weiße Blumen. Kirchen: Steinerne Weinreben, steinernes Obst, üppig. Auf dem Platz steinerner Brunnen mit steinernen Muscheln und Meerjungfrauen.

Menschen säumen die Straßen – Touristen, Indios. Größtenteils Ladinos (laut McGee: Mischlinge, Span. + Indianer). Indios mit undurchdringlichen Gesichtern, als Jesus vorbeigetragen wird, bei dem sich die Rippen auf der weißen Gipshaut abzeichnen und rotes Gipsblut rinnt; sie sehen aufmerksam hin, halten ihre Babies hoch, damit die auch was sehen können. Furchteinflößend, wie sie gucken, wie sie gehen, wie sie in ihren phantastischen Kleidern dahinschweben. Schweigende Gesandte aus einer verschwundenen Welt, bei uns gestrandet, schweben, Körbe mit Blumen auf dem Kopf balancierend, durch die Straßen, über den Platz, durch diese neuen Jahrhunderte voller Ruinen. Hocken an den Ecken auf den Fersen und verkaufen Stoffe mit halluzinatorischen Farben und Mustern oder winzige Orchideenbäume, lassen die begeisterten Touristen feilschen. Barfuß, bettelarm, gekleidet wie die Könige – unglaublich. Einzige Einschränkung: War's ein Fehler, Sarah mitzunehmen?

Hatten schrecklichen Vormittag in der Hauptstadt, wo wir die McGees treffen sollten. Fürchterliche Stadt. Dieselgestank in der Nase. Große schwarze Dreckflocken – Ruß oder so. Hängen in der Luft, dann eine plötzliche Bewegung, und sie sitzen einem auf Gesicht und Kleidern. Sarah und ich warteten in einem Hotel, prächtig und düster, lauter finstere Typen im Anzug, mit fleischigen Gesichtern, Sonnenbrille auf der Nase. Viele Schnurrbärte. Töchter in Tanzstundenkleidern, schlaffe Söhne. Auch ein paar Amerikaner. Viell. Business – sahen nicht wie Touristen aus. Hotelbar sehr dunkel, Anzug/Schnurrbart-Typen glotzten über ihre Drinks weg auf einem gigantischen Bildschirm einen vietnamesischen Film an. Film faszinierend ekelhaft – Maschinengewehre, aufgespießte Leiber usw., vietnamesisches Mädchen, zig US-Soldaten in Tarnanzügen fallen gleichzeitig über sie her.

Sarah starrte zunehmend schlecht gelaunt auf den Bildschirm, fuhr sich nervös mit der Hand durchs Haar, das aufstob wie kleine gelbe Hühnerfedern. Ich schlug vor, einen Spaziergang mit ihr zu machen. Sie sagte: «Danke, Dennis. Da draußen?»

Vietnamesisches Mädchen der Länge nach aufgeschlitzt.

Sarah (sehr laut): *Scheiße.* Männer sahen durch schwarze und grünliche Dunstschwaden zu uns rüber. Was tun? Hatte Sarah gewarnt, keine Margaritas zu trinken, bis sie sich an die Höhe gewöhnt hätte.

Zwei cleane, robuste US-Typen, ca. Mitte sechzig, stehen plötzlich vor uns. Natürlich die McGees. «Ich wette, Sie sind unser Mann», sagte Mrs. (Dot). «An der Rezeption hieß es, Sie sind hier.»

Offensichtlich hatte Zwicker nichts von Sarah gesagt. Gatte (Clifford) setzte einen Ausdruck aggressiver Freundlichkeit auf, Dot zeigte eine rasch wechselnde Folge von Reaktionen. Wie gut ich diese Gesichtsausdrücke kenne! Komme mir vor wie früher in Cedar Rapids.

Sarah starrte wütend zurück, als Dot mit einem mitleidsvollen Kopfnicken auf ihren kurzen Rock deutete und ihr den Arm tätschelte. «Freue mich *wahnsinnig*, Sie kennenzulernen», sagte Dot.

«Also», sagte McGee. Wir standen alle da und sahen auf den Bildschirm. Über einem kleinen Dorf explodierte eine Bombe. McGee schnaubte, schüttelte den Kopf. Sagte: «Alle fertig? Gepäck an der Rezeption?»

Schmutzige kleine Eßlokale entlang der Straße. Aggressiver Staub, wie Zementstaub, legt sich auf alles. Blätter, Bäume, alles von dieser aggressiven hellen Schmutzschicht überzogen. Gebäude verfallen, Menschen strömten durch die Straßen – so viele, so arm –, streckten ihre Bäuche in die schwarzen Auspuffwolken, hinter uns schloß sich wieder der Strom, große glitzernde Autos schossen durch das Gewirr. Busse, toplastig von Gepäck und von außen festgeklammerten Mitfahrern, schaukelten durch die scharfen Kurven.

Versuchte, die Unterhaltung zwischen Sarah und Dot auf dem Rücksitz mitzukriegen. War ziemlich beunruhigt darüber, was Sarah in ihrer Stimmung vielleicht sagen könnte. Das ist also das *eigentliche* Problem, wenn man mit einer fast zwanzig Jahre Jüngeren zusammen ist. Am Ende gleicht sich alles wieder aus, scheint mir. Einerseits die Intensität, die Klarheit (meistens) von Sarahs Reaktionen. Andererseits ihre Ungeduld, Dickköpfigkeit, mangelnde Bereitschaft, die Meinung anderer gelten zu lassen. Letztendlich die Weigerung der Jüngeren, die Subtilität, Komplexität einer Situation wahrzunehmen; das kann sich im schlimmsten Fall zu einer Art Unsensibilität auswachsen.

Andererseits, es ist zugegebenermaßen nicht einfach, Dot zu ertragen. Bekam mit, wie sie sich lang und breit über die Mängel des hiesigen Postsystems ausließ. Drehte mich um, sah Sarahs gelangweilten Ausdruck, und wie sie sich zwang, scheinheilig zu allem zu nicken. Runzelte warnend die Stirn, und sie schleuderte mir ein elektrisierendes kleines Lächeln hin.

McGee einigermaßen freundlich. Genoß es offenbar, am Steuer zu sitzen. Sagte, er sei entzückt gewesen, seinerzeit im Herbst in den Staaten Zwicker kennengelernt zu haben: *entzückt*. Erzählte McGee, wie begeistert Zwicker von ihm gesprochen hätte; sagte, es sei allein sein Verdienst, daß Zwicker für die Sonderbeilage unbedingt ein Stück über die Stadt haben wolle (stimmt). McGee bot an, in jeder nur erdenklichen Weise behilflich zu sein. Fragte, wofür ich mich besonders interessiere – Hotels, Restaurants, Oster-Feierlichkeiten? Von allem etwas, sagte ich, obwohl es in der Beilage hauptsächlich ums Essen geht.

Er nickte. Sagte: «Mal sehen, was sich machen läßt.» Sagte, es wäre ihm ein Vergnügen, mir ein paar Restaurants zu zeigen, mich mit dem wichtigsten Gemüseproduzenten vor Ort bekannt zu machen (der könne mir interessante regionale Rezepte verraten). Sagte, eine gute Presse in den Staaten wäre immens wichtig. Sagte, die Einnahmen aus dem Tourismus seien in den letzten zehn Jahren dramatisch gesunken.

Öde Landschaft; trostloser grauer Himmel. Kiefern. Langgestreckte düstere triste Hügelketten. Reklametafeln (natürlich alles in Span.) für Herbizide, Pestizide, Fungizide usw. Einmal: Zement ist Fortschritt. Ameisenähnliche Gestalt im Tal, winzig unter den Reklametafeln, riesiges Bündel Holz auf dem gebeugten Rücken. Wie eine Ameise mit riesigem Blatt oder anderer überdimensionaler Last.

Der Anblick war zeitlos, von wie in Stein fixierter Schönheit – ein einsamer Bauer auf einem Feld. Das Leben des Mannes zog sich hinter ihm in einem makellosen, soliden Bogen durch den Erdboden. Wie es wohl wäre, ein solches Leben zu führen? Ich bestieg den Bogen, schoß hinauf, rutschte auf ihm hinunter. *Zerstob* bei der Berührung des Mannes am Fuß des Bogens; Bruchstücke meines Lebens flogen durch den Wagen – Sohn, Ex, Haus in Claremont. Studentenwohnheim damals in Princeton, die Bank, in der ich so lange gearbeitet habe, das neue Büro bei der Beilage. Erwachen in meinem sonnigen Zimmer in Cedar Rapids, manchmal Sarah an meiner Seite. Andere Frauen, mit denen ich zu tun, Filme, die ich gesehen, Meinungen, die ich vertreten hatte – ein geplatzter Sack mit Sachen, die durch den Wagen flogen.

Drehte mich wieder um zu Sarah, um meine Fassung zurückzugewinnen, aber ihr klarer Blick war aus dem Fenster gerichtet, und ihr riesiger Piratenohrring funkelte – ein Zeichen! Das was bedeutete? Sarahs Ohrring, mein Sohn, mein Büro – alles *Zeichen*, unzusammenhängende Teile, für die ich das vereinende Prinzip darstellte; verschlüsselte Mitteilungen aus meinem eigenen Leben! Zu laut, zu hell, um zu begreifen, was es bedeutete – das dringliche grelle Blitzen: ein Bote, der über eine Schlucht ruft. Ein Messer auf dem Tresen. Ein Graben neben der Straße...

MONTAG

War gestern in komischer Stimmung. Jetzt besser. Eigenartig, woher so was kommt – alles total unergründlich, eigensinnig, unheilvoll; dann plötzlich alles nur wunderbar. Als hätte ich zwei untereinander verbundene Gehirne, von denen das eine das reine Chaos beherbergt; gräßliches Gefühl, wie wenn was durch eine Membran sickert. Vielleicht war gestern die psychobiologische Reaktion auf ungewohntes Essen der Auslöser? Irgendwelche Pollen?

Wie dem auch sei, vorbei. Hotel erster Kategorie, nachts gut geschlafen. Abendessen, nur Sarah und ich, in ehemaligem Kloster (Santo Tomás, täglich außer Di. Imposant. Unbedingt lobend erwähnen, trotz des Essens). Heute morgen Frühstück im Innenhof des Hotels – Blumen, herumschwirrender Kolibri; Obst, Brötchen, Kaffee. Unmöglich, sich nicht wohl zu fühlen. Sarah selig, kein Zweifel. Beugt sich vor, streckt die Hand aus, um mir mit dem Finger übers Handgelenk zu streicheln. Kellner (Ricardo) restlos begeistert von ihr. Mußte über seinen Gesichtsausdruck grinsen, als sie zum drittenmal Obst und Brötchen bestellte.

Wie konnte ich gestern daran zweifeln, daß es richtig war, sie mitzunehmen? Natürlich war es richtig. Glaube ich. (Scherz.) Ah, verdammt schwer zu beurteilen, das mit Sarah und mir. Was können wir letztendlich wirklich miteinander anfangen? Bei all ihrer Wildheit, Ruhelosigkeit habe ich manchmal das Gefühl, sie will mehr von mir, als ich ihr (logischerweise) geben kann.

Muß mir immer wieder bewußtmachen, daß sie an einem schwierigen Punkt im Leben ist. Nicht leicht, sich an die eigene fürchterliche Angst zu erinnern – ein schwammiges Gefühl, als liefe man durch ein Moor, während über einem ein entsetzliches *fait accompli* schwebt, das jeden Augenblick auf einen niedersausen kann.

Blickte auf und bemerkte, daß sie mich ansah – mit zusammengekniffenen, funkelnden Augen. «Du grübelst, Dennis.»

«Nicht wirklich», sagte ich. Dieser Blick von ihr! «Ich hab mich gerade gefragt, warum du mich eigentlich damals an dem Abend im Three Chimneys aufgerissen hast.»

«Hab ich das?» sagte Sarah. «Tja, Dennis – wahrscheinlich hab ich gedacht, es würde Spaß machen mit dir.»

Mir blieb ein Stück Ananas im Hals stecken.

«Nimm's nicht so tragisch, Dennis», sagte Sarah, als ich hustete. «Viele Männer wären begeistert, wenn man sie als Sexualobjekt betrachtet.»

«Oh – also, weißt du, Sarah», sagte ich. «Jetzt mal im Ernst, ich weiß, daß es faszinierendere Leute gibt als die McGees, aber letztlich haben wir es ihnen zu verdanken, daß wir überhaupt hier sind.»

«Jawoll», sagte Sarah, betrachtete wohlwollend ihren Bauch und tätschelte ihn. «Worauf willst du raus?»

«Na ja», sagte ich, «es gibt Dinge, auf die jeder Mensch empfindlich reagiert. Zum Beispiel merkt jeder sofort, wenn man sich über ihn lustig macht.»

Sarah gab einen kleinen Rülpser von sich und sah selbstzufrieden drein. «Fast jeder», sagte sie.

Sarah macht einen Spaziergang. Kann vom Fenster aus sehen, wie ihr winziges helles Röckchen um die Ecke verschwindet. Prozessionen am laufenden Band. Männer in purpurnem Samt (Jerusalemiten, sagt McGee) tragen *andas*. Dutzende sind nötig, um eine *anda* zu tragen. Schweiß läuft ihnen übers Gesicht. Manchmal stolpert einer auf dem Kopfsteinpflaster, einen Anflug von Panik im Gesicht. Eindrucksvolle primitive Darstellungen von Adam und Eva, der Welt; witzige kleine künstliche Blumen und Flamingos, Christus mit Brotlaiben, mit Fischen. Touristen rennen mit Kameras rum.

Außergewöhnliche Aktivitäten direkt unter meinem Fenster. Leute mit riesigen Blumenkörben benutzen Schablonen, um mit Blütenblättern ein großes rechteckiges Bild zu machen, mitten auf der Straße. Vögel, Schmetterlinge, ein Korb mit Blumen, alles aus Blütenblättern draußen auf dem Kopfsteinpflaster. So ein armes Land, so eine leidenschaftliche Verschwendungssucht!

In der Stadt noch mehr los als gestern. Junge Skandinavier, Amerikaner, Deutsche, groß und träge, hängen auf dem Platz rum, strecken ihre nackten braunen Beine von sich, tauschen Informationen aus, reden auf die Indios ein, handeln mit Drogen; Europäer auf den Balkonen schicker Ferienhäuser trinken Wein oder geeisten Tee, während die Düfte an ihnen vorbeiziehen.

Verblüffender Anblick in den Säulengängen der städtischen Gebäude auf der anderen Seite des Platzes – riesige Familien breiten Wolldecken aus, machen kleine Feuer vor der Kathedrale, um Mais zu kochen, Suppe, in großen Kesseln. Kinder rennen rauf und runter, spielen auf den Stufen, heben sich gegenseitig hoch, um vom bakterienverseuchten Wasser des Brunnens in der Mitte des Platzes zu trinken. Irritierend, diese Menschen. Schwer zu sagen, wer Indio ist, wer Ladino. McGee hat erklärt, viele Indios wollen Ladinos werden (Statusfrage, nehme ich an – hätte fragen sollen). Man schneidet sich die Haare, hört auf, diese faszinierenden Kleider zu tragen, spricht lieber spanisch als die eigenen Sprachen (von denen es 22!!!! geben soll), und zack, schon ist man Ladino.

Sarah strahlend in einem Pulk von Indiokindern. Keine Frage, sie sind niedlich – diese Augen, dieses Lächeln! Diese winzigen Kleider, zerlumpt, aber sie sehen aus wie Königskinder. Die laufenden Nasen… wie in einem Puppenhaus, in einer Fernsehserie – jeder kümmert sich um den nächstkleineren Balg. Sie spielen mit Sarahs Haar, kämmen sich fasziniert mit ihrem Kamm (den sie garantiert hinterher wäscht).

Hotel Flor. Täglich 7.00 Uhr bis 21.30 Uhr. Nach einem aufregenden Vormittag in der Stadt bietet das Flor zauberhafte Erholung für den erschöpften Reisenden. Eine große *sala* auf der Rückseite des Hotels, dahinter ein friedlicher Garten, gut abgeschirmt gegen das Treiben auf der Straße – der ideale Ort für ein stärkendes Mahl. Mittags wie abends gibt es einen «Spezialitätenteller» mit Fleisch, dazu *guacamole*, frisch gebratene *plantains*, zarte Schwarze Bohnen und *chirmol* – die unübertroffene Sauce der Region mit leicht angedünsteten Tomaten, grünen Zwiebeln und *cilantro*. Und der Heimwehkranke findet auf der Karte gebackenes Huhn sowie eine reiche Auswahl an Steaks.

Wer es mag, läßt sich in einen der bequemen Sessel im schattigen Innenhof gleich hinter den hohen Hotelmauern sinken, genießt dort einen kleinen Imbiß und einen eisgekühlten Drink und lauscht den Klängen einer Marimba-Band, begleitet von den Schreien der leuchtendroten, blauen und grünen Papageien, die als Dauergäste die riesigen knorrigen Bäume im Hof bevölkern. Usw., usw. Die Zimmer? Groß, geräumig, sauber. Zimmermädchen in Indiotracht.

Versuchte, Sarah zu überreden, Huhn zu bestellen, aber ihre *plato típico* war in Ordnung, glaube ich. Guacamole sah hervorragend aus, riet Sarah aber trotzdem ab, als ich kleine rohe grüne Fitzel darin entdeckte – Kräuter? Schnittlauch? Später trafen wir uns noch auf einen Drink mit den McGees im Hof, und die sagten, in einem Laden wie dem Flor sei die Guac. garantiert in Ordnung. Sah ihnen zu, wie sie zwei Teller Chips mit dem Zeug wegputzten. Sarah hat auch davon gegessen. Ich bin nicht schuld, wenn ihr schlecht wird! Die McGees leben schon so lange hier unten, daß sie wahrscheinlich alle möglichen Antikörper gebildet haben.

War froh, daß ich morgens mit Sarah wegen der McGees gesprochen hatte – beim Drink war sie sehr nett zu ihnen. Ernsthaft, respektvoll, hat sich erkundigt, wie lange sie schon hier unten leben usw. Dot erklärte, daß sie immer noch ihr Haus in Virginia haben, um in der Nähe ihres Sohnes, ihrer Schwiegertochter sein zu können. Sind in den Siebzigern und Achtzigern oft beruflich hier unten gewesen, erzählte sie. Haben sich in die Stadt verliebt. Sarah gelang es sehr glaubhaft, gespannte Aufmerksamkeit zu zeigen.

Marimba-Band begann mit schrägen Tönen. Sonderbarer Anblick – Musiker in traditionellen Festkleidern (laut McGee), die stur geradeaus blickten, während die kleinen Schlegel über die Klanghölzer sausten. Spielten «I Love Paris». Unheimliches Instrument ohne Modulationen – auf die Dauer ein bißchen nervenaufreibend. Band sauer über irgendwas?

Sarah fragte McGee, was er beruflich gemacht habe. Vermied taktvoll das Wort «Pensionierung». McGee sagte, er sei vierzig Jahre im Staatsdienst gewesen. «Ja», sagte er; Ausdruck, als schwelge er in der Erinnerung an einen köstlichen Wein, «ich war im Landwirtschaftsministerium.»

Irgend etwas kreischte, und Dots Busen hob sich wie eine Welle. «Oh, seht mal», sagte sie und ließ die Luft wieder entweichen. «Sind sie nicht herrlich?»

Flegelhafter Papagei randalierte im Baum über uns. Sarah stand auf, um mit ihm zu reden. «Erzähl mir was, Vogel», sagte sie. «Was Interessantes, bitte.»

Ihr blondes Haar war ganz dicht neben seinem roten Gefieder. Seine verrückten kleinen Augen rollten wie Kügelchen in einem Teller. «Sieh dich vor», sagte ich. «Sie kneifen dir den Finger ab wie nichts.»

Sarah seufzte. Setzte sich wieder. Sah unglaublich schön aus. Mir fiel auf, daß der Hof, eigentümlich, etwas sehr Trauriges hatte. Soviel Schatten! Das ewige «Happy Birthday» von den Marimbas – eine improvisierte Endlosversion.

Sah Sarah in Richtung Tor starren. Drehte mich um, erschreckender Anblick: Trupp Soldaten auf dem Vorbeimarsch, Gewehre im Anschlag. Ein langer, harter Moment, bis ich begriff, daß es Jungs waren, die ich dort sah – im Grunde waren es Kinder, aber Stiefel und Uniformen hatten sie in eine Art Spielzeug, in etwas Unergründliches verwandelt, und ihre Blicke waren starr vor Wut. «Gibt es irgendwelchen Ärger in der Stadt?» sagte ich zu McGee, als ich die Sprache wiederfand.

«Ganz und gar nicht», sagte McGee. «Bloß Routine.»

«Wissen Sie, die Leute hier haben keinen Sinn fürs Untergründige», sagte Dot. «‹Happy Birthday› hat etwas Untergründiges. Scheint sich jemand gewünscht zu haben.»

McGee kicherte über Sarah, die immer noch mit großen Augen und ein bißchen grün im Gesicht dasaß. «Kein Grund zur Sorge», sagte er. «Nur ein symbolisches Vorspiel zu den bevorstehenden Verhandlungen.» Erzählte uns, daß die Stadt ein nationales Vorzeigestück ist, weshalb sich die Armee meistens im Hintergrund hält. Aber seit Feb. scheint es Gerüchte über Guerillas in den umliegenden Dörfern zu geben. Bislang keine Kampfhandlungen, sagte McGee.

Sarah und ich hatten uns natürlich vor der Abfahrt Reiseführer besorgt, und ich hatte versucht, ihr alles zu erzählen, was ich über die Region wußte. Allerdings nicht ganz einfach, sich zu erinnern, was wo los ist. Wen wir unterstützen und warum. All die vielen Länder! Ein gigantischer Wirrwarr von Armeen, Guerillagruppen, Todesschwadronen, jungen Demokratien auf wackligen Beinen usw. «Das Militär ist stark hier, scheint mir?» sagte ich.

Dann – oh, so viel. So viel. Wie soll man das alles behalten? Vorsicht – einfach aufschreiben, *so wie es passiert ist.*

«Na ja, die Berichte über Menschenrechtsverletzungen werden in den Staaten gern etwas übertrieben», sagte McGee. «Obwohl man zugeben muß, daß die Jungs grauenhaften Mist bauen können. Ausländer sind natürlich total sicher, aber die Touristen mögen so was nicht sehen», fügte er hinzu, als ich gerade Dot zuhörte, die Sarah fragte, ob sie nicht Lust auf einen Einkaufsbummel hätte.

«Einen Einkaufsbummel», sagte Sarah nachdenklich. «Na ja, es gibt –»

«Worüber redet ihr beiden», ging ich schnell dazwischen.

«Gespräch unter Frauen», sagte Dot und schenkte Sarah ein Lächeln voll schmerzlicher Vergebung. «Ich habe Ihre junge Freundin gefragt, ob sie einen Einkaufsbummel machen möchte. Denn, ganz im Ernst, diese Stadt ist ein Paradies für Leute, denen so was Spaß macht. An Ihrer Stelle würde ich ein paar Sammlerstücke erwerben, solange man noch welche findet. Sie fangen nämlich an, mit synthetischen Farben und Maschinen zu arbeiten. Und nicht mal hier in der Stadt wissen die Leute wirklich, was die alten Sachen wert sind.»

Sarah öffnete den Mund, aber ich kam ihr zuvor. «Sarah muß sich ihre Zeit für Einkaufsbummel gut einteilen», sagte ich. «Wir werden nicht immer mit ihrer Begleitung rechnen können – sie hat Berge von Büchern für ihre Diplomarbeit mitgeschleppt.»

«Diplomarbeit», sagte Dot. Sie und McGee begannen mit einem regen und ausgiebigen Austausch von Brauenbewegungen, während Sarah mir einen schnellen, wütenden Blick zuwarf. «Ich bin beeindruckt.»

«So, so», sagte McGee. «Welches Fach?»

«Kunstgeschichte», sagte ich. «Sarah will über Van Meegeren schreiben, den Fälscher.»

McGee fischte ein Insekt aus seinem Drink. «Ein Thema, dem nachzugehen sich gewiß lohnt», sagte er.

Sarah senkte demütig den Kopf, als habe McGee ihr eine große Ehre erwiesen. «Ich möchte Sie was fragen, Cliff», sagte sie. «Ist diese Armee eine von denen, die wir mögen, oder eine von denen, die wir nicht mögen?»

«‹Wir?›» sagte McGee. Sarahs Ausdruck! Armer argloser McGee. «Die Vereinigten Staaten? So einfach liegen die Dinge in der Regel nicht.»

Sarah lächelte ihn an. «Na denn», sagte sie.

«Oh, *nein*», sagte ich. «Also, das kann doch nicht wahr sein. Jetzt spielen sie auch noch ‹My Funny Valentine›.»

«Sie dürfen nicht vergessen, meine Liebe», sagte Dot zu Sarah, «daß es die Aufgabe der Armee ist, Menschen zu beschützen. Die Armee schützt die Farmbesitzer vor den Guerillas. Die Armee schützt den Präsidenten.»

Sarah nickte. «Außer im Falle eines Militärputsches, nehme ich an», sagte sie freundlich.

«Ich *hasse* ‹My Funny Valentine›», sagte ich.

Aber Dot gluckste entzückt. «Also *Sie*», sagte sie und fuchtelte mit erhobenem Zeigefinger vor Sarahs Gesicht herum.

«Unglücklicherweise –» McGee verzog das Gesicht. «Die Armee ist notwendig, ob's uns gefällt oder nicht. Dieses Land steht total auf der Kippe.»

Sarah starrte McGee mit beängstigend losgelöstem Interesse an.

«Müde?» sagte ich zu ihr. «Zeit für ein Nickerchen?»

«Kippe inwiefern?» sagte Sarah.

McGee sah ungeduldig weg. «*‹Kippe inwiefern?›* fragt sie.»

«Also, ich könnte ein Nickerchen vertragen», sagte ich. «Wenn sonst keiner Lust hat.»

«Hören Sie, meine Liebe», sagte Dot. Sie beugte sich vor und sah Sarah in die Augen. «Zwar lieben wir die Armee nicht besonders, aber Sie müssen wissen, daß die Guerillas inzwischen bei allen verhaßt sind. Auch bei denen, die sie angeblich vertreten. Natürlich gab es Zeiten, in denen diese Leute ihre Hoffnungen in die Guerillas setzten, aber inzwischen ist jedem klar, daß die Guerillas nichts anderes tun, als Elend über unschuldige Menschen zu bringen.»

«Wie, Elend?» sagte Sarah. «Unschuldig inwiefern?»

«Sarah», sagte ich.

«Schließlich», sagte Dot, «muß es doch irgendwelche –»

«Also», sagte McGee. Er machte eine Handbewegung, die den ganzen, mit lachenden Ausländern gefüllten Hof umschloß. «Jeder Ort hat eben seine Probleme. Alles klar?» Er lächelte Sarah an. «Mehr gibt's dazu nicht zu sagen.»

«Nein, Cliff», sagte Dot. «Ich finde, jeder hier am Tisch sollte begreifen, daß es da, wo Menschen sich verdächtig benehmen – wenn die Armee Grund hat anzunehmen, daß ein Dorf oder eine Familie unterwandert ist –, daß es da Vergeltungsmaßnahmen geben muß.»

«Natürlich. Jeder begreift das.» McGee wandte sich an Sarah. «Dorothy will nur...»

«Ich versuche lediglich –» setzte Dot an.

«Dot will nur *sagen*», sagte McGee, «daß die Leute hier vorsichtiger sein müssen, mit wem sie sich einlassen, als bei uns zu Hause.»

«Um Gottes willen», sagte ich sehr viel lauter als beabsichtigt und genau in dem Moment, als die Marimbas zu spielen aufhörten, «was ist das für ein Geschrei?»

Sarah und die McGees drehten sich um; sie starrten mich unter einer Glocke des Schweigens heraus an, während der Papagei auf seinem dunklen Zweig mörderisch kreischte und schnatterte.

El Sombrerito. Mittag- und Abendessen, Mo. – Sa. Sauber, Besitzer Amerikaner. Große Auswahl an Steaks, gebratenes Huhn. Gebäck aus eigener Produktion. Angenehmes Ambiente, wechselnde Ausstellungen mit lokaler Kunst (Malerei, Knüpfarbeiten usw.). Mangomousse hervorragend – opulent, zergeht auf der Zunge etc.

DIENSTAG

La Marquesa. Frühstück, Mittag- und Abendessen, Mo. – Sa. Moderate Preise. Eindrucksvoller Blick auf Vulkan, Berge. Innenhof, Kellnerinnen in Indiogewändern. Eierspeisen, Pfannkuchen, Steaks. Div. Eiscremes (nicht zu empf.).

Muß mir das Sabor de China und Giuseppe's ansehen.

Sarah und das Zimmermädchen sind voneinander hingerissen, obwohl sie kein Wort von dem verstehen, was die andere sagt. María ist ein rundliches, heiteres Mädchen. Indianisch, schließe ich aus ihrem langen Haar, der abschätzenden, clownesken Mimik, dem leichten, grazilen, verräterischen Gang (habe sie gestern auf der Straße gesehen, einen Stapel Klopapierpakete auf dem Kopf). Außerdem scheint mir ihr Spanisch kaum besser zu sein als meins. Bestimmt nicht ihre Muttersprache. Ich kommuniziere mit ihr durch Zuruf (Prozession heute morgen?!? Ja?!? Schön?!? Gut!!!).

Da Sarah kein Wort Spanisch spricht, haben sich María und sie auf eine sehr viel würdevollere Dialogform aus Gesten und Lächeln verständigt. Doch heute morgen, als María unser Bett frisch bezog, nahm Sarah meine Dienste als Dolmetscher in Anspruch. «Los, Dennis. Frag sie was.»

«Wie, was?» sagte ich.

«Weiß nicht», sagte Sarah. «Frag sie, wo sie wohnt.»

«Findest du das nicht ein bißchen aufdringlich?» sagte ich.

«Nein.» Sarah sah mich an. «Warum aufdringlich?»

«Na ja, nicht wirklich», sagte ich. «Aber. Vielleicht will sie ja nicht mit Fremden über ihr Privatleben sprechen. Mit Touristen. Vielleicht ist sie empfindlich mit so was. Sie könnte doch das Gefühl haben, herablassend behandelt zu werden. Schließlich ist sie nicht irgendeine Sehenswürdigkeit – sie ist genauso real wie du und ich.»

Sarah machte ein lautes Schnarchgeräusch, und María schüttelte sich vor Lachen.

Nach einem verstümmelten Wortwechsel konnte ich Sarah berichten, daß María mit ihrem Mann, ihrer Mutter und ihren Kindern in einem Dorf vor der Stadt lebte, ungefähr eine Stunde Fußmarsch entfernt.

«Eine Stunde Fußmarsch!» sagte Sarah. «Das nenne ich Pendler. Meinst du, daß sie wirklich zu Fuß geht?»

«¿Qué dice?» sagte María.

Als ich ihr Sarahs Worte mehr recht als schlecht übersetzt hatte, beugte sie sich zu mir vor, sah mich mit dramatisch aufgerissenen Augen an und senkte die Stimme. «In Wirklichkeit gehe ich nicht!» gestand sie. «Ich *renne*.»

«Du rennst?» fragte ich. (Wollte sagen, Warum zum Teufel, irgend so was, was meine Verwunderung zum Ausdruck gebracht hätte, aber ich wußte nicht wie. Bestimmt nicht wörtlich *zum Teufel*.) «Warum?» sagte ich.

Sie sprach noch leiser. *«¡Cafetales!»* sagte sie und fing an, geheimnisvoll vor sich hin zu plappern.

«Wovon redet sie?» wollte Sarah wissen.

«Weiß nicht», sagte ich.

«Aber was *sagt* sie?» fragte Sarah.

«Ich *weiß* nicht», sagte ich. «Ihr Spanisch ist sehr eigen. Ich verstehe nur, daß sie davon spricht, daß irgend jemand irgendwo *ist*. Auf den Kaffeeplantagen, durch die sie auf dem Weg in die Stadt kommt. Ich *weiß* nicht.»

In diesem Moment kam María auf die Idee zu fragen, ob Sarah und ich Kinder hätten. *«¿Qué?»* sagte ich. «Nein.»

«Was, nein?» sagte Sarah.

«Nichts nein. Nein, du und ich, wir haben keine Kinder.»

Sarah lachte. «Reg dich ab, Dennis», sagte sie. «Frag sie, wie viele Kinder sie hat.»

Aber María schien die Frage vorhergesehen zu haben. «Sagen Sie der Señora», verkündete sie feierlich und stolz, «ich habe sieben Kinder. Vier sind am Leben, und drei sind tot.»

Der Rest des Vormittags sehr schön. Sarah zerrte mich zurück ins Bett, das María gerade gemacht hatte. Dann ungefähr eine Stunde mit den McGees auf dem Markt, danach setzten sie uns im La Mariposa ab und stellten uns dem Besitzer vor. Sehr angenehmes Lokal, werde es lobend erwähnen. (Täglich außer So., 12.00 Uhr bis 22.00 Uhr.) Gärten, Brunnen. Bei Amerikanern sehr beliebt, am Nebentisch z. B. Damen in Kleidern aus hiesigen Stoffen. «Habt ihr je was Schöneres gesehen», fragten sie einander wieder und wieder.

Vielleicht sollte ich dezent anmerken, daß der Hauswein besser sein könnte. Das gleiche gilt für das Fleisch. (Sarahs Huhn war wohl ganz gut, aber nicht ganz durch, leider.)

Sarah konnte die schönheitsversessenen Damen am Nebentisch herrlich nachmachen. Mußte sie bremsen – vielleicht Freunde der McGees. Besitzer kam vorbei und wechselte ein paar Worte mit uns. Erzählte, wie schwer es die Restaurants heutzutage haben, bei galoppierender Inflation und einem immensen Währungsverfall, weil nur noch für den Export angebaut wird. Erzählte uns, daß sich der Preis für Schwarze Bohnen («*das* traditionelle Nahrungsmittel unserer Armen») in den letzten Monaten fast verdoppelt hat. Sarah: «Und, was essen Ihre Armen jetzt?»

Konnte mir ein Grinsen nicht verkneifen. Auch der Besitzer grinste – haßerfüllt. «Keine blasse Ahnung», sagte er.

Übrigens, die Stadt ist wahrscheinlich so ziemlich das Schönste, was ich je gesehen habe. Wird immer schöner, je mehr sich das Auge dran gewöhnt. So edel, so blaß, so sonderbar. Erstaunliche Blumen – grazile Rokokoformen, geschlängelt, vorstehend, wie Ornamente an Kirchen. Stündlich kommen im wechselnden Licht neue Details zum Vorschein. Die altertümliche Stille. All die verschiedenen Altertümlichkeiten – Spanien, Rom, ihrerseits nagelneu im Vergleich zu den Indianern. Hier auf dem Platz mischt sich das alles. Ist konzentriert vorhanden in den Prozessionen, in jedem einzelnen der zahllosen dunklen Augenpaare.

Nachdem sich Sarah gegenüber Dot so arrogant verhalten hat, was das Einkaufen angeht, bleibt sie jetzt an jeder Ecke und vor jedem Marktstand stehen. Unser Zimmer füllt sich mit atemberaubenden Stoffen, mit indianischen Kleidungsstücken – überreich bestickt mit Blumen und kleinen Orchideenbäumen. (María schüttelt amüsiert den Kopf, voller Nachsicht mit Sarah.)

Heute am frühen Abend auf dem ganzen Platz Prozessionen mit verkleideten Kindern. Sarah begeistert. Überall entstehen Blütenblätter-Bilder – McGee erzählt mir, daß sie *alfombras* (Teppiche) genannt werden. Dienen nur dem einen Zweck, binnen weniger Stunden von den Prozessionen zertrampelt zu werden – die Feier der Leiden Christi.

Sah einen Mann, der einen netzartigen Sack mit Mangos aufhob, ungefähr doppelt so groß wie er selbst. Beugte sich weit nach hinten, legte sich das Band über die Stirn, dann richtete er sich auf, so daß die Mangos auf seinem Rücken lagen, wie bei einer Sackkarre. Sarah blieb sofort stehen und sah zu.

Ich legte tröstend den Arm um sie, versuchte sie weiterzuschieben. Schätze, es muß besonders demütigend sein, angestarrt zu werden, während man so eine unangenehme Arbeit verrichtet. «Auf uns wirkt das natürlich entsetzlich», sagte ich. «Aber für Leute, die so was jeden Tag machen, ist es bestimmt was anderes.»

«Klar», sagte Sarah. «Der Unterschied ist, daß sie's jeden Tag machen.»

Ich hielt Sarah ein Stück von mir weg und sah sie an. «Sarah?» sagte ich. «Bist du böse auf mich?»

«Nein», sagte sie zaghaft.

Die Damen, die beim Lunch am Nebentisch gesessen hatten, kamen vorbei und winkten, als wären wir alle alte Bekannte. Eine rief uns zu: «Wie gefällt es Ihnen? Hinreißend, nicht wahr, die Prozessionen?» Hielt sich die Hand über die Augen, lächelte zähnefletschend. «Regt zum *Nachdenken* an!»

Sarah winkte abwesend, runzelte die Stirn und schmiegte sich an mich. Ich strich ihr übers Haar, und uns umgab der Duft von Blumen und Weihrauch. «Dennis», sagte sie nachdenklich, «magst du mich nicht?»

«Ob ich dich nicht mag?» sagte ich. Ich hielt sie von mir weg und musterte sie, aber sie meinte es ernst. «Was soll das heißen? Ich bete dich an.»

Ich lächelte und drückte sie, aber es dauerte eine Weile, ehe sie sprach. «Also, dann sag mir folgendes, Dennis. Warum mußtest du meine – meine Examenspläne vor den McGees ausbreiten?»

«Ich dachte, das würde dich freuen», sagte ich erstaunt. Erklärte, daß ich ihr nur einen Vorwand liefern wollte, damit sie nicht ihre ganze Zeit mit diesen Leuten verbringen mußte. «Außerdem», sagte ich, «warum darf ich nicht stolz auf dich sein?»

Sie machte sich von mir los. «Dennis, wer sind diese Leute, daß sie von mir Benimm verlangen? Ich *mag* diese Leute nicht. Diese Leute sind Idioten.»

War einigermaßen platt. Kann Sarah keinen rechten Vorwurf machen – so empfindet sie nun mal. Aber die McGees sind wirklich ausgesprochen gastfreundlich und nett. «Natürlich würden wir uns die McGees nicht als unsere engsten Freunde aussuchen», sagte ich. «Warum auch?» Schob ein vorwitziges Etikett zurück in Sarahs T-Shirt. «Und außerdem sind sie vollkommen harmlos.»

Sarah starrte traurig auf das geschäftige Treiben.

«Hinzu kommt», sagte ich, «daß sie nicht mehr die Jüngsten sind.» Ich nahm eine gebückte Haltung ein, zitterte. «Nicht mehr lange, dann bin ich genauso, schätze ich.»

Sarah runzelte wieder die Stirn, dann lachte sie. «Oh, *Dennis*», sagte sie, aber ihre Hand wanderte zu mir herüber und kuschelte sich in meine wie ein geschmeidiges kleines Tier.

Buen Pastor. Mittag- und Abendessen, Di. – So. Unter den zahlreichen schönen Restaurants der Stadt ist das *Buen Pastor* vielleicht das angenehmste. Genießen Sie bei Mondschein im Garten einen Cocktail von platonischer Perfektion. Oder – sollte es draußen zu kühl sein – in der Bar, wo unter dem schweren Rost aus Kolonialzeiten ein Feuer knistert. Auch in den zahlreichen wundervoll eingerichteten Speisezimmern werden wahrscheinlich die Kamine brennen. Es darf nicht unerwähnt bleiben, daß das Speiseangebot zwar ausgezeichnet, aber nicht besonders phantasievoll ist, wenngleich jedes einzelne der wenigen Gerichte sorgfältig zubereitet wird (das Steak *au poivre* verdient besondere Erwähnung); die Weinkarte ist den Ansprüchen gemäß. Die Kellner sind Ihnen gerne bei der Auswahl behilflich (man spricht Englisch), und trotz der exquisiten Umgebung wird ein unvergeßlicher Abend mit Cocktails, Wein und einem mehrgängigen Menü Ihren Geldbeutel nicht über Gebühr strapazieren. Die Atmosphäre ist entspannt, intim und romantisch.

«Entspannt, intim und romantisch!» war das erste, was ich heute morgen zu hören bekam – wachte auf und sah Sarah meine Notizen über das *Buen Pastor* lesen, die ich gestern abend nach unserer Rückkehr vom Essen runtergehämmert und leichtsinnigerweise in der Maschine gelassen hatte. (Das passiert mir nicht noch mal, auf keinen Fall! Ab jetzt wird alles sofort weggepackt. Weggeschlossen.) Sarah lachte ungläubig. «Den Laden nennst du entspannt, intim und romantisch?»

«Meine Güte», sagte ich. «Das ist doch bloß ein Entwurf! Ich war noch gar nicht fertig.»

«Tja, wenn du deinen ‹Entwurf› überarbeitest», sagte Sarah, «solltest du vielleicht erwähnen, daß das erste, was man sieht, wenn man durch die Tür kommt, eine Art *Butler* mit Maschinengewehr ist.»

«Maschinenpistole», sagte ich. «Maschinengewehre sind größer.»

«Oh, na denn», sagte Sarah.

«Außerdem», sagte ich. Ich rieb mir die Augen. «Das kann ich in meinem Text unmöglich erwähnen, Sarah.»

«Wieso nicht?» sagte sie. Sie setzte sich zu mir aufs Bett. «Dennis.»

«Weil», sagte ich. «Sarah, bitte. Ich soll für Leute schreiben, die in *Ferien* fahren.»

Sarah stopfte sich eine Ecke des Kopfkissens in den Mund.

«Tut mir leid», sagte ich. Konnte einen Seufzer nicht unterdrücken. «Ich hab gestern abend nicht mitgekriegt, daß der Türsteher dich gestört hat.»

«Natürlich hat er», sagte Sarah. «Ich war davon ausgegangen, daß er dich auch gestört hätte.»

«Natürlich hat er das», sagte ich. «Natürlich hat er mich gestört.» (Natürlich hatte es mich gestört, als ich zum Oberkellner ging, um meinen Namen zu sagen, und das Ding auf mich gerichtet sah. Aber schließlich haben die Restaurants bei uns auch ihre Sicherheitssysteme.) «Sarah –» Ich nahm ihre Hand. «Was ist los? Ist was? Hat es dir bisher nicht gefallen hier?»

Finstere, theatralische Pause. «Um die Wahrheit zu sagen, Dennis», sagte sie, «mir hat es hier bisher sagenhaft gefallen.»

Wie gut ich diesen Ton kenne; diesen die Antwort verweigernden, spöttischen, zarten Ton, der tadeln soll. Ich versteh das nicht – schwebt ein Fluch über mir, der Frauen traurig macht? Die Frauen, die sich von mir angezogen fühlen, sind aktiv, begabt. Frauen mit interessanten und anspruchsvollen Karrieren. Manchmal Frauen mit guten, glücklichen Ehen, Familien. (Was, zugegeben, seine Nachteile haben kann, aber immerhin garantiert es auch ein gewisses Maß an Stabilität.) Aber wie schnell werden diese eigenständigen Frauen launisch und fangen an zu schmollen. Verlieren ihre Konturen. Auch die selbstbewußten, verwegenen Ehefrauen, die mir über den Weg laufen (freiwillig, freiwillig!), *verändern* sich einfach. Und diese Frauen, die sich – ich glaube, man kann das fairerweise so sagen – meiner nur, um Sarahs (ziemlich groben) Ausdruck zu benutzen, des *Spaßes* halber bedienen, diese Frauen fangen dann plötzlich an, mich mit höchst unkonkreten Begriffen irgendeines aus der Luft gegriffenen Verbrechens zu bezichtigen. Höchst sonderbar. Muß man schon sagen. All diese Frauen, die bei mir antanzen und Aufmerksamkeit und Zuneigung von mir fordern. Und dann, wenn ich ihnen alle Aufmerksamkeit und Zuneigung, die ich besitze, geschenkt habe, werfen sie mir vor, ich hätte sie irgendwie enttäuscht. «Selbstversenkung», hat eine von ihnen das genannt. «Seichtheit von Gefühlen», eine andere. Als wäre ich irgendein kaputter Münzautomat.

Margaret S.? Die tatsächlich in dem Moment behauptet

hat, ich wäre «abweisend», als *sie mich* verließ? Sogar Cynthia – meine eigene Frau –, so selig, als ich sie heiratete, so überzeugt; und wie sie dann vor meinen Augen selbstmitleidig und ängstlich wurde! Versuchte in sie zu dringen, damit sie mir erzählte, was los war. Großer Irrtum. Ich war los, natürlich; ich interessierte mich nicht wirklich für sie. *Interessierte* mich nicht! Und als ich dann die unzweifelhaften Beweise meines Interesses aufzählte, wurde sie unlogisch: «Nein, das nicht! Du weißt genau, daß ich was anderes meine.»

«Sarah», sagte ich, «als wir in San Francisco waren, hast du gesagt, du reist gerne. Das hast du gesagt. Du hast gesagt, du *reist wahnsinnig gerne*.»

«Als wir in San Francisco waren», sagte Sarah, «und ich gesagt habe, ich reise gerne, da waren wir in San Francisco.»

«Schon, aber reisen ist reisen», sagte ich. «Man lernt neue Welten kennen.»

«Neue Welten!» sagte Sarah. «Typen in Uniform mit Maschinenpistolen.»

«Das ist jetzt unfair», sagte ich sanft. Wartete einen Augenblick, um ihr Gelegenheit zu geben, ihren jammernden Ton zu bemerken, sich im Zimmer umzusehen und ihre schönen Einkäufe zu registrieren, aus dem Fenster mit den hölzernen Läden nach draußen zu schauen, wo über dem Vulkan eine Wolke als fescher kleiner Heiligenschein schwebte und wo Frauen mit ihren schwarzäugigen Babies in Bündeln auf dem Rücken schweigend vorbeischlurften.

«Tut mir leid, Dennis», sagte sie. Krabbelte rüber in meinen Schoß. Umschlang mich. «Ich fühl mich so eigenartig. Ich weiß gar nicht, was los ist. Ich finde es nämlich *wirklich* sagenhaft schön hier.»

Der leise Klang von Blaskapellen und der Duft von Weihrauch sickerte zusammen mit dem weichen Sonnenlicht allmählich in unser Zimmer. Bemühte Schönheit. Rieb den chen Rand von Sarahs Ohr. Erklärte ihr, daß es sich, wenn man es sich recht überlegte, mit dem Restaurant so verhielt wie mit einem Flughafen: Die meisten Reisenden sind von den Schutzmaßnahmen nicht betroffen.

«Schon, *weiß* ich», sagte Sarah. «Aber *wovor* soll einen das alles hier schützen? Ich meine, Dennis, sieh doch mal, wer ist der Feind?»

Drückte sie an mich. Erinnerte sie daran, daß wir alle schon von solchen Vorfällen gelesen hatten; erklärte ihr, daß wir, sie und ich, überreagierten, und zwar einfach nur, weil wir *hier* waren.

Geriet ins Nachdenken: Wie verlockend es ist, sich selbst als Teil des Dramas zu sehen – «Es ist schrecklich; ich hab's mit eigenen Augen gesehen.» Unangenehmer Anfall von Selbstüberschätzung. Erinnerte Sarah an den Morgen, als wir bei ihr in der Wohnung frühstückten und Karen hereinstürmte und sich über Massentierhaltung aufregte und wir immer nur sagten: «Wissen wir, Karen, wissen wir alles, echt schrecklich.» Hob Sarahs Kinn und wurde mit einem widerwilligen Lächeln belohnt. «Aber Karen konnte einfach nicht aufhören zu reden, erinnerst du dich? Weil sie so was gerade erst am Tag vorher zum erstenmal *gesehen* hatte. Das heißt, für sie hatte es gerade das Höchstmaß an *Wirklichkeit* erreicht.»

«So ist das», sagte ich, «wir können den ganzen Tag rumrennen und die Nase rümpfen, aber schreckliche Dinge geschehen, ganz gleich, ob wir die Nase rümpfen oder nicht. Ja, das Leben mancher Leute ist entsetzlich, aber wenn du den Gedanken akzeptierst, daß es besser ist, wenn ein paar Menschen glücklich sind, als wenn überhaupt kein Mensch glücklich ist, dann ist es absurd, sich ein schlechtes Gewissen machen zu lassen, weil man *selbst* zufällig einer dieser glücklichen Menschen ist. Ich meine, wir sind hier an einem unglaublich schönen Ort und erleben das vielleicht verschwenderischste

Osterfest in der ganzen Neuen Welt. Wäre es da nicht moralisch verwerflich, es nicht zu genießen?»

Sarah seufzte. «Ich weiß», sagte sie. «Du hast ja recht.»

«Wir können so was aus Prinzip ablehnen», sagte ich. «Aber *welches* Prinzip wäre das?»

«Schon gut, Dennis.» Sarah sprang auf und ließ ihr Haar fliegen. «Ich sagte doch schon, du hast recht.»

Kamen später, nachdem das Frühstück die Gemüter besänftigt hatte, zurück aufs Zimmer. María war da und stellte einen Krug mit kaltem Wasser auf den Tisch. Ich sagte: «Prozession jetzt?! Schön!!»

«Sag mir eins, Dennis», sagte Sarah, als María fort war. «Spielst du manchmal mit dem Gedanken, noch ein Kind zu kriegen?»

«Natürlich nicht», sagte ich. «Ich meine, natürlich spiel ich manchmal mit dem Gedanken, aber ich denke nicht im Traum dran, ihn in die Tat umzusetzen.»

«Kein Grund zur Beunruhigung», sagte Sarah. «Ich wollte es bloß mal wissen.»

«Ich hab schon ein total tolles Kind», sagte ich. «Inzwischen schon fast erwachsen, muß man sagen. In meinem Alter ist das Unsinn, alles noch mal von vorn anzufangen. Wenn man so alt ist wie du – dann ist das was anderes. Du solltest *unbedingt* Kinder haben.»

«Ich hab nicht gesagt, daß ich Kinder will», sagte Sarah ärgerlich.

«Du hast jedes Recht der Welt, Kinder zu wollen», sagte ich. Sah sie aus der Nähe an – ein bißchen aufgedunsen? Muß demnächst ihre Tage kriegen, wenn ich mich nicht irre. «Du gehörst zu den Frauen, die das alles schaffen können. Karriere, Familie –»

«He», sagte Sarah. «Ich hab nicht gesagt, daß ich *Kinder* will. Ich hab bloß gefragt, wie du das siehst.»

«Ich weiß», sagte ich. «Meine Güte. Ich war doch gerade dabei zu *sagen*, wie ich es sehe.»

Extrem heiß heute, fiel mir ganz plötzlich auf – das Zimmer um mich herum wurde auf einen Schlag schwarz. Stützte den Kopf in die Hände, dann sagte Sarah etwas: «Sag mal, Dennis – sind Maschinengewehre, na ja, *viel* größer als Maschinenpistolen?»

«Manche schon», sagte ich. Tatsache ist, daß ich David so, wie ich ihn mir jetzt vorstelle, wie er mit seinen Freunden Basketball spielt, wie er in Clermont die Straße vor unserem Haus entlangspaziert, um ins Kino zu gehen, wie er in seinem klapprigen kleinen Auto durch die Gegend saust, viel lebhafter vor Augen habe, als er mir vorkommt, wenn er mir in einem Chichi-Restaurant gegenübersitzt und geduldig darauf wartet, daß unser Treffen vorbei ist. «Warum?»

«Weil ich mich frage, ob das da draußen eins ist.»

«Um Gottes willen», sagte ich. Setzte mich auf, um aus dem Fenster zu sehen, und da unten wurde gerade ein Holzpodest die Straße heruntergetragen. Es sah genau aus wie eine *anda*, nur daß es von einem Trupp uniformierter Soldaten begleitet wurde und nicht von Leuten aus der Stadt in purpurnem Samt; und statt von Christus oder der Jungfrau Maria war es von einem Maschinengewehr gekrönt. «Ja, das ist eins, völlig richtig», erklärte ich Sarah.

Die Soldaten – Jungs mit hartem Blick und beutegierigem Ausdruck im Gesicht – marschierten mit hämmerndem Schritt unter dem Fenster vorbei, und in ihrer Mitte thronte die göttliche, die suchende Waffe. Vor tiefer Scham wurden mir Hände und Knie weich, als könnte das schreckliche Zerstörungsinstrument jeden Moment herumschwenken und sich auf mich richten, weil es die lächerliche Zufälligkeit meines Körpers, seine demütigend vergängliche Existenz bemerkte. Kein Mensch auf der Straße schien den Aufmarsch wahrzunehmen. Die Menge teilte sich scheinbar zufällig. Einziges Zeichen dafür, daß etwas Ungewöhnliches geschah: eine kaum spürbare Verlangsamung, ein Dickflüssigerwerden der Bewegungen, während der Trupp vorbeimarschierte.

Sarah und ich standen am Fenster und beobachteten das Geschehen, bis das ganze Gefolge samt Podest und widerlichem Metallglanz um die Ecke bog. Und gleich darauf nichts weiter als das stille und geschäftige Treiben auf der Straße.

Ich legte den Arm um Sarah, und diese kleine Intimität vertrieb meine Panik. Versuchte sie zu beruhigen: «Wenn irgendwas Ungewöhnliches geschehen sollte, würde man es uns sagen.»

«Jemand hat es uns gesagt», sagte Sarah.

«Wer?» sagte ich.

«María», sagte sie.

«Das Zimmermädchen?» sagte ich. «Ich meine jemand, der es wissen muß.»

«Wer zum Beispiel?» sagte Sarah.

«Zum Beispiel ein Journalist.»

Sarah starrte mich an. «Dennis», sagte sie. «*Du* bist Journalist.»

«Schon gut, Sarah», sagte ich. «Bitte.»

Weiß Sarah, wie grausam sie manchmal sein kann? Es wäre natürlich vollkommen ausgeschlossen, daß ich irgendwas von dem täte, was ich heute tue, wenn die Bank nicht jenes Schicksal ereilt hätte, das Banken heutzutage bisweilen zu ereilen pflegt. «Aber du weißt, was ich meine. Ich behaupte natürlich nicht, daß María nicht weiß, was mit ihr geschieht. Ich sage lediglich, daß sie keine Möglichkeit hat, es zu *verstehen.* Im Zusammenhang, meine ich damit. Ich würde mir an deiner Stelle wirklich keine Sorgen um María machen. Sie hat durchaus Sinn fürs Dramatische, aber in Wirklichkeit interessiert sie sich in erster Linie für die Osterfeierlichkeiten. Festivitäten. Für nichtige Angelegenheiten» – ich lächelte und strich Sarah eine Strähne aus den Augen – «genau wie wir.»

«Dennis», sagte Sarah. «Das Mädchen hat Angst, zur *Arbeit* zu gehen. Durch die Straßen kommt ein Podest mit einem *Maschinengewehr* drauf.»

«Dem widerspreche ich doch gar nicht», sagte ich. «Wie du siehst. Es geht doch nur darum – Sarah, sag mir ehrlich. Findest du peinlich, was ich mache?»

«Peinlich!» sagte Sarah und wurde richtig rot. «Was du machst? Natürlich nicht, Dennis.»

«Sieh mal, Sarah», sagte ich. «Dieses Reise / Restaurant-Ding ist für mich genauso lachhaft wie für dich. Und ich würde ganz bestimmt nicht im Traum auf die Idee kommen, mich *Journalist* zu schimpfen –»

«Aber, natürlich bist du –»

«Ich würde nicht im Traum darauf kommen, mich *in diesem Stadium* Journalist zu schimpfen», sagte ich. «Aber das ist ein dankbares Ziel. Es ist einfach, sich darüber zu erheben, weil es, oberflächlich betrachtet, nicht so richtig ‹wichtig› ist. Und wer weiß, es ist nicht ausgeschlossen, daß ich in ein paar Jahren – na ja, natürlich kann ich nicht davon ausgehen, daß ich das Auslandsressort übernehme ... Aber ich werde im Leben nichts erreichen, wenn ich nicht anständige ... und außerdem ist es nur fair gegenüber Zwicker, der ehrlich gesagt *Mitleid* mit mir hatte, ganz gleich, was du von seiner blöden –»

«Nein, du hast ihm eine Menge zu verdanken», sagte Sarah.

«Ja, ich habe Zwicker eine Menge zu verdanken. Er zahlt mir ein halbwegs anständiges Gehalt, er hat mir einen Job gegeben, den manche Leute als angenehm bezeichnen würden, vielleicht sogar als angesehen, Tatsache ist also –»

«Nein, es ist toll, Dennis. Sieh mal. Er hat dich nach San

Francisco geschickt, er wird dich nach London schicken. Und wir wären nie im Leben hier, wenn nicht –»

Usw., usw., soweit ich mich erinnern kann. Aber irgendwann während dieser lächerlichen Debatte kippte ich ganz gepflegt aus den Latschen. Die Hitze, und außerdem sind wir beide auch die Höhe nicht so richtig gewöhnt, wie mir scheint. Und dann war Sarah ganz lange wirklich wahnsinnig süß zu mir. Und hinterher schien sie durchaus zufrieden zu sein. Aber das eigenartige am Sex ist (obw., vielleicht ist das bei Frauen anders), daß wenn man anfängt und sich ein bißchen blöd fühlt, man sich hinterher manchmal wirklich schrecklich fühlt.

El Lomito Borracho. 12.00 Uhr – 21.30 Uhr. In diesem heiteren Steakhaus mit weißgetünchten Wänden und Indio-Plakaten verkehrt ein jüngeres Publikum, vornehmlich Deutsche. Das Sirloin mit gegrillten Zwiebeln ist hier besonders zu empfehlen, aber vergessen Sie nicht – wie überall in diesem Land –, Ihr Fleisch *bien asada* (well done) zu verlangen.

DONNERSTAG

Café Bougainvillea. Öffnungszeiten ändern sich laufend. Säfte, Kaffee, Milchshakes, Kuchen. Angenehm. Hygiene zweifelhaft.

Gestern und heute Stadt in äußerster, fieberhafter Erregung. Luft frisch und klar – Berge bis zu den Gipfeln sichtbar – wie eine Krone, die um uns herum niedergesunken ist. Wachsendes Gedränge, Hektik. Immer mehr Menschen kommen zu Fuß oder per Bus und campieren mit ihren wenigen Habseligkeiten, Decken, auf der gegenüberliegenden Seite des Platzes. Blumen blühen wie wahnsinnig. *Alfombras* am Boden – zum

Zertrampeln. Trommelwirbel lassen einen schaudern, Grabesmusik der Blechbläser, Sonnenstrahlen blitzen wie Schwerter durch die Luft. Heute morgen schaukelte Christus in roten Gewändern auf einem Meer von Weihrauch durch die Straßen. Scharen von purpurgewandeten Jerusalemiten. Schweißüberströmte Gesichter der Männer, die die *andas* trugen. McGee hüpfte durchs Gedränge und machte Fotos.

«Sehen Sie die Männer in Ketten, die neben dem Kreuz hergehen?» sagte Dot. «Das sind die Schächer. Sehen Sie? Das Irre ist, daß sie echte Kriminelle dazu nehmen. Wahrscheinlich bloß harmlose Diebe oder arme Trinker. Aber wenn die Prozession heute nachmittag über den Platz führt, wird die ganze Stadt einen Vergebungs-Choral singen, und dann wird einer der Schächer losgebunden und in die Menge entlassen, genau wie seinerzeit in Jerusalem.»

«Das ist wunderbar», sagte Sarah.

«Ja...» sagte Dot und runzelte die Stirn. «Oh, ein herrlicher Feiertag ist das. Die bemalten Eier, das Geheimnis des Frühlings, die kleinen Süßigkeiten, die für die Kinder im Gras versteckt werden. Und hier! Großer Gott. Die Blumen, die Prozessionen...»

Sarah unergründlich; den Blick auf der Prozession, machte sie sich geistesabwesend mit den Zähnen an einem kaputten Fingernagel zu schaffen.

«Sie nehmen es einfach alles so *wörtlich*», sagte Dot. Sie seufzte. «Wie die Sache mit dem Schächer. Ich meine, das war vor fast zweitausend Jahren – verstehen Sie, was ich meine? Das ist ein *Feiertag*. Aber sie nehmen alles so wörtlich. Warten Sie's ab. Samstag, Sonntag – nichts. Keine Prozessionen, keine *alfombras*... Die Auferstehung interessiert sie im Grunde kein bißchen. Heute und morgen sind die großen Tage. Die Kreuzigung ist es, worauf sie sich beziehen.» Sie nickte wissend in Sarahs Richtung. «*Martyrium*. Sie suchen sich aus der

Geschichte raus, was ihnen gerade paßt – die Kreuzigung, die Armen, die Reichen. Solche Sachen. Die imperialistischen Machthaber. Die Soldaten.»

Um uns herum drängte sich die Menge, was Dot mit heiterer Gelassenheit ertrug – sie plapperte unbekümmert weiter. «Wir sind früher manchmal in den kleinen Dörfern gewesen. Santa Catarina und so. Aber jetzt nicht mehr. Sie haben der Sache das Wunderhafte genommen. Natürlich, sie *sind* furchtbar arm – das will ja niemand bestreiten. Dennoch, auf diese Weise fordert man das Schicksal heraus. Wenn man die Sache dermaßen glorifiziert, wie sie es tun.

Als Cliff noch beim Landwirtschaftsministerium war, hatten wir ein kleines Haus am See, und da sind wir während der Feiertage immer hingefahren. Die Menschen da sind größtenteils Saisonarbeiter auf den Plantagen, Sie können sich also vorstellen, auf welch fruchtbaren Boden bei denen die Aktivitäten der Guerillas gefallen sind; und heute tragen die Leute die Politik in so ziemlich *jeden* Bereich hinein.

Und die Priester können genauso schlimm sein. Vor ungefähr zehn Jahren gab's hier einen, der wohnte am See auf dem gegenüberliegenden Ufer. Amerikaner, wohlgemerkt. Der es besser hätte wissen müssen. Eine schreckliche Geschichte, wirklich. Ich mag sie gar nicht erzählen – tut mir leid, daß wir überhaupt darauf gekommen sind. Wissen Sie, es lag daran, was er denen alles durchgehen ließ, einigen Leuten in seiner Gemeinde. Sie durften die Heiligenfiguren – sogar die Christusfiguren – wie Indios anziehen.» Dot nickte, während sie den Blick von Sarah zu mir wandern ließ. «Und nicht nur wie *Indios* – wie Guerillas, verstehen Sie? Mit den kleinen Masken und so? Und sie taten es in ihrer prächtigen riesigen Kirche, die im Grunde das einzige richtige Gebäude in dem Ort ist. Pater Tobin dachte wahrscheinlich, ihn würden sie in Frieden lassen, weil er Amerikaner war. Aber er hätte vielleicht mal einen Gedanken darauf verschwenden sollen, in welche Gefahren er seine Gemeindemitglieder damit brachte. Ich frage Sie, was ist das für ein Priester? Seine Gemeindemitglieder verschwanden nämlich dutzendweise.»

Das Straßenpflaster schwappte zu mir herauf, und ich streckte die Hand aus, um mich an Dots Arm festzuhalten. «Kein Hut?» sagte Dot. Sie bedachte mich mit einem durchdringenden Blick und lotste uns durch die Menge zu einer schattigen Stelle. «Rücksichtsloser Mensch. Na, wir waren wütend wie nie. Aber ich bin ja nicht katholisch, und mir kommt die ganze Sache ein bißchen – da, sehen Sie! Henker!»

Eine Gruppe in Schwarz kam vorbei, schwarze konische Hüte, nur über den Gesichtern weiße Stofftücher mit ausgeschnittenen Löchern für die Augen, unheimlich. Sah einen Pontius Pilatus, zeigte ihn Sarah: «Siehst du das Schild, das er trägt? ‹Ich wasche von meinen Händen das Blut dieses unschuldigen Mannes› steht darauf.»

«Das genau meine ich», sagte Dot.

«Was genau meinen Sie?» sagte Sarah. Aber Dot machte ein ärgerliches Gesicht.

War unerklärlich nervös – fing an, auf Sarah einzureden: «Tja, das ist kompliziert. Weil, es ist so, daß die Leute damals zu Pilatus sagten: ‹Also, dieser Kerl namens Jesus muß weg, und das ist deine Aufgabe. Ein ganzer Troß verrückter Penner steht hinter ihm, und die sagen, seine Gebote stehen über den Gesetzen Roms.› Und *Pilatus* hat gesagt: ‹Also, ich bin zufällig nicht der Meinung, daß Jesus sich irgendwas hat zuschulden kommen lassen, aber ich kann euch nicht daran hindern, mit ihm zu machen, was ihr wollt. Denn es steht mir nicht zu, mich in innere Angelegenheiten einzumischen.› Wer also will entscheiden, wer wen für wessen Zweck mißbraucht hat? Letztendlich kann man sagen, es lag durchaus im Interesse von Pilatus, daß Jesus umgebracht wurde, aber ebenso im Interesse der örtlichen Machthaber, denn schließlich hat Jesus zweifellos den Unfrieden in Pilatus' Provinz geschürt.»

Sarah wandte sich mir zu. «Du willst also sagen, der Typ mit dem Schild –»

«Na ja, *nein*», sagte ich. «Ich versuche lediglich, die vielschichtige Ironie der Situation darzustellen... Und es ist interessant, sich in Erinnerung zu rufen, daß dort der Ursprung solcher Sätze liegt. Du weißt schon: ‹Ich wasche meine Hände in Unschuld.› – ‹Ich habe saubere Hände.› Und so weiter. Sie kommen aus der Bibel.»

«Wie so viele andere auch», sagte Dot, ohne genauer zu werden. «Oh, da ist er ja –» Sie winkte McGee zu, der, vom Weihrauch hustend, aus der Menge auftauchte. «Ich hatte schon befürchtet, wir müßten die Römer losschicken! Hast du was Gutes im Kasten?»

«Kann man wohl sagen», sagte McGee. «Dürften ein paar traumhafte Bilder drunter sein.»

«Letztes Jahr hat Clifford die Schutzkappe draufgelassen», erklärte Dot.

«Übrigens», sagte Sarah zu ihr. «Was ist aus dem Priester geworden?»

«Bitte?» sagte Dot.

«Der Priester aus dem Dorf am See», sagte Sarah.

«Tja», sagte Dot. «Meinen Sie – ich meine, keiner weiß es genau. Es heißt, sie kamen mit einem Lieferwagen, wie üblich. Aber die Fenster waren natürlich verspiegelt, und sie trugen keine Uniformen. Der Lieferwagen fuhr hinter ihm her, heißt es, wie das bei solchen Lieferwagen üblich ist. Ich fürchte, sie haben ihn gerade noch vor der Kirche erwischt.» Dot schüttelte den Kopf. «Man kann die Einschußlöcher noch sehen. Und man hat uns erzählt, daß es eine Weile dauerte, bis die Mauer und die Straße wieder sauber waren… Tja. Aber niemand hat sie erkannt. Niemand weiß, wer es war.»

FREITAG

Sabor de China und *Giuseppe's*, beide grauenhaft. Unbedingt meiden.

Gestern abend, als alle Holzfensterläden geschlossen waren und die Stadt zur Ruhe gekommen war, gingen Sarah und ich noch mal raus. Der Himmel über den umliegenden Bergen war sternenklar; auf dem Boden schwappte die Nacht vor und zurück und glitzerte auf Kopfsteinpflaster und Kirchen. Sarah und ich liefen ein bißchen rum, dann setzten wir uns auf den Platz neben eine Palme mit fahlem Stamm.

Als ich dort mit ihr in der duftenden Nacht saß, wurde mir unerträglich bewußt, wie bald alles vorbei sein würde. Stellte sie mir in zehn Jahren vor: eine Dinnerparty, hoch über einer funkelnden Stadt, Sarah in einem traumhaft engen Kleid, noch schöner als jetzt. Sie am Fenster, neben ihr ein anderer – ein Kollege, ein Bewunderer…

Spürte, wie die Zukunft schon embryonale Gestalt annahm – jene Sehnsucht, die im eigenen Körper schlummert und dennoch wachsam ist und die Zeit und Trennungen überdauert. Konnte sie mir so bildhaft vorstellen – Sarah auf dieser Party in ferner Zukunft, sie vertraut sich diesem Bewunderer an: Erzählt von ihrer ersten Beziehung zu einem reifen Mann, von den vielen neuen Dingen, die sie durch ihn kennengelernt hat… Nein, sie und ich, wir werden einander *nichts* bedeutet haben…

Der Glanz in ihrem Haar, der sie umschwebte wie ein kleines Licht, während sie die Nacht in sich aufsog, sie für jenen Augenblick in der Zukunft in ihre Erinnerung bettete. Nahm ihre Hand und streichelte sie, spreizte ihre Finger; küßte die Handfläche. Fragte, woran sie dachte.

«Ich denke, ein Segen, daß wir mal für einen Moment die McGees los sind.» Sie lachte.

Ich sah hinab auf ihre Hand.

«Was ist los, Dennis?» sagte sie.

Sagte, es täte mir leid wegen der McGees. In der Tat hatte sich Traurigkeit wie ein zartes Netz über mich gesenkt. «Sie sind wirklich die letzten Idioten.»

«Nein, sie sind keine *Idioten*», sagte Sarah.

Ich sah sie an. «Das Wort kam von *dir*», sagte ich.

«Ja? Na gut, dann hab ich mich eben geirrt», sagte Sarah. «Meinst du nicht?»

Uns gegenüber, auf der anderen Seite des Platzes, schliefen die Leute im Säulengang des Verwaltungsgebäudes und wiegten die Stadt im Netz ihres Atems.

«Unterwandert», sagte Sarah. «Ich meine, *ehrlich*.»

Bemerkte, daß die Leute vor dem Verwaltungsgebäude unruhig wurden, sich träumerisch bewegten, die Decke des Schlafes von sich schoben, sich aufsetzten – erst einer oder zwei, dann ein paar mehr, die wiederum andere sanft an der Schulter rüttelten, bis kurz darauf alle wach waren, aufstanden, ihre zerknüllten Kleider glattstrichen.

Sekunden später waren sie bei uns auf dem Platz, sprachen mit leisen, dringlichen Stimmen. Einige sprachen spanisch, andere Sprachen, die ich noch nie gehört hatte. Schenkten uns keinerlei Aufmerksamkeit; beugten sich über den Brunnenrand, um sich oder ihren Babies ein bißchen Wasser ins Gesicht zu spritzen oder mit Blechbechern aus weniger verschmutzten Tiefen zu schöpfen.

Doch dann – genauso unerwartet, wie sie auf dem Platz erschienen waren, verschwanden sie auch wieder. Höchst eigenartig. Sarah und ich warteten einen Augenblick, dann folgten wir ihnen. Bald waren wir in einem Teil der Stadt, den wir noch nie gesehen hatten. Laternen schaukelten unter steinernen Bögen, schwere Tore schwangen auf, als wir vorbeigingen – dahinter starrten uns schwarzgekleidete Frauen an, die im Kerzenschein in Kammern oder Höfen saßen.

Die Menge führte uns zu einem Kirchhof, wo es von Menschen wimmelte, winzige Stände, an denen Essen, Holzspielzeug, funkelnde Drehapparate verkauft wurden. Keine Touristen, keine reichen Ladinos, kein einziger von den Europäern, die hier in der Stadt Häuser haben. Alle zerlumpt und mager – das Drumherum unglaublich festlich, aber die Gesichter blieben bei allem geschäftigen Treiben ernst. Geistesabwesend.

Der Himmel war übersät mit Sternen, Ballons, Weihrauchwolken. Über einer langen Treppe mit flachen, breiten Stufen schwebte eine reich verzierte Kirche (diese feine Steinmetzarbeit! Früchte aus Stein, Weinreben aus Stein) wie eine Taube, blasses Rosa im Mondlicht. Überall brannten Kerzen, vereinigten sich in der riesigen offenen Kirchentür zu einem einzigen flackernden Strom.

Quälende Gerüche: Speisen, brutzelnd in Pfannen, schmorend in riesigen Töpfen oder röstend am Spieß über offenem Feuer. Sarah zerrte mich, ohnmächtig vor Eßgelüsten, von einem kulinarischen Spektakel zum nächsten. «Sieh nur, Dennis – hättest du das gedacht? Es gibt richtig gut zu essen in diesem Land.»

«Vergiß es», sagte ich.

«Bitte», sagte sie. Die Menschen aßen ganz ruhig, ohne Gier, als würden sie sich auf was vorbereiten. Die Männer so mager, daß es schwer war, nicht hinzusehen, wenn sie aßen – so zart. Einige hatten an den Seiten des Kopfes waagrechte Streifen, die wie rasiert aussahen – weggescheuertes Haar von den Gurten, mit deren Hilfe sie schwere Ladungen tragen, vermute ich. Sarah lungerte gierig bei einer Frau herum, die riesige Tortillascheiben briet, mit deren Hilfe sie dann eine helle, klumpige Soße aufschöpfte. «Ich halt's nicht aus!»

«Kommt nicht in Frage», sagte ich. Zu unseren Füßen eine Schar Kinder, die feierlich auf ihren schmutzigen Brocken kauten. «Meinst du, ich lasse zu, daß du dir das antust? Aber hör mal. Sobald wir zu Hause sind, lad ich dich zu einem anständigen Essen ins Red Fox Inn ein.»

«Versprochen?» sagte Sarah, während uns die Menge in die schwebende Kirche hineinschwemmte. Ließ mich noch kurz schwören, aber dann verschlug es ihr den Atem, und sie nahm meinen Arm.

Wir wurden vor der Menge hergespült – der gesamte Boden zwischen uns und dem Altar war ein einziges Bild, ein Bildteppich aus Blütenblättern, wie die *alfombras*, aber endlos: Jesus, ganz aus Blütenblättern, in weißem Gewand oben auf einem Berg, und von seinen erhobenen Händen strahlten Energiewellen. Und unter ihm ergoß sich eine Blütenvielfalt auf uns zu, ließ uns in ihm aufgehen – uns, die Armen, die Leidenden, die Schwachen, die Hungrigen, die reinen Herzens sind, die Verfolgten...

Hinter uns drängten die Leute in die Kirche. Schaute mich um und erkannte, daß die Menge ganz und gar nicht blumengleich aussah, sondern mager und trocken wie Zunder, und ihre Augen leuchteten in der fanatischen, ansteckenden Ekstase der Armut.

Mein Gott. Wer *waren* diese Leute? Sie hatten eitrige Beine, ihre Füße waren nackt und geschwollen, die Rücken gebeugt vom Tragen schwerer Lasten – Holz, Früchte oder Kaffee –, aber was gäbe es für Wahnsinnstaten, zu denen sie nicht fähig wären? Diese Guerillas aus den umliegenden Dörfern, in angespanntem Halbschlaf unter den dunklen Bäumen; die Kinder mit ihrer mörderischen Arbeit auf den Feldern; die Hausmädchen; die Lastenträger; die Bauern, die zusammengerollt auf ihren Betten oder Strohmatten liegen, im Schlaf stets auf der Hut, ihre gefährlichen Träume träumend. Menschen, die sich keine Zeitung leisten können. Menschen, in deren Sprache nie eine Zeitung gedruckt werden wird, Menschen, die keine Zeitung lesen könnten, selbst wenn eine in ihrer Sprache gedruckt *würde* – diese Menschen, die nicht mal wissen, daß es da draußen eine Welt gibt, *die* wären fähig, diese Welt niederzubrennen. Verkrüppelt und mit ihren dunklen Augen, mit den zarten Schrägen in den Gesichtern, mit ihren leuchtenden Kleidern, mit ihren alten, exotischen Sprachen wirken sie wie sonderbare, magische Wesen. Aber nein! Diese Menschen führen ein Leben von einem Tag auf den anderen. Sie essen oder hungern. Sie führen Gespräche hinter verschlossenen Türen –

Als Sarah und ich zur Seitentür hinausgeschoben wurden, sahen wir eine kleine Gruppe Soldaten, die sich im Hof unter uns verteilten, sich unter die Menge mischten. Wieder kroch mir ein Gefühl der Kraftlosigkeit in die Hände, sie wurden feucht. *Unterwandert*, dachte ich; *unterwandert*. Neben mir nahm Sarah ein unsicher wankendes Kind auf den Arm, das sich an ihren Knien festgehalten hatte, und schnüffelte in seinem weichen schwarzen Babyhaar, durch das ich die Kolonnen von Läusen förmlich marschieren sehen konnte. Aber als ich den Mund öffnete, um Sarah zu warnen, brachte ich kaum ein Krächzen heraus.

Das Baby ruderte mit seinen nagelneuen kleinen Ärmchen, um das Gleichgewicht zu halten – mit seinen nagelneuen kleinen Feindesärmchen. In seinen feuchten schwarzen Babyaugen spiegelten sich für einen Augenblick in zauberhafter Verkleinerung die tausend oder mehr Kerzen, die schwebende Kirche, die dichte, selige, begeisterte Menge. Welcher dieser gespiegelten Männer würde dieses Baby hoffen dürfen, bald zu sein? Welcher dieser gebrechlichen alten Feinde?

Ein kleines Mädchen zerrte ungeduldig an Sarahs Rock und streckte die Arme aus, um die Herausgabe seines Bruders zu verlangen, während in einiger Ferne ein lautes Geräusch zu hören war. Das Geräusch bewegte sich langsam, massiv und in Wellen auf uns zu, teilte sich jedoch, bevor es uns erreichte, und so waren wir umschlossen von Geschrei, Hufgetrappel, Gesängen, während Licht von Laternen und Taschenlampen durch Rauch und Weihrauchwolken waberte.

Vor uns, an der Spitze der Menge, tauchten, hoch zu Roß und in nervösem, holprigem Trab, zwei römische Zenturionen auf. Um sie herum wogten die Jerusalemiten in ihren purpurnen Samtgewändern und römisches Fußvolk mit Lanzen sowie massenhaft Stadtbevölkerung in normalen Kleidern.

Ein Trompetensignal erscholl, und die gereizte Menge verstummte. Der Himmel glänzte schwarz, der Mond schien durch die Wolken. Sarahs blasses Gesicht zog sich zusammen und funkelte wie eine Münze, und ich hatte das Gefühl, daß ich mich, wenn ich mich konzentrierte, später an alle Ereignisse erinnern würde, die nun folgten – an jede noch so winzige Einzelheit...

Und, jawohl, schon entrollte einer der Zenturionen ein Pergament: *Jesus von Nazareth wird verurteilt zum Tod durch Kreuzigung!* Die Verkündigung hallte vom Stein der Kirchenwände wider, als wäre ein Schmied am Werk; das Echo pulsierte in einem Katarakt von Stille.

SAMSTAG

Hotel Buena Vista. Frühstück, Mittag- und Abendessen täglich. Das *Buena Vista* bietet ein Mittagsbuffet mit dem besten Preis-Leistungs-Verhältnis, das man in der Stadt findet. Bedienen Sie sich aus dem reichhaltigen Angebot, genießen Sie es zuzusehen, wie Indiofrauen in historischen Gewändern direkt vor Ihren Augen frische Tortillas zubereiten, nehmen Sie ein Bad im Pool, und wenn Sie am richtigen Tag kommen, erleben Sie eine Modenschau am Bekkenrand, und das alles kostet Sie nicht mehr als ein Hamburger mit Pommes daheim. Exotische Vögel stolzieren über den Rasen, und zusätzlich beleben ein paar Papageien in Käfigen die Szene. Das Essen ist durchschnittlich, aber die Steaks werden auf offenem Feuer gegrillt und sind sehr schmackhaft.

Unter uns Wolken, das Flugzeug nicht überfüllt. Sarah hat ein Buch im Schoß, sieht aus dem Fenster ins Nichts.

Als wir heute morgen abreisten, war es genau so, wie Dot es vorausgesagt hatte. Keine *alfombras*, keine Prozessionen, sehr viel weniger Touristen. Keine Spur mehr von den Pilgern vor dem Verwaltungsgebäude. Nur Frauen in Schwarz, die, jede für sich, um Marias ermordetes Kind weinten. Aber gestern – Freitag – waren die Prozessionen ätherisch, von Schmerz gezeichnet, unerbittlich: Christus in Schwarz, zurechtgemacht für seinen Tod, dann Christus am Kreuz, gebrochen.

Sehr eigentüml. Empfinden – schlecht gelaunt, gehetzt – gestern den ganzen Vormittag. Wahrscheinlich Zusammenhang mit meiner Verwirrung von Do abend + sonderbar unheimlichem Mittagessen mit den McGees.

Und dann – das Buena Vista selbst! *¡Dios!* Kurvige Ladinomädchen präsentierten scheußliche Klamotten am Pool, Kinder rannten zwischen ihren Beinen rum, landeten mit lauten Platschern im Wasser, haarsträubendes Gekreische. Indiofrauen machten Tortillas und beobachteten mit ausdruckslos wachsamem Blick das Treiben. Wohlhabende Gäste aus der Hauptstadt schickten schlanke Söhne mit olivfarbener Haut zum Parkplatz, um den Hausmädchen kleine Teller mit Reis und Bohnen zu bringen. Eine Spezies von fleckigen, knotigen Touristen (offensichtlich Evangelisten; McGee behauptet, sie kriegen im Buena Vista märchenhafte Preisnachlässe) sonnten sich in Plastik-Klubsesseln, lachten laut und nervtötend, als hätten sie sich gerade unter Vorspiegelung falscher Tatsachen aus dem Gefängnis gemogelt.

Sarah kämpfte eine Weile mit ihrem Steak von der Größe eines Abflußpfropfens, dann stand sie auf und schlenderte mit ungewöhnlich nachdenklichem Gesicht über den Rasen. Als sie sich wieder hinsetzte, erzählte sie den McGees von einer Szene, die sie vor ein paar Tagen beobachtet hatte. Hatte sie die Sache mir gegenüber erwähnt? Glaube nicht. Sie hatte gesehen, wie drei ausgewachsene Männer sich einen Jungen schnappten, der gerade aus einem Geschäft kam – kein Mensch beachtete den Vorfall, außer einer Dame, die anfing zu schreien. Dann schnürten die Männer den Jungen zu einem Bündel zusammen und schafften ihn auf einen Lastwagen. «Ich hab mir in dem Moment weiter nichts dabei gedacht», sagte Sarah. «Es war wie ein Tonband, das so schnell läuft, daß man nichts versteht.» Sie ließ den Blick von Dot zu Cliff wandern. «Ich glaub, ich bin einfach davon ausgegangen, daß es sich um ein Kind handelt, das wegen Diebstahls festgenommen wird...»

«O mein Gott», seufzte Dot.

«Bitte, Dorothy», sagte McGee.

«Nein, Cliff», sagte Dot mit leicht bebender Stimme. «Darum geht es nicht. Die armen Mütter. Wissen Sie» – sie wandte sich an Sarah – «wenn die Jungs ihre Ausbildung hinter sich haben, werden sie in andere Landesteile geschickt, weil es besser funktioniert, wenn sie die Sprache nicht sprechen. Oh, ich weiß, daß das alles nötig ist, aber für die Familien ist es entsetzlich schwer. Sie lieben sie. Sie brauchen sie als Arbeitskräfte.» Sie wandte sich wieder an McGee. «Ich finde das abscheulich, Clifford, ehrlich.»

McGee hob beschwichtigend die Hand. «Ich habe nie gesagt –» setzte er an, doch genau in diesem Moment näherte sich ein großer Mann von Mitte Dreißig. Sein strohiges Haar und sein Schnurrbart hatten die Farbe von schmutzigem Wachs. Ein großer, angeschlagener Zahn hätte seinem Lächeln die angenehme Unbedarftheit eines Bibers verleihen können, wäre da nicht ein Ausdruck jener verschleierten Wut gewesen, der man bei einigen trockenen Alkoholikern begegnet. «Verzeihen Sie», sagte er. «Sind Sie zufällig Clifford McGee?»

«Der bin ich», sagte McGee und streckte die Hand aus.

«Mein Name ist Curtis Finley», sagte der Mann. «Ich arbeite bei Ihrem alten Verein, und im Camino hat mir mal jemand gesagt, wer Sie sind.»

«So, dann sind Sie also jetzt hier unten zugange?» sagte McGee. «Setzen Sie sich. Wir – wie sagt man noch gleich? – *loben den Tag vor dem Abend.*»

Sarah stand abrupt auf und ließ sich gleich wieder auf ihren Stuhl fallen. Finley sah sie an. «Danke, Sir», sagte er zu McGee. «Tja, ich bin jetzt schon eine Weile hier. Ich bin auf dem Weg in den Norden, wo ich die Leitung eines Projekts übernehme.»

«Tatsächlich», sagte McGee. «Da oben ist ja einiges los. Sie müssen mich besuchen, wenn Sie zurückkommen, und mir erzählen, wie es war. Ich würde gerne auf dem laufenden bleiben.»

«Das kann ich mir vorstellen, Sir», sagte Finley. «Im Büro wird immer noch viel von Ihnen erzählt.» Die beiden Männer lächelten sich an, und ein feiner Schweißgeruch lag in der Luft.

Dot nickte hinüber zu Sarah, die mürrisch auf ihrem Stuhl hing. «*Diese* junge Dame ist vor ein paar Tagen Zeuge einer Rekrutierung geworden», sagte sie.

«Dorothy», sagte McGee, als Finley ihn scharf ansah.

«Diese Kretins», sagte Finley. Er wandte sich Sarah und mir zu und zeigte die Zähne, um Freundlichkeit zu signalisieren. «Und, was hat Sie beide hierher verschlagen?»

«Dennis ist Journalist», sagte Sarah. Sie riß sich zusammen und schenkte ihm ein gekünsteltes Lächeln.

Finley löste den Blick von ihren Beinen. «Hier in der Stadt sind Rekrutierungen sehr selten», sagte er zu mir. «Und genau genommen verstoßen sie gegen das Gesetz. Wie ich höre, soll jetzt was dagegen unternommen werden.»

«Ich bin kein richtiger *Journalist*», versicherte ich ihm rasch. «Ich schreibe bloß übers Essen. Hotels, Osterfeierlichkeiten allgemein...»

«Verstehe...» sagte Finley.

«Eigentlich», sagte ich, «bin ich Banker.»

«Oh.» Finley sah McGee an.

«Nein», sagte Dot. «Wissen Sie, Dennis macht etwas Wunderbares – er schreibt einen Artikel über die *Semana Santa*, der in den USA landesweit in mehreren Zeitungen gleichzeitig veröffentlicht wird. Ist das nicht herrlich?»

Finley runzelte die Stirn. «Oh.» Er zeigte wieder die Zähne. «Und, wie gefällt es Ihnen? Schöne Stadt, nicht?»

McGee setzte sich auf seinem Stuhl zurecht. «Heute abend gehen wir mit den beiden zu den de Leóns, zum Abendessen», sagte er. «Das sind alte Freunde von uns, und der Koch kann aus den hiesigen Produkten tolle Sachen zaubern.»

«Oh, ja.» Finley sah mich mit einem Anflug von Bitterkeit an. «Interessanter Kerl, de León. Hab ihn nie persönlich kennengelernt. Good Morning, das ist doch er, nicht wahr?»

«Bitte?» sagte ich.

«Good Morning», sagte McGee. «Sie haben das bestimmt schon im Supermarkt gesehen. Orangen, Grapefruits. Auch Bananen haben manchmal diesen kleinen Aufkleber, auf dem steht –»

«Oh, ja», sagte ich. «Natürlich. Good Morning!»

«Ja», sagte McGee, «das ist de León. Good Morning! – Orangen, Good Morning! – Grapefruit. Kaffee ist sein Hauptgeschäft, aber inzwischen hat er die Finger wirklich überall drin.»

«Hatte Probleme mit einem seiner Söhne, hab ich gehört», sagte Finley.

McGee nickte. «Schlimme Zeit. Inzwischen überstanden.»

«Der Bursche hatte eine üble rotznasige Phase, wie ich gehört habe», sagte Finley. Er wandte sich an Sarah. «Bitte verzeihen Sie.»

«Wie bitte?» sagte Sarah mit einem verschwommenen Lächeln. «Tut mir leid, ich hab nicht richtig... Oh, Mr. Finley, wissen Sie zufällig, was für eine entzückende Rebsorte das hier ist?» Sie deutete auf ein baumähnliches Geranke über unseren Köpfen.

«Curtis», sagte Finley. Er sah nach oben, dann hinüber zu Sarah. «Rebsorte?»

«Ich glaube», sagte Dot und ließ den Blick in die Ferne schweifen, «der Regen kommt dieses Jahr sehr früh. Letzte Nacht habe ich es irgendwo über der Küste blitzen sehen.»

McGee lächelte behaglich. «Gehört zur Familie der japanischen Glyzinie», sagte er.

Später hockte Sarah, die Arme um die Knie geschlungen, in dem großen Sessel in unserem Zimmer, während ich auf und ab ging.

«Nur weil ein Typ eine spezielle Pflanze nicht gleich erkennt», sagte ich, «ist er noch lange kein *Schwindler*.»

Sarah seufzte demonstrativ.

«Also ehrlich», sagte ich. «Aber, außerdem. Ich denke, man muß sich fragen, was die Alternativen sind, wenn man ehrlich ist.»

«Was zum Teufel meinst du, Dennis?» sagte Sarah.

Darf mich nicht von Sarah in irgendwelche Ecken drängen lassen – ihre eigenwillige Naivität, das Über-die-Stränge-Schlagen. Immer dran denken, gelassen zu bleiben, das Ziel im Auge zu behalten. Ihr ermöglichen, gelassen zu bleiben. Habe versucht, ihr in aller Ruhe zu erklären, daß, was immer man von dieser oder jener Methode hält, die Ziele der Menschen – von einer gewissen gemeinsamen Grundlage ausgehend – mehr oder weniger die gleichen sind. «Wir alle wollen, daß das Leben für jeden besser wird; wir alle kämpfen darum, jeder auf seine eigene Art, daß die Dinge besser werden. Ja, auch Menschen, mit denen wir nicht einer Meinung sind, können es ehrlich meinen, Sarah – ich meine, mal abgesehen von einer Handvoll vor Habgier kranker Diktatoren. Psychopathen, wie Hitler oder Idi Amin. Soziopathen nennt man solche Leute glaube ich heutzutage. Sagt man das bei euch in den Seminaren, ‹Soziopathen›?»

Sarah sah hinab auf ihre Sandalen und wackelte mit den Zehen.

«Aber es ist komisch», sagte ich und setzte mich zu ihr auf die Sessellehne. «Findest du nicht? Wie sich die Terminologie so mir nichts, dir nichts ändert. Darin muß sich ein großräumiger Wandel in der Vorstellung davon spiegeln, wie moralisches Denken, oder was auch immer, eigentlich funktionieren soll. Ich finde das wahnsinnig interessant, du nicht? Als ich klein war, sagte man ‹Psychopathen›.»

Sarah wackelte wieder mit den Zehen. «Ist das nicht traumhaft» – sie beugte sich vor und sprach auf sie ein – «wie überall falsche Agronomen rumkriechen und dafür kämpfen, daß das Leben für alle besser wird?»

«O ja, Sarah», antwortete sie sich dann selbst mit brüchiger, leiser Stimme. «Da wird einem ganz warm ums Herz. Aber das Wort ‹Agronom› – ich glaube, das Wort, das du meinst, heißt ‹Agrikulturalist›, hochinteressant. Weißt du, als ich noch ein *kleiner* Zeh war –»

«Oh, Sarah», sagte ich.

«Verzeih, Dennis.» Sarah sah mich eisig an. «Ich habe mit meinem *Fuß* gesprochen.»

Den Rest des Nachmittags waren wir sehr sehr vorsichtig miteinander. Grauenerregendes Abendessen. Aber Sarah machte ganz auf gutes Benehmen, wenn auch in einer sehr eigenwilligen Form. Sie war sonderbar fügsam, höflich. Um so besser, denn die de Leóns entpuppten sich genau als das, was zu erwarten gewesen war – was man hatte befürchten müssen.

Die Sra. stählern in Leinen und mit kleinen goldenen Ohrringen. Der Sr. etwas verführerischer. Gutaussehend, sehr spanisch, Melancholie. Offenkundiges Machtgehabe; Herzlichkeit umgearbeitet in winzigste Einheiten von Korrektheit. Tochter Gabriela klein wie die Mutter. Reines, offenes Gesicht, raschelnde Gewänder – ziemlich angetan von Sarah; viel herzliches Lächeln. Ihr fehlen die Staaten, sagte sie, ihre Freunde von der Boarding School in Connecticut. Drohte, es «gibt soviel zu erzählen». Alle drei erstklassiges Englisch.

Hausmädchen, die Horsd'œuvres und Cocktails – Rum + Good Morning!-Fruchtsäfte – servierten. Gigantisches Haus, riesige Sammlung von alten indianischen Stoffen, Gebrauchsgegenständen aus vorkolumbianischer Zeit, erstklassigen Möbeln aus der Kolonialzeit usw. Der Abend zunächst unerklärlich heikel – Wellen der Abenddämmerung schwappten von den umfriedeten Terrassen und Gärten zu uns herauf und umspülten die klobigen Formen im Innern des Hauses. Alle trieben ziellos umher, wie Partikel, die sich von etwas unter Wasser lösten, und dieses Etwas war mein Verstand.

Fand Sarah in einem Korridor, wo sie sich die gerahmten Fotos an der Wand ansah. Ich beobachtete von hinten, wie sie das Gesicht eines hübschen jungen Mannes betrachtete – blaß, schwarzhaarig –, der mit einem Ausdruck höhnischer Resignation in die Kamera starrte.

«Das ist mein Sohn Rubén», sagte Sra. de León, die plötzlich neben mir stand, ohne daß ich sie hatte kommen hören. «Wir sind sehr stolz auf ihn. Er lebt jetzt in Paris. Er war seinem Vater in den letzten Jahren eine große Hilfe.» Sie bedachte Sarah mit einem frostigen Lächeln.

Irgendwann hatten wir uns alle um den Tisch versammelt. Essen hervorragend. Beeindruckende Qualität. Schade bloß, daß ich absolut keinen Hunger hatte. Während ein imposanter Gang nach dem anderen aufgetischt wurde, unterhielten sich die McGees und die de Leóns mit der unverbindlichen Liebenswürdigkeit alter Freunde: In der Nähe war gerade mit archäologischen Ausgrabungen begonnen worden; dann kam der abscheuliche lokale Klatsch an die Reihe – eine Nonne aus den USA, die behauptete, aus einem Kloster in der Stadt entführt und gefoltert worden zu sein. Doch am Ende, erzählte uns de León, hatte die Botschaft rausgefunden, daß die Zigaretten-Brandmale auf dem Rücken der Nonne von einer lesbischen Liebhaberin stammten.

«Es ist immer die Peripherie, wo die unglaublichsten Dinge geschehen», sagte Dot. «New York City kann mit so einer Geschichte nicht aufwarten.»

In einem kurzen Ausbruch männlichen Charmes wandte sich de León an Sarah. «Diese Regierung ist eine Versammlung von Amateuren», sagte er grimmig.

«Vincente trauert den alten Zeiten nach», sagte Sra. de León. «Als wir noch sorglos leben konnten.»

«Ich weigere mich, auf meinem eigenen Grund und Boden bewaffnet herumzulaufen», sagte Sr. de León, und seine Wärme verlor sich in den kalten Einöden des Lächelns seiner Frau.

Es entstand ein kurzes Schweigen, als Sra. de León mit amüsiertem, wohldosiertem Ekel ihre Serviette musterte. «Ah», sagte sie, als die Mädchen auf Tabletts den Nachtisch und den Kaffee hereintrugen. «Na bitte.»

Die McGees schienen an die klimatischen Schwankungen zwischen den de Leóns gewöhnt zu sein. «Vincente» – McGee fuchtelte mit seiner Gabel herum – «Angélica hat sich heute abend selbst übertroffen.»

«Einfach großartig», sagte ich und tappte zart auf Sarahs Fuß. «Und ich hätte mir nie träumen lassen, daß man so was aus einer simplen Banane machen kann.»

«Oh, ich auch nicht», sagte Sarah und zog ihren Fuß zurück.

«Ganz einfach», sagte Sr. de León. «Bloß leicht karamelisieren, ein bißchen Orange dazu, ein wenig Rum, und dann flambieren.» Er gab mir einen kleinen Stapel Karten; es zeigte sich, daß er alle Rezepte des Abendessens getippt in der Tasche hatte.

Gabriela lachte. «Daddy ist so schüchtern», sagte sie.

«Ja, ha», pflichtete ich bei. Consommé mit Tomaten, Avocado und Cilantro, las ich. Seezunge mit Good Morning!-Grapefruit. Karotten mit einem Stückchen Good Morning!-Orangenschale. Volcano-Salat. Good Morning!-Bananen mit dem Saft von Good Morning!-Orangen und Rum. Scharfgerösteter Good Morning!-Kaffee und Kardamomplätzchen. «Ich weiß nicht, wie ich Ihnen danken soll», sagte ich. «Damit ist mein Artikel gerettet –»

«Es ist mir ein Vergnügen», sagte de León.

«Und es wäre wunderbar, da oben zur Abwechslung mal wieder anständige Presse zu haben», sagte Gabriela.

«Gaby», sagte Sr. de León tadelnd.

«Nein, aber ist doch wahr», sagte Gabriela. Sie wandte sich an Sarah. «Wissen Sie, das passiert andauernd. Irgendein Reporter, der keine Ahnung von diesem Land hat, den das alles hier einen feuchten Dreck interessiert, dem es nur darum geht, sich einen Namen zu machen, kommt hier runter und sagt, er will eine objektive Geschichte über das Leben bei uns schreiben. Und als nächstes schlagen Sie dann irgend 'ne Illustrierte auf und lesen das absurdeste Zeug. Als wenn das Land ein einziges gigantisches Konzentrationslager wäre – als würden wir nichts anderes tun, als die Dörfer in Schutt und Asche legen.»

Sarah legte ihre Gabel hin.

«Ich *weiß*, wovon ich rede», sagte Gabriela. «Und nie ein einziges Wort über die *wunderbaren* Dinge –»

«Gaby», sagte Sra. de León und legte ebenfalls ihre Gabel hin, «warum zeigst du unseren neuen Freunden nicht den Garten?»

Es war sehr erleichternd, den Tisch verlassen zu können. Gabriela führte uns durch das üppige Blumendickicht und schnitt für Sarah ein paar anmutige kleine Lilien. Sarah dankte ihr, erkundigte sich, bis wohin die Plantage gehe. Gabriela machte zunächst ein irritiertes Gesicht, dann lachte sie. Erklärte, daß wir hier überhaupt nicht auf der Plantage seien – daß sie viele Stunden Fahrt auf katastrophalen Straßen entfernt läge. Sagte: «Heutzutage würden wir natürlich den Helikopter nehmen, wenn wir hinmüßten, das dauert nur ein paar Minuten. Aber wir fahren nie mehr rauf. Auch Daddy fährt kaum noch.»

Sarah schwieg, überlegte. Fragte dann, wer sich denn um die Plantage, die Ernte usw. kümmere, wenn das so sei.

Gabriela glücklicherweise ganz unschuldig – nicht empfänglich für das beleidigende Potential in Sarahs Frage.

«Oh, wir haben da oben ein ziemlich großes Dorf», sagte Gabriela. «Und ein paar zuverlässige Aufseher. Aber zur Erntezeit sind wir früher trotzdem immer selbst raufgefahren.»

War, ehrlich gesagt, tief berührt von ihrem bedauernden Tonfall. «Hat Ihnen Spaß gemacht», stellte ich fest.

«Oh, ja», sagte sie. «Ich hab es geliebt. Wir alle. Wir haben es geliebt, bei der Ernte zuzusehen, mit den Pferden über Land zu reiten... na, es ist lange her, daß so was noch ging – das war, als unsere Indios noch ihre eigenen kleinen Landstücke oben im Norden hatten und wir sie für die Ernte auf Lastwagen in den Süden runterbrachten, auf großen Lastwagen, aus ihren winzigen Dörfern. Und sie kamen aus ganz vielen verschiedenen Dörfern, und darum trugen sie unterschiedliche Farben und hatten unterschiedliche Muster in ihren Stoffen, und sie sprachen lauter verschiedene Sprachen. Sie waren so fremd, so schön. Ich hab es geliebt, ihnen zuzuhören und ihnen zuzusehen. Ihnen zuzusehen, wie sie Kaffee pflückten...»

«Kaffee pflückten», sagte ich. «Wissen Sie, ich stelle mir Kaffee nie als ein Gewächs vor, aber klar – Kaffee*bohnen*!»

Gabriela lächelte und schüttelte ihr Haar. Im Mondlicht sah sie aus wie neugeboren. «Kaffee hat in Wirklichkeit mit Bohnen nichts zu tun», sagte sie. «Es ist eine Beere. Sieht wunderschön aus – sie wird leuchtend rot. Aber es ist mühsam, sie zu pflücken. Man muß sehr aufpassen, was man tut, sonst macht man die ganze Pflanze kaputt. Aber wenigstens ist es keine schwere Arbeit, solange man nicht die Säcke schleppen muß. Darum können auch schon die kleinen Kinder mithelfen. Zum Glück für ihre Familien.»

Sarah wollte etwas sagen, hielt aber inne.

«Es war so wunderbar», sagte Gabriela. «Ich wünschte, ich könnte Ihnen zeigen, wie es damals war...» Sie seufzte. «Sie müssen mir verzeihen, daß ich die ganze Zeit rede und rede und rede. Aber es gibt kaum Menschen, die verstehen, wie ich damit zurechtkomme. Die Leute hier können das im Grunde nicht verstehen, weil sie nie in den Staaten oder in Europa gelebt haben, und meine Freunde in den Staaten können es nicht verstehen, weil sie nie hier waren.»

«Erzählen Sie weiter», sagte ich. Ich bedachte Sarah mit einem strafenden Blick.

«Oh, ich weiß nicht...» Gabriela lächelte matt, und es schien, als würde sie etwas in einer anderen Ecke des Gartens beobachten. «Tja, es ist schon so lange her. Beim letztenmal war ich ungefähr zwölf, glaube ich. Genau – weil mein Bruder Rubén, der jetzt in Paris lebt, der war damals sechzehn. Es ist irre, wenn ich an damals denke, wirklich. Es war sehr verwirrend. Es war sehr schwer, besonders für meine Eltern, weil hier in diesem Land alles auf dem Tiefpunkt war, und die Guerillabewegung hatte ziemlichen Zulauf. Und Rubén hatte ein paar verrückte Ideen aufgeschnappt. Er war genau in dem Alter, wissen Sie, wo Kinder sehr empfänglich für so was sind. Und ich glaube, daß ein paar ältere Jungs ihn sich vorgenommen hatten, weil unsere Familie, na ja» – sie lächelte traurig – «weil unsere Familie sehr bekannt ist. Und Rubén fing an rumzulaufen und Sachen zu sagen, von denen er noch gar keine Ahnung haben konnte – behauptete, man müsse Land weggeben, es ‹zurückgeben›, wie er es nannte. Und mörderische Lohnerhöhungen. Lauter Zeug, das seine Familie total in den Ruin getrieben hätte. Und Mommy und Daddy versuchten, vernünftig mit ihm zu reden. Sie waren sehr geduldig – sie erklärten es ihm wieder und wieder: Rubén, du weißt doch, es gibt Leute, denen gehört das Land. Sie sind die rechtmäßigen Besitzer. Man kann es ihnen nicht einfach wegnehmen. Und wenn wir Kaffee trinken wollen, wenn wir Obst essen wollen, dann muß auch jemand die Früchte ernten. Und natürlich ist es tragisch, daß man den Landarbeitern nicht jeden Lohn zahlen kann, den man gerne zahlen würde, aber so ist es nun mal. Das ist eine Tatsache. Denn was meinst du, was auf der Welt passieren würde, wenn wir das täten? Und eine Banane zehn Dollar kosten würde? Oder eine Tasse Kaffee zwanzig Dollar? Aber Rubén knallte jedesmal nur die Tür hinter sich zu und rannte aus dem Haus. Das war damals eine sehr schwere Zeit für uns alle. Und natürlich war es genau der Moment, wo man sehr genau auf die Landarbeiter aufpassen mußte, weil, das können Sie sich ja vorstellen – wenn es möglich war, Rubén zu indoktrinieren, dann war es natürlich noch viel einfacher bei einem armen Indio ohne vernünftige Bildung.»

Gabriela streckte die Hand aus, um eine rosa Heckenrose zu berühren. «Und dann», sagte sie, «waren wir irgendwann alle oben zur Ernte, und eines Morgens wachte ich sehr sehr früh auf. Vor Sonnenaufgang. Ich wachte von einem köstlichen Duft auf, von dem traumhaft köstlichen Geruch von frisch geröstetem Kaffee. Und ich dachte, na, dann ist es wohl Zeit aufzustehen. Und dann passierten in meinem Kopf tausend Dinge auf einmal, weil ich begriff, daß es noch nicht Zeit war zum Aufstehen – es war alles andere als Zeit zum Aufstehen, und irgend etwas war passiert, was unmöglich passieren durfte. Und ehe ich wußte, was ich tat, stand ich auch schon am Fenster. Und das Fenster war schwarz und rot – schwarz von der Nacht und rot von Feuer, loderndem Feuer im schwarzen Himmel. Und das ganze Lagerhaus, unser ganzer Kaffee stand in Flammen.»

«Oh –» sagte Sarah. Sie setzte sich auf den Rand eines alten Springbrunnens, aus dem winzige, gewichtslose weiße Blumen rankten.

«Ja», sagte Gabriela. Sie setzte sich neben Sarah und zog mich an ihre Seite. «Es war fürchterlich. Und danach bin ich nie mehr raufgefahren. Mommy und Daddy meinten, es sei zu gefährlich, und natürlich machte es auch nicht mehr solchen Spaß, weil die Sicherheitsmaßnahmen enorm intensiviert wurden. Die Armee kam – noch heute leben Hunderte von

Soldaten da oben.» Sie lachte. «Das paßt Daddy überhaupt nicht. Er sagt, das ist mehr so 'ne Art – wie nennt man das? – Schutzgeld, und kein eigentlicher Schutz, und die Armee saugt uns schlimmer aus als die Landarbeiter. Aber was soll man machen? Und es gibt jetzt Wachtürme und überall Landepisten, und so schreckliche, Sie wissen schon, *Zäune*. Es ist also längst nicht mehr so schön jetzt.

Aber Rubén ist noch mal mit meinem Vater raufgefahren. Und statt daß er zur Vernunft kam, wurde alles nur noch schlimmer – er wurde immer wütender und wilder und unglücklicher. Meine Eltern wollten ihn auf eine Universität im Ausland schicken. Nach Harvard, oder vielleicht nach Oxford. Aber er wollte hierbleiben, und daß er es tat, sollte für alle schlimme Folgen haben. Denn dann kam er in engen Kontakt zu all diesen verrückten Studentengruppen. Es war so traurig. Sie waren so jung – sie meinten, sie wären Idealisten, aber in Wirklichkeit wurden sie bloß benutzt. Rubén war so ein netter Junge gewesen, ein wunderbarer Bruder, aber er wurde furchtbar hart. Und schuld war diese harte, schreckliche Propaganda die ganze Zeit.»

Gabriela blickte stirnrunzelnd auf ein Blütenblatt, das sie zwischen ihren Fingern glättete. «Er sagte entsetzliche Sachen. Er sagte, wir seien Diebe, wissen Sie, solche Sachen. Und man kann ja wirklich nicht behaupten, daß wir alle besonders begeistert darüber sind, wie die Dinge liegen, natürlich nicht, aber man muß auch sehen – es sind Leute wie unsere Eltern, die die ganze Wirtschaft hier in Gang halten.» Sie seufzte. «Er sagte, die Leute hungern. Ja, meine Güte! Man muß *bescheuert* sein, um in diesem Klima zu hungern, oder etwa nicht?» Sie suchte Bestätigung bei Sarah und lächelte sanft. «Die Früchte fallen einem von den Bäumen in den Schoß.

Wie auch immer, im nächsten Jahr wurden ein paar von

unseren Arbeitern und ein paar von den Studenten – alles Freunde von Rubén – umgebracht, und man fand sie irgendwo am Straßenrand. Und obwohl sie alle nicht aus bedeutenden Familien stammten, hatten wir schreckliche Angst um Rubén. Und tatsächlich kam Ende desselben Jahres der erste Brief.»

Wir sahen Gabrielas Eltern und die McGees bei mildem Licht im Haus ihren Kaffee schlürfen und zufrieden miteinander schwatzen. Ich schloß die Augen und hob, als seien sie kühles sprühendes Wasser, mein Gesicht den winzigen weißen Blüten entgegen, die über uns schwebten.

«Und in dem Brief stand es Schwarz auf Weiß – sie wußten, *wer* er war, sie wußten, *wo* er war, und so weiter. Na, mein Vater hängte sich sofort ans Telefon und sorgte dafür, daß mein Bruder sich mit einflußreichen Leuten traf. Mein Vater hatte Freunde bei der Polizei, Freunde bei der Armee. Und er hatte sogar ein paar Freunde bei der Botschaft – Ihrer Botschaft hier –, und darum dachten wir, wir könnten die Angelegenheit noch rechtzeitig regeln. Aber die Tage vergingen, und alle Leute, mit denen mein Bruder sprach, behaupteten, nichts von der Sache zu wissen – sie konnten angeblich nicht rausfinden, von wem die Briefe stammten. Und eines Tages traf sich Rubén mit einem Oberst der Armee, der mich und Rubén schon aus *Babytagen* kannte – mein Vater ist Patenonkel von einem der Kinder dieses Mannes. Und als Rubén von dem Treffen zurückkam, war er leichenblaß.»

Ein kleines Blütenblatt kreiselte durch die Luft und landete auf Gabrielas Kleid. Sie nahm es und betrachtete es liebevoll, ehe sie es weiterflattern ließ. «Weil, der Oberst, wissen Sie, der hatte sofort gesagt, daß er natürlich helfen würde, und dann führte er ein Telefonat, während Rubén ihm direkt gegenübersaß, in seinem Büro. Der Oberst erklärte seinem Gesprächspartner am Telefon die Situation, und dann saß er einfach da, den Hörer am Ohr, und lauschte ungefähr zwanzig Minuten, wie Rubén uns später erzählte. Und nachdem er aufgelegt hatte, fragte Rubén, was der andere gesagt hätte, und der Oberst sagte: ‹Nichts.›»

Gabriela hielt einen Augenblick inne, und als sie weitersprach, spürte ich einen Moment lang Sarahs kalte Hand auf der meinen. «Und dann stand der Oberst auf, um Rubén zur Tür zu begleiten, und an der Tür brach er in Tränen aus. Und er sagte: ‹Tut mir leid. Ich kann nichts für dich tun. Aber hör mir mal zu, bitte – es gibt etwas, was ich dir sagen muß.› Er legte Rubén beide Hände auf die Schultern, sah ihm in die Augen, und sagte: ‹Wenn du aus dem Haus gehst, sag unbedingt irgend jemandem, wo du hinwillst. Und immer mit dem fließenden Verkehr gehen›» – Gabriela reckte sich, wie vorher ich, einen Moment lang dem kühlen Sprühregen der weißen Blüten entgegen –, «‹und sei ganz ganz vorsichtig, wenn du die Straße überquerst.›»

Der heutige Morgen besonders blau und strahlend. Ricardos Begrüßung, Marías Lächeln, die Rosen, die Kolibris – alles hell, groß vor dem Hintergrund des blauen Himmels, als wäre ich sehr lange fort gewesen. Dem Hungertod nahe, als ich aufwachte. Konnte den Hals nicht voll kriegen. Melone, Grapefruit, Ananas, Banane – ich aß und aß. Dachte an all das wunderbare Essen, das man mir gestern abend vorgesetzt hatte. Lachte leise. «Grauenhaft, fandest du nicht?» sagte ich zu Sarah. «Ein Segen, daß wir das ein für allemal hinter uns haben.» Meine Gabel kratzte erschreckend laut auf dem Teller. «Sarah?» sagte ich.

Sah, daß sie weder Obst noch Saft oder Kaffee angerührt hatte. Ich spießte ein Stück Banane auf und hielt es ihr hin. «Nicht?» sagte ich. Schwenkte die Gabel verführerisch. «Na gut, aber du stirbst vor Hunger, bis wir am Flughafen sind.»

Sie sah mich an, dann schmiß sie die Serviette auf den Tisch und marschierte aus dem Raum.

Peinliche Verabschiedung von Ricardo, dann lief ich rauf in unser Zimmer, wo Sarah auf dem ungemachten Bett saß und mich vorwurfsvoll ansah – die Bettlandschaft zeugte von den Äonen unserer grauenhaften Nacht, von unserer Liebe im Halbschlaf, derweil die bösen Geister aus Gabrielas wüster Geschichte sich ihre verruchten kleinen betäubenden Traumhände gerieben und gewartet hatten.

«Ach du meine Güte», sagte ich, als mir dämmerte, was los war. «Schon gut. Ich entschuldige mich, Sarah, in Ordnung? Ich bin ein Rohling. Ich bin unsensibel. Ich bin ein weißer Mann.» Sarah verschränkte die Arme. «Aber um ehrlich zu sein, meine Liebe, das *ist* ein ganz normaler Ausdruck. Das sagt man so. Ich schätze, du hast so was auch schon manchmal gesagt –»

Sarah unterbrach mich. «Aber weißt du was, Dennis? Ich bin der Mensch, der nie vor Hunger sterben *wird*. Der Mensch bin ich nun mal, wie die Dinge stehen. Ich bin genauso wie Dot, Dennis, genauso wie Gabriela –»

«Ach, komm jetzt», sagte ich.

«‹Ach, komm jetzt›» sagte Sarah. Sie trat wütend gegen die Matratze. «Kapierst du denn gar nichts? Ich sage dir, das hier ist *Krieg*, Dennis. Wir sind Soldaten, *und das ist unsere Uniform*.» Sie fing an zu weinen, mit einem leisen, nervtötenden animalischen Gewimmer. «Weißt du, ich habe keine Ahnung, warum ich das nicht *wußte*. Ich habe keine Ahnung, warum ich über all das nie was in der Zeitung gelesen habe.»

«In der Zeitung!» sagte ich. «Du hast keine Ahnung, warum du davon nie was in der *Zeitung* gelesen hast? Wovon bitte, Sarah – warum du *wovon* nie was gelesen hast?» Hatte ein Gefühl, wie durch einen dunklen kalten Fluß zu waten. Ein aschfahler Fluß voll Abfall und Knochen. «Du hast keine

Ahnung, warum du nie was darüber gelesen hast, wer du *bist*? In der Zeitung? Findest du, das ist eine Titelgeschichte? Sarah, hör mir mal zu. Was willst du mir antun? Willst du alles *Gute* in den Schmutz ziehen? Ja, wahrscheinlich sollte ich schnurstracks zu Zwicker gehen und sagen: ‹Druckmaschinen anhalten, Boss, da draußen gibt's 'n paar Probleme – Reiche Leute verdienen mehr Geld als arme. Das Leben ist ungerecht, und die Menschen leiden.› Meine Güte, Sarah – ich behaupte doch gar nicht, daß du unrecht hast, aber denk doch mal einen Augenblick nach, bitte; benutz deinen Kopf. Du liest nichts über dich in der Zeitung, weil Zeitungen nicht dafür da sind, über dich zu schreiben. Und du liest nichts davon in der Zeitung, was hier los ist, weil *das, was hier los ist, keinen Nachrichtenwert hat*.»

Meine Güte, es war fürchterlich. Demütigend. Sarah schluchzend, ich wütend – empfand meinen Ausbruch als *zutiefst* demütigend. Lief blau an im Gesicht vor lauter Entschuldigungsgestammel, während Sarah schniefte und Schluckauf kriegte und ihre wunderschönen Kleider einpackte und mir dabei über die Schulter vernichtende Blicke zuwarf, als hätte ich sie mit vorgehaltener Pistole gezwungen, das Zeug zu kaufen. Kam mir im wahrsten Sinne des Wortes vor wie jemand von der Gestapo.

Als wir zum Flughafen kamen, schien sie zum Glück einigermaßen erschöpft zu sein – war einfach müde und abgespannt, wie ein Kind nach einem Wutanfall.

Im Flugzeug, während unter uns eine dünne Wolkenschicht dahinglitt, starrte Sarah auf ihr geschlossenes Buch, aber ich sah über sie hinweg aus dem Fenster und beobachtete, wie das kleine Land unter uns verschwand.

Oh, die Verheerungen des Reisens. Arme Sarah. Unvertraute Vorschriften, Störungen des Biorhythmus. Ganze Völkerscharen neuer Mikroben... Im Flugzeug wurde es für einen Augenblick blutig-dunkel; blasse Haut quoll auf zu klebrigen schwarzen Striemen, Konvois mit schwarzfenstrigen Lieferwagen patrouillierten langsam durch die blaßgrauen Berge...

Ist mir vorher noch nie passiert – mir ist *schlecht*! Uns beiden, garantiert. Haben uns wahrscheinlich beide irgendeinen Parasiten aufgehalst. Verdammt, verdammt! Tja, weiß Gott, ich habe versucht, vorsichtig zu sein.

Oh, so viel zu erledigen in dieser Woche. Arzt. Den Artikel für Zwicker schreiben, klar. Auspacken. Telefonate. Berge von Post – natürlich hauptsächlich Reklame. Witzig, ich nehme mir immer vor, das Zeug gleich wegzuschmeißen, aber wenn es dann soweit ist, kann ich nicht widerstehen, alles erst mal durchzublättern, mir den ganzen idiotischen Schrott anzusehen – programmierbare Toaster, Telefone getarnt als Fußbälle –, den sich Leute unter Verschwendung von kostbarer Zeit ausdenken und den sich andere Leute unter Verschwendung von kostbarem Geld anschaffen. Schüttelte den Kopf und zwang mich zu kichern, aber Sarah sah weiter aus dem Fenster. «He», sagte ich und zupfte sie spielerisch am Ärmel. «Weißt du noch, ich hab versprochen, daß ich dich heute abend ins Red Fox Inn einlade.»

«Ins Red Fox Inn?» Sarah sah mich an, und dann zog sich ein Schleier über ihr Gesicht, und sie wandte sich wieder zum Fenster.

Na gut. Ja, der Planet ist übersät mit Leichnamen. Kein Mensch will *das* bestreiten – und um jeden Leichnam herum wimmelt es von Lösungsvorschlägen. Aber was solche Lösungen bedeuten, in welche Richtung sie weisen – also, das ist noch eine ganz andere Frage.

Nahm Sarahs gefügige Hand und fürchtete einen Moment, ich würde laut und heiser zu heulen anfangen. Die seltsame Flugzeugbeleuchtung machte die Müdigkeit hinter ihren geschlossenen Augen sichtbar; machte das Alter sichtbar, das tief in ihr war und sich mühsam einen Weg nach außen bahnte.

Aber wird sie besser werden, die Welt, wenn Sarah und ich zu Hause bleiben und uns eine Mikrowellen-Kartoffeldiät auferlegen? Weil ich es nämlich wirklich nicht glaube. Ich glaube wirklich nicht – und das werde ich Sarah wahrscheinlich sagen, wenn sie wieder einigermaßen beieinander ist –, daß man es mit gesundem Menschenverstand als ein Verbrechen betrachten könnte, wenn jemand in ein Restaurant geht. Irgendwohin, wo es nett ist. Schließlich und endlich. Unsere kleinen Annehmlichkeiten – das samtene Gemurmel, die im Dunkel versinkende Straße, wenn die Tür sich schließt, die wohlig vertraute Ruhe der anderen Gäste... jener unbeschreibliche Moment, wenn der Kellner lächelnd an den Tisch tritt und einem den Teller hinstellt...

Jemand zum Reden

«Wirst du denn zurechtkommen, Aaron?» sagte Caroline.

Shapiro sah sich wie im Traum an einer dunklen Küste stehen. «Ja», hörte er sich sagen.

«Ganz bestimmt?» sagte Caroline.

Lady Chatterley schmiegte sich stürmisch gegen Shapiros Schienbein und begann zu schnurren. «Na, du», sagte er. Er beugte sich hinunter und tätschelte sie behutsam.

Caroline blieb zögernd an der Tür stehen, dann ging sie wieder ein paar Schritte auf Shapiro zu, und ihr köstlicher, frischer Duft umhüllte ihn. «Bis zu deinem großen Konzert ist es ja kaum noch ein Monat...» Sie neigte den Kopf und brachte ein kleines Lächeln zustande.

Würde sie ihn berühren? Shapiro erstarrte vor Furcht, aber sie sah sich nur vage im Zimmer um. «Es soll ja ein schönes Land sein...» Sie nahm Lady Chatterley auf den Arm und streichelte das orangerote Fell. «Chat. Liebe kleine Chat. Paßt du auf Aaron auf?» Sie nahm eine Tatze in die Hand.

Lady Chatterley wand sich los und sprang auf den Boden. Caroline hatte genauso große leuchtende Augen wie Lady Chatterley – mit einem schwarzen Strahlenkranz. Ihr schmales Gesicht war stets so bleich, als stünde sie unter Schock.

«Soll ich dir mit deinen Sachen helfen?» sagte Shapiro.

Eigentlich war es nur noch ein Koffer: ein guter – aus Leder, alt, elegant –, der Caroline wohl schon ins College begleitet hatte; der Rest war vorher weggeschafft worden. «Nicht nötig», sagte sie. Einen Moment lang schimmerten Tränen in ihren Augen. «Jim holt mich ab.»

Der Koffer schien schwer zu sein. Während Caroline sich damit abmühte, betrachtete Shapiro ihre dünnen Beine. An der Tür drehte sie sich noch einmal um. «Aaron?» sagte sie.

Er wartete selbst auf seine Antwort, aber diesmal blieb er stumm.

«Aaron, du willst das jetzt bestimmt nicht hören, aber für mich ist es irgendwie wichtig, es dir zu sagen – du wirst mir immer etwas bedeuten. Das weißt du hoffentlich.»

Shapiro fuhr aus dem Schlaf, ein abruptes, ungutes Erwachen, als habe jemand eine Kiste Orangen auf ihn fallen lassen. Neben ihm eine ungewohnte Wand, das Fenster am ganz falschen Platz. Er hörte Schritte, Gekicher. Jetzt setzte sich schwankend ein Hotelzimmer um ihn herum zusammen; ja, richtig: Richard Penwad würde ihn abholen kommen, und Caroline war nicht einmal mehr im gleichen Land.

Die ganze Nacht lang war es um nichts als Caroline und endlose Varianten ihres Abschieds gegangen – geträumt, im Traum rückgängig gemacht, geändert, ergänzt, umgeformt, in etwas Zärtliches und übernatürlich Schönes verwandelt, als habe es sich um einen Akt sakraler Läuterung gehandelt. Ungefähr eine Woche lang war er von ihr befreit gewesen, oder zumindest wie betäubt. Aber an diesem Morgen quälte ihn ihre Abwesenheit; an diesem weitentfernten Ort wußten Körper und Seele sich nicht zu schützen.

Nachdem sie an jenem Tag fortgegangen war, hatte er die Augen geschlossen und ein leuchtendes Nachbild der Tür gesehen. Als er die Augen wieder aufschlug, war ihm der Raum undefinierbar fremd vorgekommen, als sähe er ihn nach vielen Jahren zum erstenmal wieder. Zögernd hatte er Katzenhaare vom Sessel gebürstet und sich gesetzt.

Sechs Jahre. Sechs Jahre Zusammenleben waren mit Carolines zarter Gestalt durch die Tür verschwunden. Hätte es doch nur weniger ... Spannungen in Geldfragen gegeben. Caroline – sie kam aus einem Generationen alten Milieu, das sie als «sorgenfrei» bezeichnete – reagierte auf die Not anderer ebenso teilnahmsvoll wie unsensibel. «Warum denn nicht, Aaron?» sagte sie zum Beispiel. «Warum soll ich nicht von jetzt an die Miete übernehmen?» Oder, wenn ihr der Sinn nach einem sündhaft teuren Lokal stand: «*Ich* könnte doch bezahlen. Wär das nicht mal ganz lustig zur Abwechslung? Aber», und hier sah sie ihn besorgt an, «wenn es dir dann keinen Spaß macht...» Manchmal, wenn ihr auffiel, daß er finster die Post durchsah oder das Telefon anstarrte, sagte sie sanft: «Es wird sich schon irgendwas ergeben.»

Wenn er auch nicht direkt als musikalisches Wunder galt, war Shapiro zu Beginn seiner Karriere doch mit großer Begeisterung aufgenommen worden. Er hatte ein scheues Wesen, ein leuchtendblasses Gesicht, dunkle Locken und eine fast schon aberwitzige Technik, die das Publikum entzückte. Die Qualitäten jedoch, derentwegen er andere Pianisten am meisten bewunderte und beneidete – Spielarten größten musikalischen Könnens, das die Aufmerksamkeit eher aufs Ohr und das Hören als auf die Hand und die Technik lenkte –, gingen ihm ab. Er übte angestrengt, wappnete sich mit Geduld und wurde bescheiden belohnt: zuweilen flackerte in seinem kristallinen Anschlag ein winziges Fünkchen Leidenschaft.

Locken, Blässe und Technik büßten allmählich etwas von ihrem Glanz ein; das Publikum zerstreute sich und wandte sich neuen Gesichtern zu, und eine jähe Beschleunigung der Erdrotation katapultierte Shapiro ins 38. Lebensjahr. *Aaron Shapiro.* Caroline hatte glänzende Augen bekommen, als sie ihn kennenlernte, obwohl er schon damals an den Stadtrand gezogen war und immer mehr Privatschüler annahm – erschreckend talentlose Kinder, denen das Klavier allenfalls ein unzulänglicher Ersatz für irgendwelche Elektronik war. Allmählich zählte er nicht mehr zu den Pianisten, die damit rechnen konnten, Platten einzuspielen, wichtige Konzerte und Interviews zu geben, an Konservatorien berufen zu werden. Früher hatte man seinen Namen wie eine Tafel aus edlem Metall herumgereicht, jetzt war er ein unbeschriebenes Blatt Papier.

«Es wird schon alles wieder gut», meinte Caroline, obwohl Shapiros Einschätzung nach «alles» immer schlechter wurde. Sie berührte ihn seltener. Ihr Lächeln flackerte immer unheilverkündender. Manchmal rief sie nachmittags an, sie müsse Überstunden machen. Dann sprach sie ängstlich und stokkend; ihre Worte schwebten wie sterbende Blütenblätter durch die Luft, während er lauschte und zwar nicht auflegen wollte, aber auch nichts zu sagen wußte.

In letzter Zeit hatte er ganze Abende still mit Lesen verbracht oder einfach nur dagesessen. Miete plus Nebenkosten plus Versicherung minus Klavierstunden plus Essen – ständig marschierten ihm Zahlenreihen durch den Kopf und verdrängten alles andere. Einmal, nach einem besonders zermürbenden Unterrichtstag, setzte sich Caroline auf die Armlehne seines Sessels. «Es wird schon alles wieder gut», sagte sie und berührte seine Wange.

Genausogut hätte sie ihm eine Ohrfeige verpassen können. «Es wird schon alles wieder gut?» sagte er. Er stand kurz vor den Tränen, so sehr wünschte er sich, daß es wahr sein möge; doch es war weit davon entfernt. «Du meinst... Ach. Du meinst bestimmt, für eine andere Spezies wird schon alles wieder gut. Oder auf einem anderen Planeten. In diesem Fall, Caroline, bin ich ganz deiner Meinung. Das Leben geht schließlich weiter.»

Sie zog blitzschnell die Hand zurück, als habe sie sich verbrannt, und starrte ihn an. War das wirklich seine Stimme? Hatte er das wirklich gesagt? Er konnte es selbst kaum glauben. Diese starren Worte, wie starre kleine Soldaten, starr vor Scham über ihre eigene Ungeheuerlichkeit.

«Das Leben geht weiter», fuhr er grausam und unglücklich fort, «aber nicht unbedingt zum Vorteil des Individuums, oder? Wahrscheinlich wird schon irgendwann alles wieder gut. Aber meinst du, das gilt auch für den Burschen, der unten vor unserem Haus schläft? Meinst du – » Das gefährliche Entzücken daran, seiner furchtbaren Angst auf den Grund zu gehen, verengte sein Blickfeld zu einem pulsierenden Kreis, aus dem eine gefesselte Caroline zurückstarrte. «Meinst du, für mich wird alles gut?»

Sie war ins Nebenzimmer gegangen, und er saß mit dem Kopf in den Händen da. Offenbar verstand und akzeptierte sie selber nicht, was sie ihn zu verstehen und zu akzeptieren gezwungen hatte – daß er nämlich, wie die meisten Menschen, ein blasses, nie auf Erfolg hin angelegtes Experiment war, ein Wurmfortsatz eines evolutionären Schubes, ein diffuser Fussel DNA. Irgendwie war es von großer biologischer Bedeutung, daß er die Anforderungen des Lebens unbedingt bewältigen wollte, aber es hatte keinerlei biologische Bedeutung, ob er dazu auch fähig war.

Doch in jener Woche – in eben jener Woche – erreichte ihn der Luftpostbrief eines gewissen Richard Penwad, der ihn einlud, im Rahmen eines pan-amerikanischen Musikfestivals Umberto García-Gutierrez' zweites Klavierkonzert zu spielen.

Ein unglaubliches Ereignis. Obwohl es, nachdem es nun eingetreten war, so plausibel schien wie jedes andere. Die schreckliche Atmosphäre, die auf der Wohnung gelastet hatte, begann sich zu verflüchtigen. Jetzt stürzten ihn seine Gefühle und sein Benehmen von neulich in Verlegenheit. Sie kamen ihm lachhaft theatralisch und kindisch vor. Natürlich würde alles wieder gut werden. Warum auch nicht? Warum sollten er und Caroline nicht zusammen essen gehen, egal, in welches Restaurant sie wollte? Und es genießen? Einen anständigen Wein bestellen, Konzerte besuchen, reisen... Mit einem Scheck in der Hand würde er Caroline in die Gefilde des Ruhms und der internationalen Geselligkeit führen, aus denen er verbannt gewesen war. Schritt für Schritt würde dann irgendwann doch noch alles gut.

Tagelang schwankte Shapiro zwischen gefährlichem Übermut und bedrückender Niedergeschlagenheit, als erwache er mit einer noch nicht erkennbaren Behinderung aus dem Trauma eines Unfalls. Manchmal ertappte er Caroline dabei, wie sie ihn mit ihren großen, irisierenden Augen nüchtern ansah. Sie kam oft auf die Einladung zu sprechen: «Ist das nicht wunderbar?» sagte sie. «Aaron, wie schön!» Ihre Stimme klang sanft und sehnsuchtsvoll, ja geradezu entrückt – so wie sie ihm damals, als sie sich kennenlernten, Geschichten aus ihrer idyllischen Kindheit erzählt hatte. Und dann, eines Abends, als er mit einem Reiseführer nach Hause kam, sagte sie: «Hör mal, Aaron.» Und ihre Stimme klang ganz besonders sanft. «Wir müssen miteinander reden.»

Shapiro sah auf den Wecker neben seinem unbequemen Bett; es würde die reinste Wohltat sein, gleich hinunterzugehen und sich mit Penwad zu treffen. Sein Hirn war durch Carolines jähe Auftritte und Abgänge ganz aus dem Gleichgewicht geraten; jede Ablenkung kam ihm jetzt gelegen. Er schloß die Tür seines dunklen, beengten Zimmers ab und ging ins Restaurant hinunter; jawohl, ganz aus dem Gleichgewicht! – sogar der Flur schien unter seinen Füßen zu wanken.

Das Festival wäre selbst in den besten Zeiten ein attraktives Angebot gewesen. Shapiro hatte schon einmal in Lateinamerika gespielt – vor vielen Jahren bei einem Konzert in Mexico City. Das Publikum war ideal gewesen, die Luft im Saal samtweich vor Aufnahmebereitschaft, und obwohl sein Stück als erstes auf dem Programm stand, hatten die Leute sogleich eine Zugabe verlangt.

Das García-Gutierrez-Konzert hatte ihm in seiner Karriere schon andere Glücksfälle beschert. Gut siebzehn Jahre zuvor hatte er es in den USA zum erstenmal gespielt. Der Klavierpart war sensationell schwierig, vielleicht nicht allzu gehaltvoll, aber für Shapiro ein exzellentes Ausdrucksmittel; er funkelte förmlich unter seinen Händen. García-Gutierrez war selbst dagewesen und hatte ihm mit verhaltenem Überschwang gratuliert. Shapiro überlegte, wie er jetzt wohl aussehen würde. Damals war er ein attraktiver Mann gewesen – groß, mit silbernem Haar und gewölbten Brauen... Wie jung mußte Shapiro damals in seiner verlegenen, gespannten Dankbarkeit auf ihn gewirkt haben.

Penwad wartete bereits Kaffee trinkend unten im Restaurant. Er streckte mit offiziellem Enthusiasmus eine sorgfältig manikürte, aber dickliche Hand aus und verzog das Gesicht, als Shapiro sie schüttelte. «Wir freuen uns, daß wir Sie hier zu uns herunterlocken konnten», sagte er und warf einen Blick auf seine Handfläche. «Es ist unser erster Versuch mit dem Festival, das habe ich Ihnen sicher geschrieben, aber wir hoffen, jedes Jahr aus dem ganzen Kontinent Leute wie Sie zusammenzubringen – besonders aus den Vereinigten Staaten. Wir beginnen mit García-Gutierrez als Hauptattraktion, weil er von hier stammt.»

An den Wänden hingen Poster von palmengesäumten Seen, schneebestäubten Vulkanen sowie majestätisch und etwas arrogant lächelnden Indios. Dazwischen herrliche Beispiele indianischer Webkunst.

«Bezaubernd, nicht?» sagte Penwad. «Nicht gerade ein prunkvolles Hotel, aber wir dachten, Sie würden es bezaubernd finden.»

Bezaubernd, dachte Shapiro. Na, die anderen waren wahrscheinlich noch schlimmer. Er sah noch einmal auf die Wände. Bezaubernd! Man wußte ja, was den Ureinwohnern dieses Landes widerfahren war und noch widerfuhr: Massaker, Ausbeutung, Sklaverei, Folter... Und natürlich waren die Kellner, die mit traurigen roten Gesichtern unter den heiteren Postern herumhetzten, Indios – ihre mageren Körper steckten in zeremoniellen Gewändern.

«Meist ist den Leuten gar nicht bewußt, wie tatkräftig wir die Künste fördern», sagte Penwad gerade. «Wir hoffen, das Festival wird dazu beitragen, den, äh, Eindruck zu... korrigieren, daß wir irgendwie mit dem Militär hier assoziiert sind.»

Shapiros Aufmerksamkeit wurde abrupt von den Kellnern fortgelenkt. «Den Eindruck, daß...»

«Diesen Eindruck zu korrigieren», sagte Penwad.

Das Honorar! rief sich Shapiro in Erinnerung. Das Honorar plus Klavierstunden minus Miete minus Nebenkosten... Na ja, und außerdem die Anerkennung. In Programmheften erwarb einem auch noch die dubioseste Veranstaltung Ruhm und Ehre. Warum auch nicht? Konzerte und Ausstellungen waren seit Urzeiten von Schurken finanziert worden, die Bestätigung, Fürsprecher, einen Platz in der Geschichte oder einfach Selbstachtung brauchten. «Übrigens», sagte Shapiro, «wer ist wir?»

Penwad rümpfte die Brauen. «Wer ist wir?» fragte er.

«Nun ja, Sie sagten ‹wir› –»

«Ach so», meinte Penwad. «Mich selbst rechne ich eigentlich gar nicht dazu. Ich bin nur die Verbindung zwischen der Botschaft und verschiedenen lokalen Komitees und Gruppen, die sich mit den Künsten befassen.»

«Aha», sagte Shapiro, ohne jedes Bestreben, taktvoll zu sein.

«Also», meinte Penwad. «Wir bestellen Ihnen jetzt ein kleines Frühstück, und dann gehen wir zum Kunstzentrum hinüber und schauen uns dort ein bißchen um... Den ganzen Tag Proben, ziemlich stressig, fürchte ich. Danach haben wir ein kleines Interview für Sie arrangiert – ich hoffe, das ist Ihnen recht –, so um die Abendessenszeit. Der Freitag ist dann frei bis zum Konzert. Joan und ich werden Sie gleich am Morgen abholen und Ihnen die Stadt zeigen.» Er lächelte. «Joan hat da so ihre eigenen Vorstellungen, aber Sie müssen auch sagen, was *Sie* interessiert. Nach dem Konzert findet dann im Haus von Freunden eine Party statt, großartige Leute. Eigentlich eher ein Empfang, speziell für Sie. Und dann auf zum Flughafen, ja? Gleich am nächsten Morgen.» Shapiro bemerkte, daß Penwad schon jetzt erleichtert aussah. «Ein richtiges Blitzprogramm.»

«Wunderbar», sagte Shapiro. «Aber es ist wirklich nicht nötig, daß Sie mich zum... Kunstzentrum rüberbringen. Ich nehme mir einfach ein Taxi.»

Penwad winkte ab. «Ich fürchte, das Zentrum ist schwer zu finden. Die meisten Fahrer kennen es gar nicht. Außerdem», fügte er hinzu, «genieße ich Ihre Gesellschaft.» Er blickte mit zusammengekniffenen Augen auf seine Kaffeetasse und führte sie zum Mund.

Die riesigen Betonschwünge und -ausbuchtungen des Zentrums hatten etwas Anatomisches. Wie alle Kunstzentren, Nationalgalerien und repräsentativen Theatergebäude sah es, obgleich vom Design her futuristisch, nach Alter und Zerfall aus. Er wirkte wie ein Relikt aus einer Epoche, in der Freizeit und wirtschaftlicher Überfluß als gefährliche Bedrohung galten. Wie absurd diese Vorstellung heutzutage wirkte! Shapiro mußte fast lachen bei dem Gedanken an eine Epoche – die, in der er aufgewachsen war –, wo man befürchtet hatte, der Wohlstand werde die Menschheit schon bald in eine grunzend vor bluttriefenden Bildschirmen hockende Masse verwandeln. Doch nein – wenn man die *Kunst* (was immer das war) nur dazu ermunterte, sich in solchen Zentren zu entfalten, dann würde sie schon verhindern, daß die Leute zu trägen, fetten Analphabeten degenerierten! Und währenddessen brachte die Armut diese Verwandlung von allein zustande.

«Ich sehe, Sie genießen die, äh, Aussicht», sagte Penwad.

Shapiro wurde sich bewußt, daß er über spitze Zinnen hinweg in eine von tiefen Schluchten durchzogene und von Bergen umringte Stadt hinabblickte.

«Dort wo die hohen Gebäude sind, ist natürlich die Innenstadt», sagte Penwad. «Und rechts und links davon befinden sich deutlich erkennbar Wohnviertel. Wir wohnen dort drüben – wo so ziemlich die ganze englischsprachige Gemeinde ihre Würzelchen ausgestreckt hat. Und dort oben an den Hängen sehen Sie das, was wir die Goldzone nennen.»

Als Shapiro die Augen mit der Hand beschattete, bemerkte er, daß sich längs der Schluchten dort unten qualmende Slums erstreckten. «Mein Gott», sagte er.

«Unglaublich, was?» bemerkte Penwad. «Was so ein Erdbeben anrichten kann. Von hier oben sieht man wirklich das ganze Ausmaß des Schadens. Sie haben wahrscheinlich die Böden in Ihrem Hotel bemerkt... aber das Kunstzentrum ist intakt geblieben. Wir sind sehr stolz auf dieses Zentrum. Sehr gelungen, wie der Architekt es... ja, wirklich. Vielleicht interessieren Sie sich ja dafür. Ein Mann namens Santiago Mendez. Die meisten besseren Hotels hier stammen von ihm, und auch unser Museum. Letztes Jahr gab es mal einen Vortrag dazu. Eins unserer kulturellen Ereignisse. Es wurde erklärt, wie Mendez... na, das liegt natürlich schon einige Zeit zurück... Joan könnte Ihnen das besser... Aber eben... die... verschiedenen Einflüsse.» Er deutete auf ein paar Betonwälle. «Die modernistischen und die einheimischen...

äh, *Motive*. Eine kreuzweise Befruchtung, wie Joan das nennt.»

Shapiro zögerte. Betäubung umhüllte ihn wie eine Flagge. «Von... was?»

«Von...? Wie von was?» fragte Penwad.

«Von –» Jetzt hatte Shapiro selbst den Faden verloren.

«Von was... sagt *Joan*, es sei eine ‹kreuzweise Befruchtung›?»

«Von den...» Penwad starrte ihn an. «Joan *sagt* das von den... *Motiven*.»

Das Orchester stammte aus einer kleinen nahegelegenen Diktatur, und die Musiker schienen verschreckt, als seien sie von einem riesigen Greifer aus den Betten gerissen und hier auf die Stühle geworfen worden. Der Dirigent, ein sensibler, intelligent wirkender Mann, begrüßte Shapiro mit beruhigender Kollegialität, aber als er den Stab senkte, hätte Shapiro fast aufgeschrien; es klang so sonderbar, daß er um seine Nerven fürchtete.

Wie hatte der Dirigent nur auf diesen Beruf verfallen können, fragte sich Shapiro. Er schien eher hilfesuchend mit den Armen zu wedeln als ein Orchester zu leiten. Die armen Musiker hielten ihre Instrumente umklammert und starrten beim Spielen verstört in die Noten. Aber dann kam Shapiros Einsatz; und als auch ihm die Töne wie Frösche von den Fingern hüpften, begriff er: es lag eindeutig an diesem teuflischen Saal.

Wie sollte man diese Akustik überlisten? Als sei dieses Konzert mit seinem funkelnden Bombast nicht schon unter den günstigsten Bedingungen schwierig genug zu spielen! Aber irgendwas kam einem natürlich immer in die Quere. Selbst im ambitioniertesten, bestorganisierten Konzert ereigneten sich die allerunwahrscheinlichsten Katastrophen. Entweder brach um Viertel vor acht der Klavierhocker zusammen, oder es stellte sich heraus, daß den Musikern eine neue Variante der Partitur vorlag, drei Takte kürzer als die eigene, oder man konnte wegen eines Bankfeiertags seinen Smoking nicht aus der Reinigung holen – Katastrophen weit jenseits aller musikalischen Belange, und doch!

Wie synthetisch das Konzert in diesem ungastlichen Saal wirkte! Shapiro stellte überrascht fest, daß es ihm wenig gefiel. Richtig begeistert hatte es ihn sowieso nie, aber er hatte es immer gern gespielt, hatte die sportliche Herausforderung seiner Oberflächenkomplexität und die Reaktion des Publikums genossen. Es sei so bestärkend, sagten die Zuhörer mit der leuchtenden, entschlossenen Miene von Menschen, die sich in ihrem wahren Wert erkannt fühlen. *Bestärkend,* dachte Shapiro, während sich die Töne breiig aufblähten, zusammenklumpten und wieder verflüssigten, als wirbelten lauter Klingen durch die Luft.

Das für Shapiro arrangierte Interview führte ein englischer Journalist namens Beale. Ein Interview: das implizierte Interesse an seiner Person. Man würde es zumindest auszugsweise veröffentlichen, und vielleicht würde sein Name dadurch schemenhaft in den Köpfen jener Leute haften bleiben, die solche Festivals organisierten.

Shapiro ortete Beale in einem der Restaurants des Hotels, in dem sie verabredet waren. Das Hotel war viel größer als seines. «Hoffentlich haben Sie's nicht schon satt», meinte Beale besorgt. «Aber ich finde, hier gibt's das beste Essen in der Stadt, und bei Interviews zahlt der Sender.»

Beales Schädel hatte eine faszinierende Raumschiff-Form. Farblose, empfindlich wirkende Fäserchen sprossen daraus hervor, und seine Ohren erinnerten an Empfangsvorrichtungen. Sensoren, Transmitter, dachte Shapiro, während er Beales großflächiges, aufgeschlossenes Gesicht und seine nervösen, zögernden Finger registrierte. Beales Anzug war mit verblaßten Flecken übersät; da man die Handgelenke sah, trug er offenbar ein kurzärmeliges Hemd und, unglaublich, eine Krawatte, die aus einer Schnur zu bestehen schien.

«Nein, ich habe es noch nicht satt», erwiderte Shapiro. «Ich bin ja noch nie hier gewesen.»

Beale blinzelte ihn mißtrauisch an. «Hat man Sie denn nicht hier untergebracht? Hier werden häufig Gäste untergebracht...»

Shapiro sah sich um. Hier also hätte man einen *bedeutenden* Musiker einquartiert. Der Raum war häßlich und pompös, die Wände wirkten glitschig – selbst die Luft schien von einem korrupten, dahinschmelzenden Luxus erfüllt zu sein. «Santiago Mendez?» fragte er.

«Oh, Sie sind pfiffig!» sagte Beale erfreut. «Nein, im Ernst. Wenn Sie mal wieder eingeladen werden, bestehen Sie drauf. Ist doch hübsch, nicht? Hier sprechen sie Englisch, und die Möbel» – er unterstrich seine Worte, indem er sich abrupt zu Shapiro vorbeugte – «ragen nicht einfach so plötzlich und drohend vor einem auf. So, möchten Sie was trinken?»

Shapiro sah vor Beale bereits zwei Gläser stehen; eines war leer, und das andere enthielt nur noch einen goldfarbenen Rest. «Für mich nur Wasser, bitte», sagte Shapiro.

«Oh, das ist hier unproblematisch», sagte Beale. «Keine Sorge. Ich dagegen», teilte er dem Kellner mit, «nehme einen Whisky, warum auch nicht.»

«Und vielleicht könnten wir gleich bestellen», fügte Shapiro hinzu. Na, wenigstens einer schien es sich angelegen sein zu lassen, ein kleines Fest für ihn auszurichten.

Beale studierte besorgt die Speisekarte und fuhr mit dem Finger die Zeilen entlang. Er gab Shapiro zwar eine Menge Ratschläge, schien sich aber selbst mit der Entscheidung schwer zu tun. «Vielleicht ein schönes Kotelett», sagte er.

«Das ist hier nämlich das einzige Lokal, wo man ohne jedes Risiko Schweinefleisch essen kann. Das heißt, falls Sie –» Seine Augen flackerten heftig, wie Anzeigen auf einem überforderten Instrumentenbrett.

Während Beale dem Kellner seine Bestellung anvertraute, wanderte Shapiros Blick zu den Plakaten an der Wand; auch hier alles ganz bezaubernd: noch mehr Seen, mehr Vulkane, mehr lächelnde Indios... Beale tauchte abrupt unter den Tisch und förderte ein primitives Tonbandgerät zutage, das an einen Trilobiten erinnerte. «Hoffentlich stört Sie's nicht, wenn ich... Es gibt ein paar Publikationsorgane, die mir ziemlich, na ja... nahestehen, aber größtenteils arbeite ich für den Hörfunk.»

«Für den Hörfunk», pflichtete Shapiro höflich bei. «Und das hier wäre dann wohl für... die englischsprachige Gemeinde.»

Beale sah ihn verdutzt an. «Nicht direkt. Für so was gibt es ja Telefon. Oh – nein.» Er bemühte sich so sehr um Bescheidenheit, daß seine Stimme ganz schmierig klang. «Nein, das hier ist für eine Sendung daheim in England. Die bitten mich oft um einen kleinen Bericht.»

England. Aha. Das klang schon etwas verheißungsvoller. «Eine Sendung... über Kunst», schlug Shapiro vor.

«Kunst?» sagte Beale. «Na, für so was ist hier nicht allzuviel Raum. Dieses Land bringt ja nicht grade massenhaft Künstler hervor. Kein sehr... nun ja, ‹günstiges Klima› nennt man das wohl. Es ist eigentlich eine Sendung über alles, was eben so ansteht. Ich war froh, daß mich Ihre Botschaft angerufen und darauf hingewiesen hat, denn hier herrscht nicht grade ein phantastischer Themenüberfluß. Man kann ja nicht ewig über tote Studenten berichten; irgendwann hängt das den Leuten zum Hals heraus. Aber trotzdem, glauben Sie nicht, ich will mich beklagen. Ich kann von Glück sagen, daß ich überhaupt hier bin. Als junger Mann war ich regelrecht darauf versessen, in diesen Teil der Welt zu kommen. Erstaunliche Stadt. Hatten Sie schon ausführlich Gelegenheit, sich umzusehen? Die Sehenswürdigkeiten anzuschauen, Leute kennenzulernen?»

«Ich bin erst gestern abend angekommen», sagte Shapiro.

«Ach so», meinte Beale. «Doch, ja, die Stadt ist wirklich atemberaubend. Sehr schön, wie Sie sicher wissen. Und das Hochland – als ich damals herkam, war es da oben wie zu Anbeginn der Zeiten, wirklich... Ach, wenn ich doch nur...» Er seufzte. «Wissen Sie, früher hatten die Indios mal einfach alles. Kalender. Schriftsprache – Hunderte und Aberhunderte von Jahren, bevor die Spanier kamen. Und jede Menge andere tolle, äh, Gerätschaften. *Wir* liefen damals noch in –» Er warf Shapiro einen verschleierten Blick zu. «Tja. Und die Spanier haben das tatsächlich alles zerstört. Aber das wissen Sie ja. Ihre Bücher verbrannt, sie mit spanischen Aufsehern in Dörfern zusammengepfercht. Ist das nicht ein Ding? Die Schriftsprache wurde tatsächlich *zerstört.* Der Kalender, die Architektur, die Bücher... Also, ich meine, wir massakrieren diese Menschen und so weiter, aber wir wissen eigentlich gar nichts über sie. Und falls sie selbst was über sich wissen, behalten sie's zumindest für sich. Wer sind sie bloß? Das heißt, wer sind *wir* bloß. Also *sie* sind hier, *wir* sind hier... Es ist einfach schrecklich merkwürdig – wir wissen so gut wie nichts über sie...» Er lächelte halb verwirrt und halb erstaunt. Dann runzelte er die Stirn. «Oje. *Jedenfalls,* ich hab immer wieder versucht, hierherzukommen. Damals hieß es dauernd: ‹Aber *wieso* denn? Wo *ist* das überhaupt? Da *passiert* doch gar nichts!› Aber dann gab es zum Glück diese ganzen Aufstände und Bürgerkriege und was nicht alles, und so entstand Bedarf, drum bin ich jetzt schon über fünfzehn Jahre hier!»

Shapiro öffnete den Mund; es kam ein winziger Laut heraus.

«Gestern habe ich versucht, García-Gutierrez zu erreichen», sagte Beale. «Aber er war wohl noch nicht da. Er lebt größtenteils in Europa, wissen Sie. Es hieß, er käme heute, aber ich dachte mir, dann rede ich lieber mit Ihnen. Er ist sicher ein wundervoller Komponist. Das sagen ja alle. Aber um ehrlich zu sein, der Mann läßt's mir kalt den Rücken runterlaufen. Ich hab ihn ab und zu mal auf Parties hier erlebt, und ich mag diesen Typen einfach nicht. Sie wissen schon – wohlgenährt, ein bißchen dandyhaft. *Verbindlich.* Immer mit Blick auf die große Chance. Ein strahlendes Lächeln für jeden Obristen. Sehr beliebt bei den Damen... Die Regierung führt ihn immer vor wie einen fetten, ausgestopften...» Beale brütete über seinem Drink, dann bestellte er sich mit einem Wink einen weiteren. «Jedenfalls», sagte er unglücklich, «hab ich jetzt Sie.»

Shapiro trank einen Schluck Wasser. Er hätte sich auch gern einen Drink bestellt, aber er wußte nie, wie Alkohol bei ihm wirkte. Schon Beales Whisky schien ihm zu Kopf zu steigen. «Darf ich Sie mal was fragen?» sagte er. «Hier ist es doch nicht direkt gefährlich, oder?»

«Gefährlich?» sagte Beale. «Warum denn? Was meinen Sie damit? Für Sie doch nicht. Sehen Sie» – er lehnte sich zurück und warf Shapiro einen kalten, betrunkenen Blick zu –, «ich finde das *äußerst* komisch. Daß Amerikaner hier runterkommen und über Gefahr reden. Und sie reden über *dies,* und sie reden über *das.* Ich bin kein Freund von Sklaverei und Folter, aber darf ich fragen, wie ausgerechnet Sie dazu kommen, davon zu sprechen? Darf ich Sie vielleicht daran erinnern, wer all diese lächerlichen Revolten und Staatsstreiche angezettelt hat? Darf ich Sie vielleicht daran erinnern, wessen Land seine ganzen Indianer umgebracht hat?»

«Hören Sie –» begann Shapiro.

«Tausend Ausflüchte», sagte Beale. «Wie wahr. Sie tragen auch keine größere Verantwortung für Ihr Land als ich für meins. Aber ich fürchte, das geht mir alles einfach über die Hutschnur. Wirklich! Und was heißt da *gefährlich*! Dieses Land ist wohl kaum in der Liga der... Ich meine, davon liest man doch immer, nicht? Wie irgend so ein armer Tourist? Der jahrelang seine Pennies zusammengespart hat? Wie der dann mal nach New York fährt, um eine Show auf eurem tollen Broadway zu sehen, und stirbt praktisch im Moment seiner Ankunft durch einen Messerstich in...» Er nahm einen gewaltigen Schluck. «In...»

«Die Leber», sagte Shapiro.

«In der *U*-Bahn», sagte Beale. «Ja.» Er strahlte Shapiro überrascht an. «Ich weiß wirklich nicht, warum es so schwierig ist... Oh, sehen Sie mal!» rief er, als der Kellner ihre Teller hinstellte. «Das ist ja köstlich! Ist *das* aber nett.» Er zog eine Brille aus der Tasche, setzte sie auf, inspizierte seinen Teller, nahm sie wieder ab und rieb sie an einem schmutzigen Taschentuch.

Shapiro schob sich einen Bissen in den Mund, aber Beales schmierige Art hatte ihm den Appetit verdorben.

«Mit dem Hochland ist es natürlich was anderes», sagte Beale. «Im Hochland, überall auf dem Land eigentlich – immer noch das reinste Gemetzel. Aber hier in der Stadt gibt's nur sporadische Gewalt. Dingsbums-Gewalt. Ja, wirklich, das schlimmste, was Ihnen hier passieren kann, sind die Protestanten. Willkürlich. Willkürliche Gewalt.»

«Protestanten?» sagte Shapiro.

«Evangelikale», sagte Beale. «So verdammt laut. Moralpredigten auf der Straße, überall Massenversammlungen, Zungenreden – Yagabagabagagaga.» Er seufzte. «Bitte glauben Sie jetzt nicht, ich hätte da irgendwelche Vorurteile. Ich bin ja selber Protestant. Aber darum geht's doch, nicht? Daß man über die Gruppe herziehen kann, der man zugehört, obwohl man nie – obwohl ich zum Beispiel nie… ach, sagen wir mal, einen Juden *Itzig* nennen würde. Das ist Ihr Vorrecht. Aber um das ganze Geschrei geht's ja gar nicht. Also, es geht doch um – na, *darum* geht's jedenfalls ganz sicher nicht. Aber es kann furchtbar, wirklich furchtbar ärgerlich sein, wenn man versucht, ein Interview zu führen und so weiter, so wie wir beide jetzt hier sitzen.»

«Vielleicht –» begann Shapiro mühsam. «Ich meine, weil Sie gerade von dem Interview sprechen, vielleicht gibt es ja irgendwas, das Sie mich gern fragen würden.»

«Ach», sagte Beale. «Sie haben recht.» Er lächelte und verzog dann das Gesicht. «Aber die Sache ist die, alter Junge – ich fürchte, ich bin nicht allzu vertraut mit… Wenn Sie mir vielleicht ein bißchen helfen könnten. Das heißt, wir halten es vielleicht am besten ziemlich allgemein.»

Shapiro nickte. «Wenn Sie wollen. Was… dachten Sie zum Beispiel, könnten wir –»

«Tja», sagte Beale. «Hmmm. Vielleicht könnten wir über Ihre… zum Beispiel Ihre Eindrücke von diesem Land…»

Shapiro sah ihn an. «Ich bin doch erst gestern –»

«Gestern abend», sagte Beale ungeduldig. Er trommelte mit den Fingern auf das Tonbandgerät. «Na ja, nur so allgemein, wissen Sie. Irgendwas… ganz Spontanes.»

Shapiro preßte die Finger gegen die Augenwinkel.

«Nicht akzeptabel. Ich seh schon, nicht akzeptabel», sagte Beale gekränkt. «Na ja, in dem Fall… könnten wir ja zum Beispiel drüber reden, was für ein Gefühl es ist, als Amerikaner hier runter zu kommen.»

«Als Amerikaner?» sagte Shapiro. «Ich bin nicht als Amerikaner hier unten. Ich bin als überhaupt nichts hier. Ich bin als *Pianist* hier.»

«Ja», sagte Beale. «Sicher.»

Shapiro jagten Hitzeschauer über die Haut. Beale starrte ihn an.

«Wissen Sie», meinte Beale. «Ich hab mich das schon immer gefragt. Und ich glaub, für die Hörer wäre es sehr interessant. Welche Beziehung haben Instrumentalisten – ich meine natürlich, via Musik – zum Komponisten?»

«Was wollen Sie damit –» begann Shapiro.

«Nun ja, schon das *Wort* allein», sagte Beale. «Ich meine, *wörtlich* genommen, heißt es doch – nun ja, eben Instrumentalist. Das heißt, Sie sind ein –»

«Entschuldigen Sie», unterbrach ihn Shapiro. «Ich muß ... ich muß mal telefonieren.»

Shapiro floh in ein System von Korridoren und polypenartigen Lobbies oder Empfangsräumen. Jetzt nur allein sein! Die Herrentoilette? Vielleicht lieber nicht. Ach, da war ja eine Telefonzelle. Shapiro setzte sich hinein, und als er die Tür zugezogen hatte, umgab ihn ozeanische Stille. Jenseits der Glaswand schwebten Leute vorbei – riesig, gelassen, sicher, wie Ausstellungsstücke. Shapiro lehnte sich gegen die Wand. Seine Hand ruhte auf dem Telefon wie auf der Hand einer alten Geliebten. Geistesabwesend streichelte er den Hörer, hob ihn von der Gabel, was ein lautes elektronisches Gejaule auslöste, das Geräusch, ganz im Gegensatz zur Stille, der Einsamkeit. Er würde Beale einfach sagen, ihm sei nicht gut, er müsse sich hinlegen.

Beale saß allein am Tisch. Die schmalen Schultern hochgezogen, beugte er den Raumschiffkopf über das Trilobitentonband und sprach hinein. Shapiro blieb am Eingang des Restaurants stehen. Beales Haltung hatte etwas Dringliches, seine Miene wirkte gequält. Was er da wohl auf Band sprach? Shapiro kam näher.

«Ah!» sagte Beale und schaltete mit strahlendem Lächeln

das Gerät aus, als habe man ihn bei einer kleinen Ausschweifung ertappt. «Durchgekommen?»

«Wie bitte?» fragte Shapiro.

«Sind Sie mit Ihrem Gespräch durchgekommen?»

«Ach so», erwiderte Shapiro. Er nahm Platz und fuhr sich mit den Händen übers Gesicht. «Nein.»

«Nein», wiederholte Beale mit vagem Mitgefühl. «Ach, es ist ja alles so kompliziert. *So* kompliziert... Nun –» Er lächelte gefühlvoll. Erstaunlicherweise schien er ganz vergessen zu haben, daß er gerade dabei gewesen war, Shapiro zu attackieren. «Kein Problem. Wir werden einen netten kleinen Beitrag über Sie machen. Ich hab nämlich» – er zwinkerte Shapiro schüchtern zu – «schon eine Art Einleitung vorbereitet. Ihren Namen und so, und daß Sie hier auf dem Festival sind und García-Gutierrez spielen werden.» Er nahm seine Brille ab, um einen zerknitterten Papierfetzen zu studieren. «Und, Momentchen –» Er schaltete das Gerät an. «Soviel ich weiß, haben Sie das Stück schon des öfteren mit großem Erfolg gespielt, Mr. Shapiro.» Er nickte aufmunternd.

Shapiro blickte darauf. «Ja», sagte er müde.

Beale warf ihm einen verletzten Blick zu. «Die Uraufführung hat, glaube ich, in den USA stattgefunden.»

Shapiro schloß die Augen.

«Ja», sagte Beale. Er atmete tief durch die Nase. «Jedenfalls war das, warten Sie mal... Neunzehn... lieber Himmel! Dieses Stück muß Ihnen ja sehr viel bedeuten!»

«Nun ja», meinte Shapiro, «es gehört schließlich zu meinem Repertoire...»

Beale kicherte oder hatte einen Schluckauf. «Ich hab daheim einen Satz kleiner Löffel», sagte er. «Winzige Silberlöffelchen, für Oliven oder so. Jemand hat sie einer Großtante von mir zur Hochzeit geschenkt. Und irgendwie sind sie dann bei *mir* gelandet.»

Shapiro öffnete die Augen und sah Beale an.

«Na ja, ich würd sie doch nie wegwerfen», sagte der. «Was ich damit sagen will –» Er runzelte die Stirn. «Möchten Sie nicht mehr?» Er deutete auf Shapiros Teller.

«Nein, nein», sagte Shapiro. «Greifen Sie ruhig zu.»

«Danke.» Beale schaltete das Tonbandgerät wieder ab und stellte Shapiros vollen Teller auf seinen leeren. «Wir machen gleich weiter. Und bestimmt bringen wir was Nettes zustande, meinen Sie nicht? Die meisten Leute machen gern Radio. Es ist ein wunderbares Medium – wirklich wunderbar. Wissen Sie, was mir daran besonders gefällt?» Er unterbrach sich beim Essen und fuhr fort: «Man lernt Leute kennen. Oh, ich weiß, das tut man in jedem Beruf, es läßt sich kaum vermeiden. Aber was ich meine ist, man *geht raus*, um auf einer ebenbürtigen Basis neue Leute kennenzulernen. Die Stimme – es ist befreiend, finden Sie nicht auch? Und doch intim. Da sitzt man – wie ein Riesenklumpen ... oh ... Schweinefleischpastete!» Seine Augen leuchteten gierig auf. «Aber ich meine, all die Talente, die man hat, und die jeweilige Situation. Einfach so ... zusammengeklumpt, wenn Sie verstehen. Das Gute, das Schlechte, das ... Sinnlose.» Er machte wieder eine Pause und schob sich rasch eine Gabelvoll in den Mund. «Aber mit dem Rundfunk, sehen Sie, da hat man die Möglichkeit, das abzutrennen, worauf es ankommt. Und der Rest – also der Körper, das Gesicht, das Alter ... sogar ... sogar» – er sah sich um wie ein Gehetzter – «sogar der Platz, an dem man sitzt! Davon ist man frei, nicht? Da sieht man erst, wie frei man wirklich ist.

Große Sprünge. Teleportation. Die Welt ist so ... *geräumig*. So voller Seltsamkeiten. Andererseits hat das Leben auch wieder so einen Hast-du-nicht-gesehen-Effekt, und das macht einen so ängstlich. Gefahr, darauf haben Sie ja eben selbst hingewiesen. Gefahr überall. Alles zerstört, verloren, vergessen… Das wollen die Leute aber, wissen Sie, die meisten jedenfalls. *In den Berichten steht nichts davon,* heißt es dann. Das sagen sie einem direkt ins Gesicht. Natürlich gibt es Gespenster, sagen die Leute. Wahrscheinlich hilft einem das schon weiter. Aber Gespenster sind eben einfach nicht besonders… *gesprächig*. Sie spuken rum, sie grämen sich und so weiter, aber das ist doch alles ziemlich vage. Weil sie eben nicht viel reden.

Ach, fanden Sie das als Junge nicht auch einfach herrlich? Draußen regnet's, Ihre Mutter arbeitet noch im Geschäft, Sie haben keinen einzigen Freund auf der Welt, und dann schalten Sie das Radio an, und jemand spricht – zu *Ihnen.* Wie phantastisch! Jemand spricht zu Ihnen, und wer es ist oder was man Ihnen an diesem speziellen Tag zu sagen hat, wissen Sie erst, wenn Sie das Radio anschalten. Vielleicht erzählt Ihnen jemand was übers Kochen. Oder über ein Kabinettsmitglied. Und dann gehört dieser spezielle Beitrag *Ihnen*, verstehen Sie, was ich meine? Wer *weiß* denn schon, ob da was Hörenswertes kommt? Wer *weiß* denn schon, ob dort draußen einer zuhört? Es ist für beide Parteien ein Vertrauensbeweis, verstehen Sie? Wirklich ein ungeheurer Vertrauensbeweis.» Er machte eine Pause, um die Reste auf Shapiros Teller zu verschlingen, und sah Shapiro dann hilflos an. «Also, ich finde das alles äußerst, einfach äußerst…» Er schüttelte den Kopf und wandte sich ab.

Shapiro stellte den Wecker auf sechs Uhr morgens und schlich sich aus dem Hotel, bevor Penwad ihn abholen konnte, scheiß auf die Folgen! Haha – der Tag gehörte ihm! Lärmender Verkehr strömte munter durch die Straßen, und die Abgase ließen die Luft schuppig silbern erglänzen, als die Sonne über Wogen von Industriemüll aufstieg.

Shapiro lief und lief. Er lief durch vornehme Viertel, wo vor hohen weißen Mauern bewaffnete Wächter auf und ab schlenderten. Und er lief durch Viertel, wo halbverhungerte Kinder in der Gosse spielten; sie hatten aufgeblähte Bäuche und einen verstörten, wilden Drogenblick. Jenseits der Berge, die die Stadt umschlossen, lag das Land, das schöne, gewalttätige Land.

In einigen Vierteln standen Indios in Grüppchen auf dem Gehsteig. Einige verkauften an den Ecken Kaugummi oder billigen Schmuck, andere schienen das geschäftige, undurchschaubare Leben von Obdachlosen zu führen. Ihre Kleidung war schmutzig und zerlumpt, aber trotzdem prächtig, dachte Shapiro; prächtig, edel, festlich – wie die Banner einer geflüchteten Armee.

Shapiro musterte sie schreckerfüllt. Die Mittellosen. Menschen, von denen man fast nichts sah, fast nichts hörte. Menschen, denen man fast alles antun konnte: *andere* Menschen. Zu Hause hatten sie sich während der letzten fünf bis zehn Jahre in Shapiros Nachbarschaft eingenistet. Zuerst hatte er sie als vorübergehende Randerscheinung betrachtet. Aber jetzt waren sie überall. Sie schliefen in Parks oder auf dem Pflaster und streiften tagaus, tagein hungrig und krank durch die Stadt, in zerlumpten Anzügen und Kleidern, die sie sich in einem anderen Leben zugelegt hatten.

Man hatte sich an sie gewöhnt; niemand erinnerte sich mehr daran, wie sehr es einen noch vor ein paar Jahren schokkiert hatte, jemanden zusammengerollt vor einer Tür liegen zu sehen, barfuß bei Frost. Meist waren sie nur ein Fleck am Rande von Shapiros Blickfeld. Aber wenn dann ein Schüler nicht zur Klavierstunde erschien oder einfach kein Konzert zustande kommen wollte oder die Zeitung teurer wurde oder unvorhergesehene Ausgaben anfielen, dann zitterten Shapiros kostbare Hände. Eine Verletzung? Arthritis? Auch so schon begann der Alltag Shapiros schmale Ersparnisse aufzufressen.

In solchen Zeiten dann sah Shapiro jene *Anderen* mit einer individualisierten, eisigen Klarheit; er durchforschte ihre Gesichter nach einem Beweis dafür, daß jeder einzelne von ihnen sich zuverlässig von ihm selbst unterschied, als schwebe er, ein Sterbender, auf nebelhafte Massen zu, die des göttlichen Strafgerichts harren.

Und sie – was sahen sie? Vielleicht waren er und seinesgleichen wiederum für *sie* gespensterhafte Wesen, die sich entfernten, verblaßten ... Vielleicht ließ man an irgendeiner schrecklichen Grenze einfach alles hinter sich, was jetzt zum Leben gehörte, vielleicht vergaß man ehedem wichtige Angelegenheiten, als seien es abgetragene Hemden, der Kalender vom letzten Jahr oder alte Listen von Dingen, deren Ausführung einem einst einmal wichtig erschienen war ...

Wahrscheinlich hatte Caroline manchmal recht gehabt damit, daß seine Ängste irrational seien; daß er schon immer irgendwie zurechtkommen werde ... Aber als sich an jenem Tag die Tür hinter ihr geschlossen hatte, hätte er es eigentlich begreifen müssen – ja, dachte er, in diesem Moment hätte er begreifen müssen, daß er den Erfolg, die Art von Erfolg, die Penwads Brief ihm erneut zu verheißen schien, schlicht und einfach vergessen konnte.

Aber er hatte nichts begriffen; er hatte stundenlang wie erstarrt dagesessen, bis Lady Chatterley sich plötzlich wie wild mit den Krallen über den Teppich hermachte. «Hör auf», hatte er gesagt. «Hör bitte auf, ja?» Er hatte ihr mit dem Finger aufs Hinterteil geschnipst, worauf sie fauchend davongesprungen war. Um ehrlich zu sein, hatte er sich immer ein bißchen vor der Katze gefürchtet. Sie gehörte Caroline, aber Jim war offenbar allergisch.

Inwieweit sich Caroline auch immer über *ihn* Gedanken machte, sie würde sich jedenfalls vorstellen, er befinde sich hier in charmanter Gesellschaft und nehme an so angeregten, geistreichen Gesprächen teil, wie sie kein Sterblicher je erlebt hatte. Shapiro blieb die Luft weg, als ersticke ihn Caroline mit einem Kissen. «Das ist eine wunderbare Gelegenheit für Aaron», versicherte sie vielleicht in eben diesem Moment Jim. Ganz bestimmt.» O ja. Er mußte glücklich sein, damit sie es auch sein konnte.

Ein auf der Straße spielendes Indio-Kind schrammte sich das Knie auf und brüllte weinend nach seiner Mutter. Shapiro packte ein fast überwältigender Jammer, als werde er jeden Moment selbst zu weinen anfangen. Aber um zu weinen, muß man an jemanden denken können, der einen tröstet.

Caroline hatte sich nie darum gekümmert, wie die Dinge wirklich lagen. Einmal hatte er zufällig mitbekommen, wie sie sich bei einem Anrufbeantworter bedankte. Alles war nett, freundlich, angenehm. Wenn er offen mit ihr redete, hörte sie ihm nicht zu. Sie verachtete niemanden. Wer nicht nett, erfreulich und angenehm war, hörte einfach auf zu existieren.

Shapiro hatte einen Bärenhunger. Er betrat ein einladendes kleines Restaurant. Drinnen war es stockdunkel, aber niedrig hängende grüne Lampen tauchten jeden Tisch in eine Lichtpfütze.

Der Kellner sprach kein Englisch, reagierte jedoch freundlich, als Shapiro auf den Suppenteller eines anderen Gastes zeigte. Aber es hatte einmal eine Zeit gegeben – ganz gewiß –, wo Caroline ihn wirklich geliebt hatte. Und auch er war fasziniert gewesen. Sogar von den mäandrierenden kleinen Geschichten, die sie nach vollbrachtem Tagewerk mit nach Hause gebracht hatte. Einen Moment lang sah er sie jetzt deutlich vor sich. Sie stand da, hielt Lady Chatterley im Arm und starrte verwirrt und bekümmert ins Leere. «Caroline –» sagte er.

Hatte er laut gesprochen? Drei Männer an einem Nachbartisch starrten ihn mit einer lebhaften Mischung aus Ekel und

Belustigung an. Es waren drei richtige Kolosse. Einer schien Nordamerikaner zu sein; er und noch ein weiterer Mann trugen Pistolen, die sich selbst im angenehmen Dämmerlicht des Restaurants deutlich unter ihren Hemdschößen abzeichneten.

Der Kellner, der die Suppe brachte, stellte sich dazwischen; Shapiro bedankte sich mit leidenschaftlichen Gesten. Er kostete einen Löffel von der Suppe. Es war eine klare Brühe, und sie schmeckte köstlich. *Essen,* dachte er. Plus Miete. Plus Nebenkosten... Ja, heute abend würde er auf der Bühne des Konzertsaals sitzen und einen Smoking tragen, aber danach war wieder Katzenfell angesagt.

Überraschenderweise brachte ihm der Kellner noch einen riesigen zweiten Teller. Eine hübsche Auswahl von Sachen, die anscheinend in der Brühe gekocht worden waren. Mmmm. Shapiro beugte sich ins Licht der Hängelampe, um auf dem Teller herumzustochern – Karotten, Zwiebeln, weiße Bohnen, Kohl, Sellerie, eine kleine... Keule, etwas, das aussah... wie... ein Rüssel...

Einer der Männer am Nebentisch gluckste leise. Unwillkürlich sah Shapiro wieder zu ihnen hinüber, und sie starrten zurück; ihre Gesichter umrahmten den tränenförmigen Lichtschein der Hängelampe. Dann erhob sich einer von ihnen, griff im Herüberstarren nach oben und schraubte die Glühbirne heraus.

Die entkräfteten Musiker stürzten sich auf García-Gutierrez' letzten, idiotischen, triumphalen Akkord. Was war passiert? Shapiro fühlte sich, als säße er nackt auf einer Lichtung und blinzele aus der Hocke zu einem glucksenden TV-Team hinauf, das ihn gerade beim Abnagen eines riesigen Knochens gefilmt hatte.

Hatte er gut oder schlecht gespielt? Schwer zu sagen. Er

hatte gespielt wie ein Besessener. Die banalen Wohlklänge, die trivialen Effekte, die kitschigen Annäherungen an Kostbarkeiten entstanden im Inferno der Seele anderer Komponisten – zerfranste Notenbänder waren ihm von den Händen geströmt, während er versuchte, irgend etwas aus dem Stück herauszuholen, aber es hatte einfach über allem gelegen: ein großer, nicht klein zu kriegender, bestärkender Block Schmalz.

Die spärlichen Zuhörer ließen ihre Programme sinken, mit denen sie sich Luft zugefächelt hatten, und applaudierten ein bißchen. Schwitzend vor Jammer und Verwirrung stand Shapiro da, um sich zu verbeugen, und erhaschte einen flüchtigen Blick auf einen Mann, der nur García-Gutierrez sein konnte, dunkel und würdevoll angesichts der Huldigung. Bei diesem Anblick durchlebte Shapiro noch einmal die Empfindung, mit der damals vor zwanzig Jahren seine Haut auf die Schmeicheleien dieses Mannes reagiert hatte, als ertrage er einen unerwünschten sinnlichen Genuß.

Draußen nahm Penwad wieder seinen Posten an Shapiros Seite ein. «Wir bleiben hier einfach noch ein bißchen stehen», sagte er nervös. «Dann trommeln wir alle zusammen und gehen zum Empfang. Oh, ich glaube, ihr habt euch noch gar nicht kennengelernt. Joan.»

«Es war wunderschön!» sagte Joan. «Einfach wunderschön. Wissen Sie, wir wollten Sie heute vom Hotel abholen. Wir waren uns sicher, daß Sie unser Museum einheimischer Webkunst sehen wollten.»

«O Gott», entfuhr es Shapiro. «Ja! Nein, durchaus. Ich –»

«Wir haben an der Rezeption eine Nachricht hinterlassen», sagte Penwad.

«Na, ich weiß nicht», sagte Joan. «Diese Leute an der Rezeption...»

Die Nacht hatte das Kunstzentrum veredelt. Musiker und Zuhörer liefen ziellos im vagen Sternenlicht und unter grellen Lampen umher. Aus den hüttenbedeckten Schluchten sandte die permanente Müllverbrennung Bulletins des Verfalls in die Luft, doch wurden sie rasch von dem Duft ausgelöscht, der von den blumengeschmückten Hängen der Goldzone herabwehte.

Penwad deutete auf verschiedene Stars. Da war ein Soundso-Attaché, ein Kultur-Soundso, ein paar Soundsos vom Soundso-Ministerium – etwas für Experten.

«Und sehen Sie die Dame dort drüben?» fragte Joan und nickte diskret zu einer imposanten Frau mit hohen, gewölbten Brauen und blutrotem Mund hinüber. Sie neigte sich gerade einem etwa fünfzehnjährigen Jungen zu. «Unsere Gastgeberin. Der Empfang findet in ihrem Haus statt. Und ihr Sohn. Aber das sieht man ja. Sie sind einander wie aus dem Gesicht geschnitten. Es wird Ihnen bestimmt Spaß machen, sich mit ihm zu unterhalten. Perfektes Englisch – er besucht ein Internat in den Staaten, wo es ihm wunderbar gefällt. Er findet es toll, unsere Gäste kennenzulernen. Der Vater macht in Viehzucht. Droben im Hochland. Ganz, ganz außergewöhnliche Leute. Josefina ist ein Juwel. Das Haus ist einfach unglaublich. Sie ist wirklich eine treibende Kraft im hiesigen Kulturleben. Und wie Sie sich vorstellen können, sind manche dieser Ehefrauen –»

«Wunderbare Leute», sagte Penwad. «Und *Sie* beide haben sich natürlich schon vor langer Zeit kennengelernt!»

García-Gutierrez hatte sich zu ihnen gesellt und sich leise bei Shapiro bedankt. Er sah noch genauso gut aus wie vor siebzehn Jahren, obwohl er auf die Sechzig zuging – ein Baum von einem Mann, dem das Alter nichts anhaben konnte. Sein laibartiger Körper wirkte immer noch kräftig – die langen Arme und Beine, die Muskeln, deren Tätigkeit man deutlich unter der äußerst korrekten Kleidung ahnte, die angespannte Hals- und Kieferpartie, die zusammengekniffenen Augen ... «Ich habe das Gefühl, Sie haben heute abend etwas Neues in meine Musik hineingebracht», sagte er. «Etwas Dunkles vielleicht ...» Shapiro spürte, wie ihn der Mann lauernd und prüfend anvisierte, wie der Jäger in ihm erwachte. «... sehr interessant ...»

Oh, dieser Abend vor siebzehn Jahren! Als Shapiro noch zu Recht glaubte, daß er ein Publikumsliebling werden würde. Daß auch er respektiert, geehrt, glücklich sein würde ... Das Publikum an jenem Abend! Als wie befriedigend hatte Shapiro damals die Begeisterung der Zuhörer empfunden, und wie ekelhaft erschien sie ihm jetzt rückblickend. Wie hatte es sie entzückt, in all dem hohlen Prunk ihr eigenes strahlendes Spiegelbild zu erkennen.

«Wir reden dann beim Empfang weiter», flüsterte García-Gutierrez und schwebte mit Penwad und Joan auf ein Häufchen Musiker zu, das ihnen verschreckt entgegenstarrte.

Shapiros Herz stand in lodernden Flammen. Die Leute begannen zum Parkplatz zu strömen. Er spielte heute *besser* als damals, aber es machte keinen Unterschied – *nicht den geringsten.* Und jene Abende am Bühneneingang – die Gesichter, golden im Licht, die im goldenen Licht glitzernden Diamantohrringe ... All die schönen Frauen. Vorbei. Egal. Wofür hatten sie geschwärmt? Die leidenschaftlichen Blicke, erhitzt von der Glut seines Ruhms, die erste Erschütterung durch Carolines große, leuchtende Augen am Bühneneingang. *Bestärkend, bestärkend.* Was sollte er bloß *tun*? Man hatte ihn ja nicht einmal im besseren Hotel untergebracht! Caroline ging die Straße entlang. Sie trug ein reizendes Kleidchen. Die Sonne beschien ihr Haar, aber über ihr schwebten schwarze Schatten, und hinter ihr rasselten kriegerische Armeen durch den Staub. Männer und Frauen lagen auf dem Gehweg. Ihre zerfetzten Kleider entblößten klebrige Wunden. Einer bewegte sich mühsam und streckte Caroline einen kaputten Pappbecher entgegen. Sie blieb stehen, öffnete ihre Börse und entnahm ihr einen Vierteldollar.

«Alles okay mit Ihnen?» fragte jemand. Shapiro blinzelte und sah den Jungen, den Sohn der Frau, bei der der Empfang stattfand. «Sie müssen ja ganz ausgehungert sein.» Er betrachtete Shapiro mit dem fröhlichen, komplizenhaften Blick eines Menschen, der Beifall erwartet. «Ganz schön anstrengend, stell ich mir vor, dieses Stück von G. G. Aber daheim gibt's 'ne Menge zu essen – die Köche waren den ganzen Tag am Rennen. Oh! Sehen Sie sich das an – das ist ja ein ganz Schlauer! Hat sich gleich selbst was mitgebracht.» Der Junge warf einen amüsierten Blick in Beales Richtung, der auf sie zugeschlendert kam und dabei eine Orange zerfleischte.

«Hallo», sagte Shapiro. Der Ton dieses Jungen – einfach ekelhaft. Hoffentlich hatte Beale nichts gehört.

«Möchten Sie mal probieren?» fragte Beale. «Ich fürchte, sie ist ziemlich...» Er nickte dem Jungen zu, der kühl zurücknickte. «Wissen Sie», sagte er zu Shapiro, «tut mir leid, wenn ich gestern abend ein bißchen über den Durst getrunken hab. Manchmal passiert es mir, daß ich vom Hundertsten ins Tausendste komme. Hoffentlich hab ich Sie nicht gekränkt.»

«Überhaupt nicht», erwiderte Shapiro. *Es machte nicht den geringsten Unterschied.*

«Gut, gut.» Ein zerknittertes Lächeln glitt über Beales rosa Gesicht. «Prima, prima.»

Er veranstaltete mit seiner Orange die reinste Sauerei. Ein kleines Schalenstückchen hatte sich in seiner gewebten Krawatte verfangen. Der Junge starrte darauf. «Oh», sagte Beale, als er aufblickte. «Sorry. Schwer zu handhaben. Es ist doch komisch mit Orangen, nicht? Sie sind so verführerisch. Einfach unwiderstehlich. Also, allein schon die Farbe – *orange.* Und wie sie *glänzen.* Und ihr köstlicher Duft. Aber es ist doch alles sehr merkwürdig. Ich meine, was nützt es ihnen? Sie haben ja nichts davon – ist zumindest anzunehmen. All ihre Köstlichkeit, bringt sie ihnen irgendwie Spaß? Nein. Sie bewirkt nur, daß sie aufgegessen werden, ist das nicht seltsam? Ich meine, was soll's, von ihrem Standpunkt aus? Das gleiche könnte man wahrscheinlich auch von Blumen sagen. Blumen haben doch irgendwie alles. Sehen toll aus, riechen gut … Aber sie haben absolut keine Möglichkeit, sich dessen bewußt zu werden!» Er kicherte. «Soviel wir wissen können, halten sie sich selbst für grotesk.»

Der Junge starrte Beale nachdenklich und verträumt an. Sein Blick wanderte über die Flecken auf dem Anzug. «Entschuldigen Sie mich», sagte er dann. Er lächelte Shapiro kurz zu. «Ich sollte mal nach unseren» – er warf einen Blick auf Beale – «Gästen schauen.»

Beale schnappte nach Luft. «Haben Sie das gehört?» fragte er, als der Junge weg war. «Diese kleine Drecksau! Dieses fiese kleine Arschloch! Als wollte ich mich uneingeladen auf die Party schleichen! Als könnte sich überhaupt wer uneingeladen auf diese jämmerliche, beschissene Party schleichen. Vor dem Eingang haben sie doch die halbe Scheiß*armee* postiert!»

«Mr. Shapiro, Mr. Shapiro –» rief jemand.

«Das ist Joan», sagte Shapiro zögernd. Wieder hörte er seinen Namen rufen. «Einen Moment –» rief er. «Einen Moment», sagte er zu Beale. «Ich muß –»

«Ekelhafte kleine Schlange», sagte Beale, während Shapiro davoneilte. «Kleiner Scheißkerl …»

«Wir können jetzt fahren», sagte Joan fröhlich, als Shapiro kam. «Es sind schon alle unten auf dem Parkplatz.»

«Einen Moment», sagte er. «Ich bin gleich wieder –»

«Bleiben Sie nicht zu lang!» ermahnte sie ihn fröhlich und zupfte ihn am Revers seines Smokings.

«Ich bin gleich wieder –» sagte er. Ein Smoking! Er hätte genausogut einen ölverschmierten Overall tragen können, auf dessen Brusttasche sein Name eingestickt war. «Einen Moment noch –» Er eilte zu Beale zurück, doch der war verschwunden.

«Hallo?» sagte Shapiro «Hallo? Ich wollte bloß –» Wo konnte Beale nur hingegangen sein? Wie arrogant dieser junge Mensch gewesen war! Wie... Und Tatsache war doch, dachte Shapiro, daß ein Mann in Livree es sich kaum leisten konnte, über einen schlampigen Anzug die Nase zu rümpfen. «Hallo?» sagte er wieder.

Einen Augenblick lang vernahm er nur die sanfte Brandung der nächtlichen Geräusche, aber dann hörte er leise, ganz leise von irgendwoher Beales Stimme. Er ging ihr nach und sah Beales dunkle Gestalt, zusammengekauert in der Ecke eines Betontrogs, der wohl ursprünglich als eine Art Bassin gedacht gewesen war.

Beale sprach in sein Tonbandberät. Seine Stimme klang heimlichtuerisch und beschwörend. «Und jetzt...» Aber die leisen Nachtgeräusche übertönten seine Worte. «...dich auf die Party mitnehmen, wie ich's dir versprochen habe. Es ist... eine prominente Familie von hier.»

Shapiro sah auf dem Boden des Trogs einen öligen Fleck oder Riß. «Und irgendein bedeutender Künstler aus... Und was für eine schöne... hoch, weiß... und geschmackvolle Kunstgegenstände. Aber heute abend... führe ich dich zum...»

Shapiro stand ganz still und lauschte angestrengt. «Wie wunderschön es...» Beale schlug einen schmachtenden Ton an. «Springbrunnen, Blumen... Und... Zirpen! Gequake! Hörst du es, Liebling?»

Beale hielt das Tonbandgerät in den leblosen Trog hinauf.

Shapiro erschauerte. Von den Bergen wehte es kühl herab.

«Und diese anderen Geräusche – hörst du sie?» fragte Beale. Entweder sprach er jetzt lauter, oder Shapiros Gehör paßte sich allmählich an, so daß er die einzelnen Worte verstand. «Das leise Plätschern?» sagte Beale. «Der Springbrunnen, ja, aber was noch? Nicht Spanisch, nein. Aber eine Sprache! Das stimmt. Eine viel, viel ältere Sprache.

Ja, weil wir uns genau gegenüber von den Gesindequartieren befinden, und direkt hier, im Säulengang, spielen Kinder. Die Indio-Kinder. Ihre Mütter sind alle drinnen und servieren den Gästen kleine Leckereien. Hörst du das Geplauder der Gäste hinter uns?»

Shapiro schloß die Augen. Ja, er hörte das Geplauder, dieses ziellose Geplauder. Und roch den Orangenduft im Garten. Ja – und er sah die Kinder, unmittelbar hinter dem Brunnen, mit ihrem rabenschwarzen Haar und ihren klugen, hinreißenden schmalen Gesichtern...

«Gut», sagte Beale. «Ja. Und eins hat einen Stein oder eine Tonscherbe in der Hand. Die anderen flüstern miteinander. Sie reichen sich die Hände – anscheinend erfinden sie gerade ein neues Spiel. Oder sie erfinden es neu. Irgendein Spiel. Vielleicht erinnern sie sich...»

Shapiros Name schwebte vom Parkplatz herüber. Sie begannen nach ihm zu rufen. *Ja, ja,* dachte er grimmig und hob die Hand, als wolle er ihnen gleichzeitig zuvorkommen und sie zum Schweigen bringen. *Gleich*... Er ließ sich so leise wie möglich auf den kühlen Boden nieder. Gleich würde er gehen.

«Als ich zum erstenmal in dieses Land kam», erzählte Beale dem Tonbandgerät, «wölbte sich der Himmel wie eine blaue Kuppel über dem Hochland. Damals hatten die Leute noch mehr zu essen und weniger Angst. Wenn man durch die Dörfer wanderte, stand man plötzlich vor einem Wasserfall, und fünfzig, hundert, zweihundert Frauen kamen schwankend den Hang entlang, um ihre Wäsche zu waschen.

Ah! Näher und näher kamen sie, immer den Hang entlang. Ihre Gesichter lagen im Schatten, waren kaum noch zu erkennen. Aber bald, bald... Natürlich hätte ich gern mit ihnen gesprochen. Aber wie? Ich war ja nur eine Erscheinung! Aber – hörst du mir überhaupt noch zu, Liebling? Ich weiß, daß sie immer noch da sind. Sie werden immer dasein, hinter dem Blutschleier.»

Als Beale sich im Trog ausstreckte und das Tonbandgerät wie ein Kissen an seine Schulter drückte, strömte ein köstliches Gefühl der Ruhe durch Shapiros Körper.

«Ich bin jetzt müde.» Beale tätschelte das Gerät. «Wahrscheinlich werde ich bald einschlafen. Aber es wird alles gut. Weil als erstes. Gleich morgen früh. Wenn die Sonne wieder scheint? Dann breche ich auf. Und dann sprechen wir endlich miteinander. Bitte sei auch dort. Sie werden so glücklich sein. Ich weiß es. Denn alle haben sie etwas, irgendeine Kleinigkeit, mein Liebling, die sie dir schon so lange sagen wollen...»

Zerbrochenes Glas

Als ich den Flugsteig verließ, dachte ich einen Moment lang, die Maschine hätte mich genau an der Stelle abgesetzt, wo sie mich Stunden zuvor in die Lüfte gehoben hatte, nur uniformes Uhrticken trenne mich von den Dingen, vor denen ich geflohen war: der täglichen Fahrt nach Hause vorbei an den Krankenhaustürmen; dem Anblick der Zeitung, die ich jeden Abend nach Artikeln durchkämmt hatte, welche die Glocke von Schmerz und Medikamenten zu durchdringen vermochten, unter der meine Mutter lag; den Klängen meiner eigenen Sprache, durch die das wilde Geplapper in meinem Gehirn mit entsetzlicher Gewalt hervorzubrechen schien. Flughäfen, Bahnhöfe, Krankenhäuser – eins sieht aus wie das andere, ganz gleich, ob es den Anfang einer Reise kennzeichnet oder das Ende; und wenn ich mich daran erinnerte, daß ich gerade mehrere tausend Meilen geflogen war, wurde mir klar, daß meine Mutter hier und jetzt ebenso tot sein würde, wie sie es an diesem Morgen in Chicago gewesen war.

In der überfüllten Ankunftshalle riefen Geliebte und Familienmitglieder einander zu und nahmen sich in die Arme, und mich nahm Ray, wie er unbedingt genannt werden wollte – der Grundstücksmakler, in Empfang, der für mich ein Haus gefunden hatte in jener Stadt, die ich beinahe zufällig aus einem riesigen und wenig informativen Reiseführer herausgesucht hatte. Als ich ihm die Hand hinhielt, flackerte etwas wie Beunruhigung in seinem Gesicht auf. Hatte er einen anderen Typ Frau erwartet? Ganz egal; ich wollte es nicht wissen. Wir hatten ungefähr eine Stunde Fahrt vor uns, und ich war entschlossen, jener Art von intimer, bekenntnisreicher Unterhaltung, die Fremde angeblich miteinander zu führen pflegen, aus dem Weg zu gehen. Ich war in meinem Brief und am Telefon nicht näher auf die Umstände meiner Reise eingegangen – ich zog es vor, für einen ganz normalen Feriengast gehalten zu werden.

Im Auto suchte ich die größtmögliche Distanz zu Rays klammer Herzlichkeit und sah aus dem Fenster, während er redete. Ich war nie weit weg gewesen von Chicago und hatte mich entschieden, nach Mittelamerika zu kommen, weil es meiner Vorstellungswelt so wenig vertraut war. All die verlokkenden Plätze, die zu sehen ich mir zu Lebzeiten meiner Mutter so sehnlich gewünscht hatte, gehörten nun, so empfand ich es, fest versiegelt einer abgeschlossenen Vergangenheit an, in der sie zusammen mit meiner Mutter bewahrt bleiben würden.

Die Farben der Landschaft, die mich umspülten, waren sanft und intensiv, aber das Licht selbst war ein kabbeliges Gold, und die Baumgruppen, die sandigen Böschungen und Mulden schienen bewegliche Inseln zu sein, die sich in dem zarten Luftozean zu uns hin, dann wieder von uns weg neigten. Schließlich fuhren wir hinab in eine von Bergen umringte Ebene, und das irritierende Gleißen der Luft verschmolz in der Wärme des Tieflands, und bald stach aus der gelbbraunen Trockenheit vor uns ein Wirrwarr von gefiedertem Grün und Blüten hervor. Ray nickte. «Seit ungefähr tausend Jahren eine erstklassige Immobilie», sagte er feierlich.

Wir fuhren hinab in ein Labyrinth kopfsteingepflasterter Straßen, die von hohen rosenroten Mauern gesäumt waren, und verlangsamten unsere Fahrt, um einer Frau mit mehreren Kindern auszuweichen, die unseren Weg kreuzte. Auf dem Kopf trug die Frau ein Bündel – in Plastik eingeschlagen, wie ich erkannte, als ein Pickup uns überholte und eine Wolke glitzernden Staubs aufwirbelte. Auf der Ladefläche des Wagens saß eine Gruppe von Männern, über deren Arbeitshemden kupferbraune Gesichter und schwarze Haare glänzten. Ich streifte die ziemlich schwammige Person neben mir mit einem flüchtigen Blick. «Oh, Sie werden sich nicht langweilen», sagte er. «Wir sind eine wunderbare Gemeinschaft hier unten. Sehr nette Menschen aus allen Berufssparten. Tennis, Golf, Sehenswürdigkeiten von historischer Bedeutung, Pools. Perfektes Klima natürlich – was Sie wollen. Um Ihnen die Wahrheit zu sagen, wir haben eine ziemlich hohe Meinung von uns. Nicht daß wir das jemals gegenüber unseren Freunden daheim so ausdrücken würden.» Er lächelte fröhlich, für einen Moment von seinem eigenen Witz aufgeheitert, und ich wandte mich peinlich berührt ab, als hätte ich etwas entsetzlich Persönliches erfahren.

Wir parkten hoch oben am Rande der Stadt. Ich folgte Ray durch ein großes Holztor und war erstaunt, hinter der Mauer, so dicht an der trockenen, staubigen Straße, einen üppigen Garten zu sehen. «Sie wohnen oben, über der Garage», sagte Ray und führte mich durch den Garten und über die mit Schiefer geplättete Veranda zu einem weißen Haus mit Ziegeldach. «Aber wir müssen von Norman die Schlüssel holen.»

Die Vorderfront des Hauses war aus Glas, und obwohl die Sonne zu kräftig schien, als daß ich im unbeleuchteten Innern irgend etwas hätte klar erkennen können, hatte ich einen Moment lang den Eindruck, ein Mann in einer Art Bademantel schwebe durch den Hintergrund. «Mr. Egan. Mr. Egan», rief Ray, und als eine Frau an die Tür kam, war dort, wo ich den Mann gesehen zu haben meinte, nur noch Schatten. «Oh, hallo, Dolores», sagte Ray.

«Mr. Egan ist nicht zu sprechen», sagte die Frau und lächelte mich an. Durch ihren Akzent bekamen die Worte einen frischen, sonderbaren Klang, als stünde ihre Bedeutung nicht ganz fest. «Ich werde Sie hinaufbegleiten.»

Das wird nicht nötig sein, danke, Dolores», sagte Ray. «Gib mir einfach die Schlüssel, wir kommen schon zurecht.»

Ray führte mich eine weißgetünchte Treppe außen am Haus hinauf zur Tür der, wie sich herausstellte, kleinen Wohnung. «Wegen Trinkgeldern brauchen Sie sich übrigens keine großen Gedanken zu machen», sagte er. «Die rechnen nicht damit. Nur beim Essen und so. Also – Küche, Schrank, Badezimmer. Oh, Bett – na ja, Sie sehen schon. Wasser ist prinzipiell trinkbar, aber Sie sollten es lieber abkochen, um sicherzugehen. Wir finden, das ist ein hübsches kleines Plätzchen hier. Normans Frau hat es früher als eine Art Atelier benutzt, glaube ich. Soviel ich weiß, hat sie gemalt.» Er hielt inne, und dann schien ihm etwas einzufallen. «Netter Kerl, Norman. Ein zusätzliches Einkommen können wir natürlich alle gebrauchen.»

«Lebt sie noch?» fragte ich.

«Verzeihung?» sagte Ray.

«Die Frau von Mr. Egan», sagte ich. «Ist sie gestorben?»

«Ich verstehe.» Ray nickte, als hätte ich irgendeine wichtige Feststellung getroffen. «Absolut nicht, absolut nicht. Also, sieht so aus, als hätte Norman Ihnen ein paar Vorräte dagelassen, aber in der Stadt gibt es jede Menge Restaurants. Das Essen ist in der Regel ziemlich in Ordnung. Müssen natürlich ein bißchen mit Männern aufpassen, aber nichts wirklich Gefährliches, glaub ich.» Er hielt mir die Schlüssel hin und legte sie dann auf den Tisch. «So», sagte er und sah mich an, und seine Arme hingen an ihm herab.

«Danke», sagte ich. «Ich bin sicher, alles wird bestens sein.»

Er ging, und ich stand still da, um den Klang seiner Stimme im schweren, strahlenden, summenden Nachmittag versikkern zu lassen. Dann öffnete ich meinen Koffer, legte meine Sachen in den Schrank und ordnete meine Gläser mit Lotionen und Cremes auf der Kommode.

Was war zu tun? Bei der Arbeit hätte ich jetzt für heute Schluß gemacht und meine Akten für den nächsten Morgen geordnet. Und im Krankenhaus würden die Patienten jetzt bald kleine Pappbecher mit Tabletten bekommen, wie die Becher mit Bonbons bei einem Kindergeburtstag.

Ich ging hinaus und setzte mich auf den kleinen Balkon, von dem aus man den Garten überblickte. Die Luft strich ungewohnt seidig über meine Haut, und gezackte Bergringe umgaben mich wie kleine Wellen. Hier und da konnte ich sanft gerundete Kirchen mit Turmspitzen und Kreuzen erkennen. Meine Mutter war so lang krank gewesen, daß alle Zeit ihrem Tod entgegengeströmt war, und ich fürchtete, daß nun auch alle Zeit zu ihm zurückfließen würde. Im Warten darauf, daß meine eigene Lebensspanne diesen Dreh- und Angelpunkt erreichte, war ich vierunddreißig geworden – eine unwiderrufliche Tatsache.

Unter mir steckte ein kleines weißes Kaninchen seine Nase zwischen den Pflanzen hervor und verschwand hakenschlagend. Seine rosa Augen und die rosa Ränder seiner Ohren sahen besonders schmerzempfindlich aus.

Ich bemerkte, daß mein schöner Reiserock bereits zerknittert und staubig war, und eine Welle von Kummer überflutete mich, als hätte ich Verrat an etwas begangen, das meiner Sorge anvertraut war. Das lag, so begriff ich, lediglich an der Belastung in den vergangenen Wochen – an den zusätzlichen Stunden im Krankenhaus, den Überstunden im Büro zur Rechtfertigung der freien Tage, von denen ich wußte, daß ich sie nehmen würde, den Beerdigungsformalitäten, der schweren Aufgabe vor allem, die Papiere meiner Mutter zu ordnen und über den Verbleib all der kleinen Dinge zu entscheiden, die sie im Laufe der Jahre zu diesem oder jenem, nun ebenfalls dahingerafften Zweck angeschafft hatte.

Wie sorgfältig meine Vorbereitungen gewesen waren! Meine Mutter selbst hingegen war äußerst schlecht vorbereitet. Fast zwanzig Jahre lang hatte ihr Leben aus kaum etwas anderem als den Schmerzen einer sie schrittweise verzehrenden Krankheit bestanden, doch in dem Maße, in dem ihre Zukunft an Wert verlor und ihre Leiden zunahmen, wuchs auch ihre Furcht. Sie hatte den Tod außerordentlich gefürchtet, und das Leben klebte an ihr wie ein brennendes Gewand.

Ich dachte mit plötzlicher Wut an den Arzt, der noch vor wenigen Tagen mit mir im Krankenhauskorridor gestanden hatte. Auch er war schlecht vorbereitet gewesen, und er sah hilflos aus, wie ein kleiner Junge, der in einen Arztkittel geschlüpft ist. Und doch mußte er seit langer, langer Zeit gewußt haben, daß er früher oder später jemandem so würde gegenübertreten müssen wie an jenem Tag mir, und daß er jene Dinge würde sagen müssen.

In der Nacht schlief ich leicht und schlecht, und als ich aufwachte, hatte ich das Übelkeit erregende Gefühl, unterbrochen worden zu sein, wie wenn man von einem Boot auf festen Boden tritt, und mit diesem Gefühl erinnerte ich mich auch an die Tatsache, daß meine Fahrten zum Krankenhaus endgültig der Vergangenheit angehörten.

Gerade als mir klar wurde, daß ich, schon um einen Kaffee zu bekommen, in ein unbekanntes Universum würde eintauchen müssen, erschien ein Mann mit einem gestutzten silbernen Bart an meiner Tür. «Guten Morgen, guten Morgen. Ich bin Norman, Ihr böser Vermieter», sagte er und hielt mir einen Armvoll Rosen hin.

«Danke», sagte ich. Die Blumen, noch in üppiger Knospe und schwer von Tautropfen, hatten eine frische, changierende, ein bißchen eklige Lachsfarbe.

«Vase ist unterm Spülbecken», sagte Norman. Ich schätzte ihn auf Ende Fünfzig, und er hätte recht gut ausgesehen, dachte ich, hätte nicht ein längst vernachlässigter Hang zur Genialität sein Gesicht geprägt. Trotz seiner schicken weißen Sachen schien er sich unbehaglich zu fühlen.

«Meine Frau hätte ein richtiges Blumenarrangement für Sie zusammengestellt», sagte er. «Sie hat ein Händchen für so was. Auch fürs Gärtnern.»

«Hat Mrs. Egan diesen Garten angelegt?» fragte ich.

«Sandra», sagte er. «Na ja, inzwischen macht sie nicht mehr allzuviel. Der Junge kümmert sich darum.» Norman ging hinüber zum Fenster und sah, die Hand über den Augen, suchend hinaus. «Ich denke, irgendwann hat man genug davon.» Ich blieb stehen, begierig darauf, den Tag in Angriff zu nehmen.

«Es ist eine Schande», sagte Norman und wandte sich mir zu. «Damals, als wir hergezogen sind, konnte man von diesem Fenster aus an jedem Tag des Jahres den Berg sehen. Heilig, müssen Sie wissen. Natürlich, diese ganze Gegend galt als etwas Besonderes – immer wieder von verschiedenen Stämmen erobert, bis die Spanier kamen und sie sich einverleibten. Hier sind Städte direkt auf andere Städte gebaut worden. Aber – und das ist faszinierend – all diese Volksstämme haben ein und dieselbe große Pyramide oben auf dem Berg benutzt, um auf ihre jeweilige Weise ihre Götter zu verehren. Herrliche Ruinen – Sandra und ich haben dort oben Picknicks gemacht...»

Mit zusammengekniffenen Augen sah ich aus dem Fenster. «Oh, heutzutage können Sie rein gar nichts mehr sehen.» Norman bedachte den blauen Himmel und die blendende Sonne mit einer abfälligen Handbewegung. «Alle möglichen Industrien verdrecken jetzt die Gegend. Leute, die vom Land hierherkommen – Überbevölkerung, Umweltverschmutzung, all so was.» Er seufzte. «Wie dem auch sei, gut zu wissen, daß

Sie eine schöne Aussicht haben, stimmt's? Ob Sie sie nun sehen können oder nicht. Nun...» Er gab die milde, förmliche Variante eines Kicherns von sich. «Aber wir sind trotzdem gern hier. Und bitte – wenn Sie irgendwas brauchen, werden Sie hoffentlich fragen. Es gibt immer so viele kleine Dinge, bei denen man nicht genau weiß, was man zu tun hat. Man erwartet, daß etwas so oder so läuft, und dann stellt sich heraus – na ja, daß es eben nicht ganz genau so läuft, wie man es erwartet hat.»

«Ja», sagte ich aus der Tiefe einer plötzlichen Müdigkeit heraus. «Vielleicht können Sie mir sagen, wo ich eventuell ein bißchen Kaffee kaufen kann.»

«Kaffee», sagte er. «Also – Kaffee. In der Stadt gibt's so was natürlich. Dolores kümmert sich bei uns um solche Sachen. O ja», sagte er, da er meinen überraschten Blick mißverstand, «wir sind sehr zufrieden mit Dolores. Wir sind hier nicht gerne so übermäßig, *übermäßig* förmlich –» er zwinkerte mir zu –, «aber Dolores ist schon in sehr jungen Jahren zu uns gekommen. Ehemann verschwunden – Sie wissen ja, wie sie so sind –, und Sandra hat ihr alles beigebracht.»

«Tatsächlich», sagte ich.

«Na ja, wir waren in der Gastronomie, müssen Sie wissen. Wir hatten herrliche Restaurants. New Orleans, Dallas, Cincinnati, Fort Lauderdale – überall. Und in all diesen Häusern hatten wir eine wunderbare, kultivierte Klientel. Sandra und ich haben immer alles persönlich beaufsichtigt. Oh», sagte er. «Ich habe Ihnen noch etwas mitgebracht.» Er reichte mir ein kleines Buch. «Das könnte sich als nützlich erweisen. Und keine falsche Schüchternheit. Wenn Sie etwas wissen wollen oder brauchen, kommen Sie einfach runter und fragen.»

«Ich glaube nicht, daß ich Sie oft belästigen muß», sagte ich und nutzte die Gelegenheit, um weiteren Besuchen von ihm vorzubeugen. «Ich bin wirklich in erster Linie hier, um –»

«Natürlich», sagte er. «Sie sind jung und unternehmungslustig. Sie sind nicht hergekommen, um Ihre Zeit mit ein paar alten – ein paar alten ... Leuten zu verbringen.»

Jung und unternehmungslustig, dachte ich gereizt, als wir zusammen hinausgingen; jung und unternehmungslustig. Doch als ich hinter uns die Tür schloß, warf ich einen flüchtigen Blick zurück in den Raum und hatte das Gefühl, eine Ohrfeige bekommen zu haben. Es stimmte, mit den Cremes in ihren Gläsern auf der Kommode sah das Zimmer wie die erste eigene Wohnung eines jungen Mädchens aus, wie die Wohnungen, die meine Zimmergenossinnen vom College sich nach dem Abschluß gesucht hatten, als ich wieder zurück zu meiner Mutter zog.

Ich öffnete das Gartentor, und die Stadt, durch die ich erst am Tag zuvor gefahren war, überraschte mich – als hätte meine Vorstellungskraft auf perverse Weise eine flüchtige Halluzination rekonstruiert. Der konkave Wirrwarr verflochtener Straßen lag zu meinen Füßen unter einer Sonnenglasur, und ich schlängelte mich hinab, irritiert durch die hohen Mauern. Wie ruhig all die Menschen um mich herum waren! Sie sprachen mit gesenkter Stimme und wandten den Blick aus langbewimperten Augen von mir ab, wenn ich vorbeiging. Sogar die Kinder machten kaum Lärm. Lastwagen, Motorräder und hin und wieder ein aufgescheuchtes Huhn waren die einzigen Geräuschquellen.

Am tiefsten Punkt der Stadt entdeckte ich einen kleinen Platz, und obwohl ich dringend ein paar Besorgungen machen und mir eine erste Orientierung verschaffen wollte, waren die verzierten kleinen weißen Eisenbänke so feierlich und einladend, daß ich mich veranlaßt fühlte, mich einen Augenblick hinzusetzen. Ich entschied mich für einen Platz im Schatten eines breitblättrigen Baumes und begutachtete das sonderbare Fleckchen Park, das mich umgab. Gepflasterte Fußwege schlängelten sich hindurch, und überall standen winzige gekachelte Brunnen. Schwere grelle Strahlen von vielen verschiedenen Sonnen schienen sich hier zu sammeln und verliehen allem übertriebene Ausmaße, so daß es unmöglich war, Entfernungen zu schätzen, und genau in der Mitte stand ein muschelförmiger Musikpavillon mit Locken von Eisen und milchigem Glas, dessen Kuppel sich über die Blätter der umstehenden Bäume erhob. An den Rändern des Platzes boten Leute, die in ihren Trachten und mit ihren strähnigen schwarzen Haaren aussahen wie Puppen, Sachen zum Verkauf: angemaltes Spielzeug, Eisenwaren, aufgeplatzte rote Früchte, Kleider, gräßliche ausgestopfte Hunde oder Masken – eine phantastische, unglaubliche Ansammlung von Gegenständen. Der Geruch von reifen – überreifen – Früchten, von Staub und irgendeinem pfeffrigen Bratöl umhüllte mich in trägen Schwaden.

Es war heiß. Ich sah auf meine Armbanduhr und erschrak, als ich feststellte, daß sie stehengeblieben war. Was tun? dachte ich und stand hastig auf. Aber ich zwang mich, mich wieder hinzusetzen und mich zu entspannen. Ich schlug das Büchlein auf, das Norman mir gegeben hatte – eine Sammlung von Sätzen, die dem Autor als für Reisende unentbehrlich erschienen sein mußten, auf englisch und in Übersetzung:

> Dieses Kleid ist zu lang (zu kurz).
> Dieses Kleid hat einen schlechten Schnitt.
> Es ist schlecht gearbeitet.
> Soviel kann ich für dieses Kleid (diesen Korb / Teppich / Schlüssel) nicht ausgeben.
> Nein, danke, ich möchte es nicht.
> Gut. Das ist ein angemessener Preis.

«Lesen Sie etwas Unerfreuliches?» hörte ich jemanden sagen. Ich blickte auf und sah über mir einen Mann stehen. In meinem Schrecken schien er so nah zu sein, daß jede Einzelheit der Medaille, die auf seiner nackten Brust lag, riesig aussah: Das Haar drumherum und die Haut, auf der Schweiß glitzerte, wirkten wie durch ein Vergrößerungsglas betrachtet.

«Nein», sagte ich zu den riesigen weißen Zähnen über mir. Ich schlug das Buch zu und ging auf zitternden Beinen davon.

Bald hatte ich mich wieder unter Kontrolle, und ich blieb stehen, um zu sehen, wo ich war. Durch eine Öffnung neben mir in der Mauer, die die Straße säumte, konnte ich eine Art Gemischtwarenladen ausmachen. Drinnen mußte ich vorbei an verstaubten Bierkisten, die entlang der krummen Wand gestapelt waren, und fand schließlich Kaffee und andere Dinge, die ich brauchte. An der Kasse klaubten zwei kleine mandeläugige Mädchen gewissenhaft aus einem Haufen Münzen, den ich vor sie hingeschüttet hatte, das Geld heraus, das, wie ich hoffte, den fälligen Betrag ausmachte. Überwacht wurde dieser Vorgang von einer dicken Frau in einem langen Rüschenrock, die mich angrinste. Mir war schmerzlich bewußt, daß ich die lächerliche Touristin war, und ich starrte die Frau an, die mit um so größerem Genuß grinste.

Ich brauchte ziemlich lange, um den Weg zurück zu dem Platz zu finden, wo ich dann stand und hilflos die Straßen betrachtete, die sich trichterförmig in alle Richtungen erstreckten. Schließlich gelang es mir, die richtige Straße für meinen Rückweg zu finden, aber an ihrer Einmündung saßen inzwischen eine Reihe von in Tücher gehüllten Frauen und streckten, als ich mich näherte, die Hände aus, ohne mich anzusehen. Es gab keine Möglichkeit, ihnen auszuweichen. Ich sortierte mein Kleingeld in gleiche Teile und verteilte es unter den Frauen, wobei ich sorgfältig darauf achtete, sie nicht zu berühren.

Als ich die Tür zu meinem Apartment öffnete, sah ich als erstes die herzlose Aufreihung von Cremes und Lotionen auf der Kommode. Schnell packte ich die Gefäße in den Arzneischrank und begutachtete dann die Pakete und Konserven mit Eßbarem, die Norman besorgt hatte. Später legte ich mich hin, um zu lesen. Aber anstatt das Buch zu halten, erhob ich mich so weit, daß ich mir selbst beim Schlafen zusehen konnte. Ich träumte von einem kühlen, dunklen Schlaf, den auf der Stelle lautstarke Eindringlinge heimsuchten, die Stunde um Stunde in den unterschiedlichsten Erscheinungsformen und Umgebungen stritten und leidenschaftliche Reden hielten. Mehrmals im Laufe der Nacht scheuchten sie mich in die Einsamkeit des Erwachens, an dessen Schwelle sie johlend und hopsend warteten, bis ich schwach genug war, um mich wieder einfangen zu lassen.

Als ich am Morgen aufwachte, erblickte ich meine wenigen Einkäufe vom Vortag, die ich auf der Kommode hatte stehenlassen. Wie sonderbar alles aussah in diesem Licht – der Kaffee, der Zucker, die Seife –, wie drohende kleine Götzen. Und als ich später das Tor zur Straße öffnete, erlebte ich wieder einen kleinen Schock, als hätte die Stadt, die unter mir im staubigen Gold siedete, eben erst reale Gestalt angenommen, um mich zu begrüßen.

Ich war entschlossen, den Tag gut zu beginnen, und ging darum geradewegs hinunter zum Platz, wo ich mich erinnerte, einen Zeitungskiosk gesehen zu haben. Es stellte sich heraus, daß der überwiegende Teil der Publikationen, die es dort zu kaufen gab, von Gemetzel und Tragik triefende Comic-Hefte waren, aber ich fand auch ein paar Zeitschriften mit interessanten Bildern. Ich bezahlte bei dem älteren der beiden Jungen, die in dem Kiosk arbeiteten, während der andere, der ungefähr sieben sein mußte, mich anstarrte, wobei sein Gesicht aussah wie ein am Kinn ausgebeulter Kreis.

In der Nachmittagshitze, als vor den Ladeneingängen Rollläden heruntergelassen wurden, inspizierte ich die Restaurants und Cafés, die an dem Platz lagen, aber überall wimmelte es von ungepflegt gekleideten Männern, die bereits zu dieser Tageszeit tranken, und von Fremden, die in arroganter Lautstärke englisch oder deutsch sprachen. Fliegende Händler mit bedrückten Gesichtern kreisten um die Tische, und alles war voller Fliegen.

Ich blieb hartnäckig und entdeckte ein Restaurant in einem kleinen Hof, das sauber und ruhig zu sein schien. Nachdem ich mich an einen Tisch in der Nähe eines mit Blumen zugestellten Brunnens gesetzt hatte, wurde mir klar, daß das Restaurant zu einem Hotel gehörte, dessen Gäste – kleine uralte Leute in Morgenmänteln – eine Sprache sprachen, die ich nicht zu identifizieren vermochte. Es gelang mir, bei einem jungen Kellner, der mich in meinem unbeholfenen Sprachversuchen mit unangenehmem Enthusiasmus bestärkte, meine Bestellung loszuwerden, doch als mein Essen kam, dampfend und übergossen mit einer brutal scharfen Soße, konnte ich spüren, daß der Ausdruck auf meinem Gesicht jenem glich, den ich so oft auf dem Gesicht meiner Mutter gesehen hatte, wenn sie vor ihrem Tablett mit den glibberigen Krankenzimmersubstanzen saß. Gedemütigt sah ich, daß die welken Gäste um mich herum mit offensichtlichem Vergnügen kräftig zulangten, und erinnerte mich daran, daß ich keine Schwierigkeiten gehabt hätte, einen schönen knackigen Salat und ein erfrischendes Glas Eistee zu bekommen, wenn ich jetzt in Chicago gewesen wäre.

Als ich zurückkam, saß Norman auf seiner Veranda und plauderte mit einem Mann und einer Frau, die ungefähr in meinem Alter zu sein schienen. Alle drei nippten an geeisten Gläsern, und ganz in der Nähe krabbelte ein kleiner Junge auf dem Boden und bellte drohend einen unglücklichen Setter an. «Hör bitte auf damit, John-John», sagte der Mann.

«Oh, das macht ihm nichts», sagte Norman und lächelte mich zur Begrüßung an. «Mister ist an Kinder gewöhnt, stimmt's, Mister?» Der Hund gähnte genußvoll, während Norman ihm das Ohr kraulte. «Mister und das alte Karnickel gehören unseren Nachbarn, aber sie kommen gerne auf Besuch.»

«Entschuldigen Sie», sagte der Mann, während der Junge auf einer spiralförmigen Bahn davonraste, wobei er zischte wie ein Luftballon, aus dem die Luft entweicht. «Ich bin Simon Peter Murchison, und das ist meine Frau Annette. Und jene würdige Persönlichkeit, die sich derzeit gerade im Kompost vergnügt, ist unser Erstgeborener, John-John.»

«Ist es denn zu glauben?» sagte Annette. «Das kleine Hemdchen haben wir ihm in Florenz gekauft.»

«Ich hoffe, Sie sind nicht in Eile», sagte Norman. «Wollen Sie sich nicht setzen und mit uns einen Drink nehmen, bitte? Dolores –» rief er.

«Woher hat unser Sohn nur dieses *Benehmen*?» Annette lud mich mit einem Lächeln dazu ein, ihre Verwunderung zu teilen.

«Ja, wir sind ziemlich rumgekommen seit seiner Geburt», warf Simon Peter obenhin ein.

«Aus Spaß?» fragte ich.

«Aus Kostengründen.» Er kicherte seinen Drink an. «Universitätsgehälter.»

«Wie angenehm, auf einem Gebiet tätig zu sein, das einem das Reisen ermöglicht», sagte ich artig, während ich mich reckte, um auf seine Armbanduhr sehen zu können.

«Geschichte der Kirchenarchitektur in Kolonialländern», sagte Simon Peter. Wir alle schauten hinauf zu den Silhouetten der Kreuze, die um uns herum auf den Berggipfeln standen, schwarz vor dem leuchtenden Himmel.

«Die sind einfach köstlich, Norman», sagte Annette und

nahm von Dolores einen neuen Drink entgegen. «Was tust du da rein?»

«Oh, so ziemlich alle Sorten Obst, die du dir vorstellen kannst. Und so ziemlich alle Sorten Alkohol, die du dir vorstellen kannst.» Norman zwinkerte mir zu.

«Lehren Sie jetzt hier?» fragte ich Simon Peter.

«Ich nehme hier ein Semester mit», sagte er. «Aber im Prinzip leben wir derzeit in Europa.»

Annette wandte sich mir zu. «Kennen Sie Europa?»

«Nein», sagte ich.

«Sie sollten es kennenlernen», sagte sie. «Sie sollten es ausprobieren. Die Sachen, die hier gut sind? Dort sind sie noch besser. Natürlich, die Preise sind kräftig gestiegen, seit wir das erste Mal da waren. Aber auch hier sind die Preise, trotz der Abwertungen, auf einem vollkommen anderen Niveau als früher. Die Preise hier wachsen uns richtig über den Kopf, bei Simon Peters Gehalt.» Sie warf einen mürrischen Blick hinüber zum Haus. «Sie haben hier aber wirklich etwas Günstiges gefunden.»

«Ich bin nur für kurze Zeit hier. Außerdem», sagte ich mit Absicht, «habe ich einen kleinen Geldbetrag geerbt.»

«Na also», sagte sie. «Seht ihr?»

«Wie dem auch sei, wir sind froh, Sie bei uns zu haben», sagte Norman.

«Für Kinder scheint es ein herrlicher Platz zu sein», sagte ich.

«In vieler Hinsicht, ja», sagte Simon Peter mit einem Anflug von Bedachtsamkeit. «In vieler Hinsicht stimmt das, würde ich sagen. Zumindest sind sie sehr glücklich.»

«Diese Kinder können es sich leisten, glücklich zu sein», sagte Annette. «Sie sind total verzogen.»

«Na ja, trotzdem», sagte Norman.

«Nein, es ist eine Schande», sagte Annette. «Ich kenne

diese Leute. Meine Eltern sind, bis ich zwölf war, jeden Winter hergekommen. Diese Leute sind lieb und nett; ich bin unter ihnen aufgewachsen. Sie wollen niemandem weh tun – sie sind Indios. Aber sie sind so verantwortungslos. Sie kriegen ein Kind nach dem anderen; man kann ihnen nicht beibringen, das endlich zu lassen. Und sie haben nicht genug zu essen, sie haben nicht genug Geld, also hungern sie. Und neuerdings sind sie unehrlich geworden. Früher konnte man ihnen sein Haus mit allem Silber und was weiß ich zum Einhüten anvertrauen, wenn man verreist war. Jetzt stehlen sie einem auf offener Straße die Brieftasche.»

«Es sind wirklich gute Menschen», sagte Norman zu mir. «Zum größten Teil. Und die Kleinen sind Schätze.»

«John-John», ermahnte Simon Peter seinen Sohn, der über einer Pflanze lauerte, hinter der zuckend das Kaninchen hervorlugte.

«Nein, ich liebe diese Leute, Norman», sagte Annette. «Aber man kann ihnen nicht mehr trauen. Na ja, jeder muß essen, natürlich. Das verstehe ich. Aber sie vermehren sich wie –» Annette sah ärgerlich hinüber zu dem Gebüsch, wo John-John mittlerweile mit einem Stein in der Hand hockte – «wie ich weiß nicht was.»

«Na ja», sagte Simon Peter, «das Klima ist immer noch ideal.»

«Waren Sie schon oben auf dem Berg?» Annette deutete hinauf in den leeren Himmel.

«Ich bin gerade erst angekommen», sagte ich.

«Wir gehen mal rauf, solange Sie da sind», sagte sie. «Da oben gibt es einige ausgezeichnete Märkte. Man bekommt nach wie vor wundervolle Stoffe und Keramik zu lächerlichen Preisen.»

«Wie schön», sagte ich. «Also ...» Ich hatte das Gefühl, genug Zeit mit diesen geistlosen Plünderern vergeudet zu haben. «Ich muß jetzt wirklich nach oben.» Als ich stand, merkte ich, wie stark Normans Drink gewesen war.

«Will irgend jemand zum Abendessen bleiben?» fragte Norman.

«Du fändest es bestimmt toll, wenn Mami dich hier ließe?» sagte Annette zu John-John. «Danke, Norman. Ich wünschte, wir könnten bleiben.»

«Na ja, kommt bitte bald wieder», sagte Norman. «Sandra wird darauf brennen, euch beide zu sehen.»

«Los jetzt, Schatz», sagte Annette zu John-John. «Wir sagen jetzt gute Nacht.»

«Sie wird Ende der Woche kommen», sagte Norman. Wir alle sahen hinüber zu John-John, der an Annettes Hand zerrte und ein immer tieferes wortloses Gewimmer von sich gab. «Sandra.»

«Na, ist das nicht herrlich, Norman», sagte Simon Peter und runzelte die Stirn.

Das ist es also, was man unter «Reisen» versteht und unter «Urlaub machen» – diese unschiffbaren Strömungen, dieses plötzliche Eintauchen in das Leben gänzlich Fremder, in ihr kümmerliches, fürchterliches Leben.

In jener Nacht kam der Schlaf über mich wie ein großes Schiff, das zwischen dem dunklen Himmel und dem dunklen Wasser dahingleitet, und es trug mich fort in eine Gegend, die ich entsetzt als die aus der vergangenen Nacht wiedererkannte, ehe ich das Bewußtsein verlor. Meine Träume wanden und vermischten sich, bis ich mir meinen Schlaf nicht länger bewahren konnte und erschöpft aufwachte, von einer kreischenden Menge auf das Bett geschleudert, auf dem ich mich wiederfand.

Die Luft war prickelnd und strömte frisch durch die offenen Fenster herein. Während ich dalag und versuchte, dem Schlaf endgültig zu entfliehen und zu Bewußtsein zu kommen, durchfuhr mich eine Erinnerung wie ein tiefer, vibrierender Ton: Meine Mutter stand im Wasser und lächelte mich an. Sie war kaum älter als ich jetzt. Ich trug einen vanilleeisfarbenen Badeanzug, mit ganz auffälligen Pünktchen – ungewöhnliche, herrliche Farben. Meine Mutter streckte die Hand aus, um mich weiter hinauszulocken. Der kühle Sand, auf dem ich stand, wurde wieder und wieder vom sanften Pulsschlag des Wassers durchnäßt. Jedesmal wenn eine Welle zurücklief, gab der Sand unter meinen Füßen nach, um sich dann, bevor die nächste kam, auf geheimnisvolle Weise wieder zu glätten. Ich nahm die Hand meiner Mutter und ging mit ihr ins Wasser hinaus bis zu der Stelle, wo aus dem Sand runde Steine wurden. Ich sah auf meine gespreizten Beine und auf die Steine, die in dem klaren, fremdartigen Element wackelten, wenn ich mich bewegte. Meine Mutter war glücklich. Wann hatte ich sie je so glücklich erlebt? Wo waren wir da gewesen? Ich klammerte mich an ihre Hand und schob mich weiter hinein.

Als ich wieder aufwachte, stand die Sonne als gelber, von Strahlen umgebener Kreis über dem Garten.

Ungefähr eine Woche lang sah ich Norman nicht, und die Vorhänge im Haupthaus waren zugezogen. Aber Dolores kam und ging und lächelte ihr strahlendes Lächeln, und mehrmals erschien ein Gärtner und verteilte Berge von Mist mit einem aggressiven Ausdruck von Langeweile und Sachkenntnis auf dem Gesicht, der zweifellos für Normans Augen gedacht war. Und da es mir unnötig vorkam, mich nach Norman zu erkundigen, tat ich es nicht. Morgens eilte ich hinab zu dem Zeitschriftenkiosk und trank dann, während ich die Zeitschriften durchblätterte, im Restaurant des Hotels meinen Saft und Kaffee. Ich machte Spaziergänge, dann besuchte ich das verwahrloste kleine Museum der Stadt, und nach dem

Mittagessen schloß ich mich oft einer Busladung raubgieriger Touristen an, um eines der nahe gelegenen Dörfer zu besuchen, wo die Indios Stoffe webten oder Kupfer schmiedeten, oder ich ging auf den Platz und las über die Geschichte der Gegend. Anschließend kaufte ich für das bescheidene Abendessen ein, das ich dann in meinem Apartment zubereitete. Ich hatte keine Zeit zu vergeuden.

Eines Morgens dann, als ich nach unten kam, sah ich Norman mit einem Stapel Päckchen aus seinem Wagen steigen. Er machte einen fröhlichen Eindruck in seinen frischen weißen Sachen, und er winkte mir freundlich zu, als er zum Haus ging.

«Was hast du mir mitgebracht?» rief ihm eine Frau von der Haustür entgegen. «Leckereien», sagte sie. «Gut. Und siehe da – ein amerikanisches Mädchen. Er ist wunderbar», sagte sie zu mir. «Er tut alles, was er kann, um mich fernzuhalten vom – um mich bei Laune zu halten. Sie *sind* doch ein amerikanisches Mädchen, oder? Sie verstehen, was ich sage?»

«Das ist unsere kleine Untermieterin, Sandra», sagte Norman.

«Na ja, wenigstens hat er mir nicht die Van Kirks hergebracht», fuhr die Frau fort. «Oder die Murchisons. Oder, Gott bewahre, die Geldzahlers.»

«Also bitte, Sandra», kicherte Norman zögernd in meine Richtung.

«Aber die werden noch früh genug hier sein. Und außerdem», sagte Sandra, «lieben wir sie. Sie sind unsere Freunde. Jetzt –» sie lächelte mich förmlich an – «bleiben Sie wenigstens auf ein – ein Glas Saft bei uns, oder gehören Sie zu diesen ach so beschäftigten Leuten, die immer gerade dringend irgendwohin müssen?»

«Hier gibt es nichts, wo man dringend hin muß», sagte Norman.

«Ich bleibe einen Augenblick», sagte ich widerstrebend, «aber ich habe noch einiges zu erledigen.» Was wäre, wenn das Hotel nur bis zu einer bestimmten Zeit Frühstück servierte?

«Dolores –» Sandra sah sich um und verließ dann den Raum.

«Also...» sagte Norman und setzte sich.

Ich konnte natürlich mit den Zeitschriften bis nach dem Frühstück warten, aber ich hatte nichts zu lesen bei mir. Außerdem hatte ich geplant, direkt nach dem Frühstück ins Museum zu gehen, und der Kiosk lag nicht auf dem Weg.

«Wie schön», sagte ich zu Norman, «daß Ihre Frau angekommen ist.»

«Sieht gut aus, nicht wahr?» sagte er unbestimmt.

«Sagen Sie», meinte Sandra, als sie zurück ins Zimmer kam, «spielen Sie Bridge? Oder Golf?» Sie war groß und sah sportlich aus, und ihr schulterfreies Kleid stand ihr, aber sie hatte das harte Fleisch von jemandem, der zu lange am Swimmingpool gelegen hat.

«Ich bin keine große Spielerin», sagte ich.

«Gut», sagte sie und warf ihr drahtiges bronzenes Haar zurück. Ihre sinnliche, ein wenig klapprige Vitalität schien sie zu ärgern, und ich war dankbar, im Besitz eines folgsamen Körpers zu sein. «Norman spielt nur, um sich zu Tode zu langweilen.» Norman, der mit irgendwelchen kleinen Holzklötzchen herumgefummelt hatte, lächelte vorsichtig zu seiner Frau empor, doch sie vermied es, ihn anzusehen. «Früher hat es solchen Spaß gemacht mit ihm. Danke, Dolores.» Sie strahlte Dolores an, die vor jeden von uns ein Glas Saft hinstellte. «Ach ja. Sie müssen kommen und mich unterhalten, wenn er mit seinen... *Kumpels* spielt.» Sie wandte sich plötzlich an Norman. «Was hast du da?» fragte sie.

«Oh», sagte er und öffnete die Hand, in der ein kleiner Hund zum Vorschein kam, den er aus den Holzklötzchen zusammengesetzt hatte. «Eins von diesen blöden Dingern. Niedlich, nicht? Aus Japan.» Er und Sandra starrten staunend und geistesabwesend auf die kleine Figur in seiner Hand.

«Was für hübsche Gläser», sagte ich und griff nach meinem Saft.

«Ja», sagte Sandra. Sie wandte sich von Normans Hand ab. «Diese hier. Ja, sie sind ganz hübsch, nicht wahr? Sie kommen hier aus der Gegend. Ein Jammer, daß sie nicht mehr hergestellt werden.»

«Na ja, wir haben unsere ja», sagte Norman und zog vergnügt eine Augenbraue hoch. «Wir haben sie uns vor Jahren angeschafft, und wir haben sie noch immer.»

«Wie alles, was wir uns vor Jahren angeschafft haben», sagte Sandra gereizt. Sie trank einen Schluck Saft, stellte ihr Glas ab und schob es auf dem Tisch ein Stück von sich fort. «In der Gegend hier wurden früher so wunderschöne Sachen produziert», sagte sie zu mir. «Norman und ich haben sie kofferraumweise mit nach Hause gebracht. Oh, diese Fahrten!» Sie sah Norman einen Augenblick an. Als sie wieder wegsah, streckte sie ihre Hand aus, und er drückte sie. In dem langen Schweigen war ich Lichtjahre von ihnen entfernt.

«Möchtest du irgendwas anderes als den Saft, Liebling?» sagte Norman.

«Ob ich irgendwas anderes als den Saft möchte?» Sandra sah ihn an und entzog ihm ihre Hand.

«Nein, ich meinte nur –» sagte er und hielt inne. Er stellte den kleinen Holzhund auf den Tisch und beobachtete ihn, als würde er gleich ein Kunststück vorführen.

«Nun», sagte Sandra und schien sich meiner zu erinnern. «Aber ich hoffe, Sie haben eine schöne, schöne Zeit.»

«Hat sie», sagte Norman.

«Wir jedenfalls genießen es immer sehr hier», sagte Sandra. «Wunderbares Klima, wunderbare Freunde – Pool, Sonne, Tennis...»

«Und sie sind ein fröhliches Volk», sagte Norman.

Mein Tag war natürlich ziemlich verdorben. Um wenigstens etwas von ihm zu retten, ging ich durch eine mir unvertraute Straße zum Platz; zwar sahen alle Straßen gleich aus, und die Mauern, deren Farben ein bejahrter, pulvriger Flaum dämpfte, verbargen das meiste von dem, was dahinter lag, aber jeder Hauseingang und jedes Tor gaben den Blick frei auf eine kleine Szenerie, so präzise und geheimnisvoll wie ein Bühnenbild, und heute ging ich langsam, um zu schauen. Hier und da sah ich den Ausschnitt eines mit abgefallenen Blüten übersäten Gartens oder den gewundenen Stamm eines Baumes, dessen Zweige sich über die Mauern reckten. Ich kam an einem Laden vorbei, wo Papierwaren mit einem Stolz und einer Sorgfalt ausgestellt waren, als handele es sich um kostbare Raritäten, und an einem winzigen Restaurant, das aus einigen lustig angemalten Tischen und einem Ofen bestand, auf dem ein Schmortopf stand. Ein juwelenfarbener Papagei führte von seiner Stange aus die Aufsicht. Ganz in der Nähe, auf einem überdachten Plätzchen, lehnte sich eine Frau gegen einen polierten Sportwagen und ruhte sich mit geschlossenen Augen aus. Sie trug eine kleine Uniform mit einer gestärkten Schürze und fächelte sich langsam mit einem großen, steifen Blatt Luft zu. Hinter ihr erkannte ich einen Abhang mit winzigen Hütten, der sich endlos hinzog. Wäscheleinen hingen kreuz und quer, und Kinder spielten. Einige Ponies – es waren natürlich echte Ponies – standen da und schlugen mit den Schwänzen. Als das Dienstmädchen seine großen Obsidianaugen öffnete, fühlte ich mich unbehaglich, als würde aus ihnen etwas Mächtiges hervorströmen. Aber sie schien mich nicht zu sehen. Vielleicht war ich unsichtbar in dem grellen Licht.

Später schlenderte ich über einen Markt unter freiem Himmel, den ich erst jetzt entdeckt hatte. Eine Schar Miniaturen auf einer Wolldecke zog mich an, und ich nahm eine auf, um sie zu bewundern. Sie stellte eine winzige Szene dar, die genau der glich, vor der ich in diesem Augenblick stand: Eine Frau mit einem Tuch um Kopf und Schultern und einem langen Rock saß hinter ihrem Warenarrangement, genau wie die Frau, die jetzt zu mir aufsah. Aber die Miniaturfrau verkaufte winzige Lebensmittel – Karotten und Schalotten, Tomaten und Milchflaschen, wie man sie sich kleiner nicht vorstellen konnte. Ich war hingerissen von der winzigen Darstellung; doch als ich das Ganze ein wenig kippte, um das Gesicht der Spielzeugfrau zu betrachten, sah ich, daß es ein Totenschädel mit in verzückter Gier geöffnetem Mund war. Als die Marktfrau meinen Gesichtsausdruck bemerkte, brach sie in schallendes Gelächter aus, und meine Hand schien an dem gräßlichen Spielzeug festgefroren zu sein. Ich zitterte, als ich zum Zeitschriftenkiosk kam. Beide Jungen sahen mich besorgt an, und ich war froh, daß wir uns nicht verständigen konnten.

In meinem Apartment an jenem Abend begegnete ich mir selbst im Spiegel. Ein amerikanisches Mädchen – kein Wunder, daß Norman und Sandra darauf bestanden, ich sei jung. Ich hatte ein zierliches Gesicht mit ungewöhnlichen Zügen erblickt, mit einem fast aggressiv frischen, rosigweißen Hautton, der weder inneren noch äußeren Unwettern ausgesetzt gewesen zu sein schien. Ich war immer davon ausgegangen, daß für mich das Leben ungefähr in dem Alter beginnen würde, das ich jetzt erreicht hatte; es war das Alter, in dem für meine Mutter, wie sie fand, das Leben begonnen hatte, das Alter, in dem sie zum ersten und einzigen Mal geheiratet, in dem sie ihr erstes und einziges Kind empfangen hatte. Doch schon bald nach jenem späten, kurzen Aufblühen ihres Lebens blieb sie allein mit einem Ehering, einer Unterhaltsregelung, einer Krankheit und einer Tochter natürlich – einer Tochter, die nunmehr vierunddreißig Jahre alt war.

Seit Sandras Ankunft war unten sehr viel mehr los. Sandra und Norman lagen häufig draußen in der Sonne oder saßen auf der Terrasse, wo Dolores ihnen auserlesene kleine Mahlzeiten servierte. Abends gaben sie oft Gesellschaften. Die Gäste, nicht selten Leute, die in den Vereinigten Staaten kaum ein Wort miteinander gewechselt hätten, fühlten sich hier verbunden, weil sie – basierend auf der Kaufkraft ihrer Dollars – an ihre eigenen Verdienste glaubten und damit notwendigerweise auch an die ihrer anwesenden Landsleute. Sie bekräftigten diese Überzeugung durch permanente Klagen über die Stadt (und es stimmte, daß nichts jemals pünktlich geschah, daß nichts ordentlich erledigt wurde, daß es immer wieder zu endloser und unerklärlicher Verknappung von Waren kam – es war eine Welt des ärgerlichen Schulterzuckens und des Lächelns), und sämtliche Gespräche an diesen Abenden bewegten sich in einer Atmosphäre der Komplizenschaft Exilierter, von denen niemand in der Vergangenheit irgendwelche Demütigungen oder Enttäuschungen erlitten hatte, von denen in der Tat niemand überhaupt irgendein Vorleben zu haben schien. Keiner fragte mich auch nur ein einziges Mal nach meinem Leben. Jegliche scharfkantigen Überbleibsel des Lebens «daheim», die so manchen geschmeidigen Nachmittag zu entstellen vermochten, wurden in den Alkoholfluten der Nächte weggespült. Die Morgensonne brannte die Katerstimmung aus. Es gab nur einen herrlichen Tag nach dem anderen, und das Leben wurde vergeudet.

Während dieser Parties bei Sandra und Norman ging ich so früh wie möglich nach oben. Aber der Lärm von Stimmen und

Gelächter schien in meinem kleinen Apartment noch verstärkt zu werden, und nach ein oder zwei Stunden war ich zittrig vor Kummer und Wut, wie man sich fühlt, wenn man krank ist. Wenn es mir gelang, mich einem derartigen Ereignis ganz und gar zu entziehen, erschien bestimmt Dolores an meiner Tür mit einer Einladung, mich doch der Gesellschaft anzuschließen, und wenn ich sie an solchen Abenden mit Entschuldigungen und Ausflüchten wieder nach unten schickte, kam sie mit einem Tablett voller Partyhäppchen zurück, dekoriert mit Blumen oder Papiergebilden oder geschnitzten Miniaturen. Gewöhnlich stellte ich das Essen in den Eisschrank und hob es mehrere Tage auf, ehe ich es wegwarf, doch einmal schmiß ich es, obwohl ich schrecklich hungrig war, wütend in den Mülleimer, sobald ich hinter Dolores die Tür geschlossen hatte. Wenn keine Parties stattfanden, saß ich bei gedämpftem Licht drinnen, denn ich fürchtete die anstrengenden Zudringlichkeiten von unten, die zweifellos einsetzen würden, sobald ich mich auf meinem Balkon blicken ließ.

Eines Abends ging ich, um Sandra und Norman zu entkommen, auf den Platz. Und als ich mich näherte, stellte ich erstaunt fest, daß die ganze Stadt auf den Beinen war. Die Mauern entlang der Straße strahlten die gespeicherte Hitze des Tages aus, und ein plötzlicher Duft nach Honig erfüllte die Luft, während von allen Seiten Arm in Arm die Menschen herbeiströmten und sich auf die verzierten Bänke oder die Ränder der gekachelten Brunnen setzten oder die schmalen Pfade entlangschlenderten. Der Himmel verfloß von Rosa zu Grün, und über ihn hin schossen in weiten Bögen kreischend die Vögel und ließen sich mit der Dunkelheit in den Bäumen nieder.

Ich fand ein Plätzchen für mich auf einer Bank zwischen zwei älteren Frauen. Obwohl mir gegenüber, hoch am Himmel, der Schimmer des Tageslichts hing, war es hier, unter dem Baldachin von Bäumen und Vögeln, bereits tiefe Nacht. Das stetige, verworrene Spiel der Brunnen verwob sämtliche Geräusche zu einem, und kleine Lampen ergossen ihr Licht über die glänzenden Blätter. Rings um den Platz füllten sich die Cafés mit Gästen.

Niemand belästigte mich. Niemand sprach mich an. Ich sah den Kindern zu, die durcheinanderpurzelten, die kleinen Pfade rauf und runter Fangen spielten oder einander große, leuchtende, schwerfällige Bälle zukickten. Zwei kleine Mädchen in identischen gestärkten Rüschenkleidern kauften von einem Jungen, der kaum älter war als sie, einen Luftballon. Fachmännisch befreite er den Ballon ihrer Wahl aus der mächtigen Traube, die über ihm tanzte. Eine Gruppe kleiner Mädchen mit Bändern in den seidigen schwarzen Haaren tapste in kindlichem Wackelschritt unter einem Strom durchsichtiger Kugeln einher, die ein Seifenblasenverkäufer aus seinem Zauberstäbchen erblühen ließ. Kleine Jungs rannten die niedrigen Stufen einer Steintreppe hinauf und rutschten wieder und wieder das breite Geländer herab. Teenager saßen eng umschlungen, küßten sich oder lasen Comics, und ältere Paare spazierten Hand in Hand. Einige Verkäufer hatten Tücher ausgebreitet, um ihre Waren auszulegen, und andere verkauften von Karren herab Süßigkeiten oder frisch gepreßte Fruchtsäfte. Musiker spielten – die einen in Gruppen, andere einzeln –, ohne voneinander Notiz zu nehmen. Dann tauchte in dem kleinen bonbonförmigen Musikpavillon eine Band auf, und der messingne Glanz der Blechblasinstrumente drang weiter als ihr Klang. Die poröse Nacht verschluckte sogleich alle Geräusche, und dann umspülte einen das Treiben schweigend wie in jenen Träumen, in denen der Körper gefesselt und die Stimme aufgesogen wird, während man darum kämpft, in die Welt des Wachseins durchzudringen.

Nach diesem Erlebnis floh ich am Abend oft auf den Platz. Es war, als wäre man Teil einer kleinen Spieldose. Jeden Abend nahmen die Figuren ihre Positionen ein – die Vögel, die Jungen und Mädchen, die Eltern, die Großeltern, die Paare, die Verkäufer und die Musikanten, alle begaben sich zur gleichen Zeit an ihre Plätze, und die Männer, die Seifenlauge verkauften, bliesen unermüdlich ihre Ströme von Seifenblasen in die Luft, während die kleinsten der Kinder verzaubert unter ihnen herumwirbelten.

Später, wenn ich schlief, brodelte und pulsierte es in der Stadt. Gesichter, die mir auf dem Platz kaum aufgefallen waren, tauchten um mich herum auf und redeten auf mich ein, doch konnte ich die Worte nicht verstehen. Im blassen Glanz meiner Träume brachen die blühenden Mauern entlang der Straßen auf und gaben den Blick frei auf breite Adern von Papphütten, in denen sich Leiber im Schlaf hin und her warfen und stöhnten. Frauen saßen in ihre Tücher gehüllt; sie streckten die Arme aus, doch als ich Kleingeld in ihre geöffneten Hände legte, warfen sie es auf den Boden und kreischten. Ich war krank; ich lag im Bett und träumte, die Hände auf der Bettdecke, und war unfähig, mich zu rühren oder zu schreien. Meine Mutter stand mit dem Rücken zu mir, Mondlicht floß auf sie herab. Sie goß durchsichtigen Saft aus einem Krug in ein Glas, ohne daß es irgendein Geräusch gab. Mit einem schmerzvollen Grinsen auf dem Gesicht drehte sie sich um und kam zu mir herüber, wobei sie einen Luftballon an einer Schnur tanzen ließ. In dem Ballon war ein Baby. Sein Gesicht schwamm, schrecklich verzerrt, der Oberfläche zu. Meine Mutter ruckte grinsend an der Schnur und ließ den Luftballon tanzen. Ich sah ihn fallen, ich sah ihn, plötzlich in weiter Ferne, auf die Schieferplatten hinabstürzen, aber brüllende Stille verschluckte das Geräusch des Aufpralls.

Ich wachte in der Ruhe vor der Dämmerung auf, stets mit

klopfendem Herzen. Dann goß ich mir ein Glas Wasser ein. Während ich in meinem Zimmer auf und ab ging, trank ich es langsam leer, um meinen Atem zu regulieren. Das Mondlicht, das in meine Träume geströmt war, hatte einer weicheren Dunkelheit Platz gemacht, aber wie hell die Sterne noch waren – wie winzige Löcher in einer Haut, die ein reines Licht hinter sich verbarg. Oft wußte ich kaum, wo ich war, während ich mein Wasser trank und auf und ab ging, so sehr hatte sich die Welt im Schlaf verändert. Und überall um mich herum schlüpften die Traumbilder von meiner Mutter – vergessene Bilder aus allen Altersstufen, in denen ich sie gekannt hatte – in den Schatten davon. Ich selbst war in meinen Träumen alterslos, so alt, wie man in der eigenen Wahrnehmung stets ist. Die Erschöpfung ließ mich dann in mein Schlafleben zurückfallen, das unabhängig von mir seinen Lauf zu nehmen schien, genau wie das Leben, in das mein Körper am Morgen eintauchte. Und nach einigen weiteren Stunden spürte ich, wie ich mich mühsam wieder befreite, doch in dem Moment, da ich an die sonnenbeschienene Oberfläche emporschoß, begann das Bild sich zu drehen, und ich tauchte im Erwachen hinab in eine Tageswelt, die ebenso wandelbar war wie meine Träume.

Nachmittags, wenn die Sonne die Stadt zu undurchdringlichen, verläßlichen Formen gebacken hatte, saß ich auf dem Platz und erfrischte mich, indem ich über das Schicksal der Völker las, die die Gegend besiedelt hatten. Während der gesamten Geschichte militärischer Auseinandersetzungen hatte der Besiegte stets bis zu einem gewissen Grade den Sieger assimiliert und sich damit letztendlich eine subtile Form der Überlegenheit gesichert. Und obwohl die stattlichen Städte, von denen man vermutete, sie seien schichtweise unter mir begraben, ebenso unsichtbar waren wie der Berg, auf dem noch die Überreste der Pyramide standen, hatten unter diesen

Menschen, die um mich herum auf dem Platz ihren stillen Verrichtungen nachgingen, Nester uralter Sprachen und Bräuche unbeschadet überlebt. Es schien mir bemerkenswert, daß diese Menschen an den Rändern einer Geschichte hausten, die inzwischen andernorts gemacht wurde, und dennoch die leibhaftigen Nachkommen nicht nur der letzten – feurigen spanischen – Eroberer, sondern auch jener strahlenden Völker waren, die hier geherrscht hatten, als dies das Zentrum der Zivilisation war. Ich las über sie alle – eine Kette lebensvoller untergegangener Reiche, die mit der Herrschaft eines kriegerischen, vom Tode besessenen Volkes endete, das technologisch und kämpferisch vollkommen, ansonsten aber weniger entwickelt war als seine Vorgänger. Diesen letzten indianischen Herrschern hatte die Pyramide als ein Altar für Menschenopfer gedient, und ich brachte es nicht über mich, die Ruinen zu besichtigen. Ich fragte mich, ob Norman oder Annette jemals an das Blut dachten, das die Steinstufen hinab über sein Picknickplätzchen und ihren Marktflecken geströmt war.

Eines Nachts, als ich vom Platz den Hügel hinaufkam, fand ich Norman und Sandra auf der Terrasse, zusammen mit einem jungen Paar, das ganz und gar anders war als die geröteten, knollenförmigen Wesen, denen man sonst dort zu begegnen pflegte. «Kommen Sie her», rief Sandra. «Ich möchte, daß Sie Marcos und Eileen kennenlernen.» Der Rock der Frau lief von ihrer schmalen Hüfte ab auseinander, und ihre spielzeugkleinen Stöckelschuhe waren verblüffend weiß und frei von jeglichem Staub. «Sie sind unsere Nachbarn.»

«Ja, ich bin Marcos», sagte der Mann und war aufgestanden. «Und meine Frau, Elena.»

«Also, wie bin ich bloß auf ‹Eileen› gekommen?» sagte Sandra.

«Wem darf ich etwas zu trinken bringen?» sagte Norman und klatschte in die Hände.

«Dolores hat heute ihren freien Abend», sagte Sandra. «Gott weiß, was sie treibt.»

«Was ist denn das, was du da trinkst, Norman?» fragte Elena und streckte einen schlanken Arm aus.

«Wasser.» Norman lächelte einfältig.

«Ja, klar doch, aber laß mich probieren», sagte Elena. Ihre langen roten Nägel funkelten auf dem Glas.

«Ein bißchen Wasser», sagte Norman, während Elena vorsichtig einen Schluck trank.

«Ein bißchen Wasser mit einem großen Schluck Gin drin», sagte Marcos.

«Ja, gib mir bitte auch so einen, Norman», sagte Elena.

«Mir auch», sagte Marcos.

«Für mich nichts, danke», sagte ich.

«Oh, ich bitte Sie», sagte Sandra.

«Nein, wirklich», sagte ich. «Vielen Dank.»

«Die beiden wohnen nebenan», sagte Sandra und deutete auf die Hecke, aus der heraus Mister und das Kaninchen häufig ihre Auftritte begannen. «Und *sie*» – sie hakte sich bei mir ein – «wohnt oben. Sie kommt von weither aus – Amerika.» Sandra landete erleichtert auf dem Wort. «Und jetzt steht sie hier in diesem Garten. Sie *haßt* uns, stimmt's?» Sandra zwinkerte Elena zu. «Wir sind schreckliche Nachbarn, und sie haßt uns.»

«Bitte, Sie müssen mir verzeihen», sagte Elena zu mir. «Ich spreche nicht sehr gut Englisch. Marcos, mein Mann, er spricht es sehr gut.»

«Du sprichst Englisch wie eine Prinzessin», sagte Sandra. «Wie eine Prinzessin. Ist es nicht seltsam, daß man direkt neben Leuten wohnt und sie nie zu Gesicht bekommt?» Marcos lächelte und ließ einen Moment lang einen dunklen Glanz zu Sandra hinüberfließen.

«Also», sagte Norman. «Dreimal Wasser, noch einmal Wasser und einmal Nichts.»

«Norman und ich haben diesen reizenden Leuten gerade von einigen unserer anderen Freunde hier in der Stadt erzählt», sagte Sandra. «Also. Ihr sagt, daß ihr Dr. Rafaelson und seine Frau nicht kennt. Skipper und Lillian.»

«Leider nicht», sagte Marcos mit Entschiedenheit.

«Mal sehen», fuhr Sandra fort. «Die Van Kirks, die Geldzahlers, die Murchisons – oh! Die Dawsons müßt ihr kennen. Sie machen viel Wohltätigkeitsarbeit in der Kirche.»

Elenas schwarzes Haar schien sich geschmeidig zu strecken und zu atmen, als sie es zurückstrich. «Ich glaube nicht, oder, Marcos?» Marcos nahm einen Schluck von seinem Drink und schüttelte den Kopf, ohne aufzusehen. Ich fürchtete, ohne eigenes Gerichtsverfahren zusammen mit den übrigen Invasoren aus den USA verurteilt zu werden.

«Also, wir können uns alle glücklich schätzen, in einer Stadt mit so netten Leuten zu leben», sagte Norman.

Mister zwängte sich durch das Gebüsch und setzte sich zwischen seine Besitzer. Er sah bewundernd zu Marcos auf und klopfte mit dem Schwanz auf den Boden, und Marcos hob zur Begrüßung sein Glas. «Ein Furz auf Mister», sagte Sandra, während Elena sich vorbeugte, um sein Fell zu streicheln.

«Ein Furz auf Mister», sagte Norman. «Mister Furz. Wir lieben Mister», erklärte er mir.

«Mister ist ein sehr guter Hund», sagte Elena. «Um Mister zu kriegen, wir mußten dahin gehen, wo – wie heißt das, wo –»

«Tierheim», sagte Sandra. «Hundezwinger.»

«Da, wo sie die Hunde machen, die die Vergangenheit haben, die gute Familie...»

«Hundezüchter», sagte Norman.

«Ja, und jetzt, wenn Mister gute Kinder hat, sind sie sehr viel in US-Dollar wert.»

«O ja», sagte Norman. «Hinreißende Viecher, Setter. Sandra und ich haben selbst eine Menge wunderbare Tiere gehabt.»

«Aber wir versuchen nicht, wir versuchen nicht, daß er, wie sagt man das?»

«Das ist etwas, was wir nicht sagen.» Sandra stieß mich heimlich in die Seite. «Das sagen wir nicht.»

«Decken», sagte Norman und nickte.

«Ja, daß er deckt», sagte Elena. «Diese Sache interessiert uns nicht.»

«Nein, wen interessiert das schon?» sagte Sandra. «Lüsterne alte Köter. Oh, Mister weiß, daß ich ihn liebe.»

«Ja, wenn sie gesund sind, die Kinder, das ist es, was uns interessiert», sagte Elena.

«Schauen Sie.» Marcos legte behutsam einen Finger auf mein Handgelenk. «Können Sie ihn sehen?» Und dort, wo er hinzeigte, konnte ich ganz schwach die Umrisse eines Gipfels erkennen – so schwach, als wäre der wirkliche Gipfel hinter uns und würfe seinen Schatten dorthin –, der die anderen überragte.

«Der Berg», sagte ich glücklich. «Es ist das erste Mal, daß ich ihn sehe.»

«Er zeigt sich höchst ungern», sagte Marcos.

«Nein?» Ich reagierte unwillig auf seine Sprödigkeit. «Warum nicht?»

«Das ist heiliger Boden», sagte er und zeichnete ein Muster auf sein beschlagenes Glas. «Früher wurden dort oben junge Mädchen geopfert.» Vielleicht hoffte er, mich damit zu schokkieren, aber natürlich war ich mit den Tatsachen längst vertraut. «Ihr Blut wurde den Göttern geweiht, die die Sonne aufgehen lassen.»

«Ich weiß», sagte ich. «Die armen Mädchen.»

Marcos zuckte die Achseln. «Die armen Götter», sagte er.

«Gezwungen, die Sonne aufgehen, die Tage ihre Kreise ziehen zu lassen.»

«Gezwungen?» sagte ich. «Ich hatte gedacht, Götter könnten machen, was sie wollten.»

«O nein.» Marcos sah zu mir auf. Ich ärgerte mich darüber, wie sehr er und seine Frau ihr gutes Aussehen zum Gegenstand des allgemeinen Interesses machten, war aber unfähig wegzusehen. «Ich bin sicher, daß es Vorteile hat, ein Gott zu sein, aber das gehört nicht dazu. Schließlich zwingt das Gebet die Götter zu reagieren, oder etwa nicht?»

«Ich würde sagen, man kann es so sehen», sagte ich. «Ich sehe es zufälligerweise nicht so.»

«Nein?» sagte Marcos. «Aber der Regen, die Offenbarung, die Vision, die reiche Ernte, die Ausstattung mit Weisheit und Macht – sogar die Erlösung –, all diese Dinge sind immer dann gewährt worden, wenn die Vorbereitung stimmte.»

«Nichtsdestoweniger», sagte ich und wurde in meiner Verärgerung ziemlich undifferenziert, «scheint mir das eine ganz schöne Verschwendung zu sein, finden Sie nicht? All die Mädchen in Stücke zu hacken, damit die Sonne aufgeht, wo sie doch heutzutage ganz von alleine aufzugehen scheint.»

«Vielleicht tut sie das.» Marcos lächelte. Unwillkürlich stellte ich mir vor, wie er sich vor dem Spiegel anzog, wie er das Hemd über seiner muskulösen Brust zuknöpfte (soweit er es zugeknöpft hatte) und dabei die Augen befriedigt zusammenkniff. «Aber vielleicht profitieren wir auch von den selbstlosen Anstrengungen unserer Vorfahren. Hier lebt die Vergangenheit in uns fort. Sehen Sie das nicht, wenn Sie mich anschauen? Das erhobene Basaltmesser, die gefesselte Jungfrau, das schlagende Herz, das aus der Brust gerissen wird –»

«Bitte», sagte ich. «Das reicht. Außerdem, jeder hat eine Geschichte. Ich nehme an, Sie wollen sagen, ich sei ein... ich sei ein...» Aber seine grausamen Späße hatten mich viel zu sehr verwirrt, als daß mir ein Vergleich eingefallen wäre.

«Ja», sagte er. «Sehen Sie? Sie wissen nicht, wer Sie sind. Sie kommen aus einer Ecke Amerikas, in der man die Ureinwohner ausgerottet hat. Für Sie ist die Vergangenheit etwas Abgeschlossenes, denn Ihre eigene Vergangenheit besteht allein aus einer Ausrottung. Was für ein trostloser Zustand, stelle ich mir vor! Sie können nicht zurückschauen und dort Ihre Gegenwart sehen, Sie können nicht nach innen schauen und dort Ihre Zukunft sehen –»

«Das mag schon sein», sagte ich gefaßt, obwohl ich spürte, daß ich rot wurde vor Wut – gewiß war es die Anwesenheit von Sandra und Norman, die diese phrasenhaften Predigten provozierte. «Aber ich bin sicher, Sie wären dankbar, wenn Sie dieses spezielle Kapitel Ihrer Geschichte ausklammern könnten. Es gibt Leute, müssen sie wissen, die so etwas barbarisch finden. Außerdem habe ich den Eindruck, daß Sie großartige Ansprüche für eine Gegend formulieren, die selbst keine originäre Kultur mehr hat. Die Leute hier kommen heutzutage von überall her.»

«Von überall her», stimmte Marcos erfreut zu. «Und bringen zivilisierte Sitten und Bräuche mit, ja? Sie kommen von überall dort her, wo man wegen Steuerhinterziehung vor Gericht gestellt werden kann. Oder wegen Kriegsverbrechen. Oder Betrug. Sie kommen wegen des Klimas.» Er sah mich an. «Und warum sind Sie gekommen?»

«Wegen des Klimas», sagte ich, und Tränen brannten mir in den Augen, als er lachte.

«Ich habe Sie verärgert», sagte er. «Aber ich spiele nur.» In dem Moment, da es ihn anfing zu langweilen, mich zu quälen, breitete sich ein beleidigter, muffiger Ausdruck über sein Gesicht. «Meine Familie ist natürlich rein spanischer Abstammung.»

«Es ist außerordentlich beruhigend», sagte ich, «zu hören, daß auch Sie ohne all diese... ‹Vorbereitung›, wie Sie das glaube ich genannt haben, den Sonnenaufgang willkommen heißen.»

«Oh, ich glaube, sie ist uns derzeit ohnehin nicht gemäß – diese Vorbereitung», sagte er. «Denn im entscheidenden letzten Moment müssen wir ja doch ohne all das zurechtkommen.»

Jetzt, da ich vollkommen außer mir war, schien Marcos mich gänzlich vergessen zu haben, und er redete, als würde er vor sich hin überlegen. «Ich fürchte, ich kann Ihnen nicht ganz folgen», sagte ich unbeholfen.

«Ja», sagte er. «Das Opfer auszuwählen, das eigene Sein der ersehnten Sache zu unterwerfen, die richtigen Bedingungen zum Gebet herzustellen – im entscheidenden letzten Moment fallen diese Mühen und Kämpfe von einem ab wie zerrissener Stoff, und der Bittsteller wird seinem höchsten Ziel ungeschützt gegenüberstehen. Ich glaube nicht, daß wir derzeit in der Lage sind, das zu ertragen.»

«Was zu ertragen, ihr beiden?» sagte Sandra und wandte sich uns zu. «Was, meint ihr, können wir nicht ertragen?» Sie machte eine unbestimmte Bewegung. «Wir können das hier ertragen. Ist ja egal –» Sie nahm meine beiden Hände, als ich aufstand, um zu gehen, und sah mir forschend ins Gesicht. «Die Hauptsache ist, *Amüsieren Sie sich?*»

«Ja», sagte ich. «Natürlich.»

«Gut.» Sie ließ mich los und schüttelte langsam den Kopf. «Weil das die Hauptsache ist.»

Nun begann Marcos in meinen Träumen zu erscheinen. Er war ein höhnischer, aufdringlicher, gewaltsamer Eindringling, aber einmal, kurz bevor ich aufwachte, zeigte er Reue und nahm mich tröstend in die Arme. Ich duschte gleich nach dem Aufstehen, aber das Gefühl, von ihm berührt worden zu sein, klebte den ganzen Tag an mir und machte mich rasend.

Ein paar Tage später wollte ich morgens gerade weggehen, als Norman und Sandra mich von der Terrasse aus riefen. «Wenn das nicht die Dame ist, über die wir gerade gesprochen haben!» sagte Sandra. «Kommen Sie, frühstücken Sie mit Mr. und Mrs. Unnütz. Dolores –» rief sie und deutete auf mich.

«Wir wollen Sie natürlich nicht aufhalten, wenn sie etwas zu tun haben», sagte Norman, als ich zögerte.

«Oh, sie hat nichts zu tun», sagte Sandra.

«Nein, der Grund, warum wir hofften, Sie heute morgen zu sehen», sagte Norman, «ist der, daß gerade sehr alte, sehr liebe Freunde von uns, Gerald und Helen Moffat, von Minneapolis eingetroffen sind und wir heute abend eine kleine Party für sie geben. Wir dachten, vielleicht hätten wir vergessen, es Ihnen zu sagen.»

«Sind sie aus Minneapolis?» fragte ich.

«Nein», sagte Norman. «Aber unsere Freunde.»

«Norman», sagte Sandra, «hast du noch mal mit Skipper und Lillian gesprochen?»

«Also», sagte Norman, «sie wollen versuchen zu kommen, aber Skipper geht es in letzter Zeit nicht sehr gut. Nichts Ernstes. Aber», sagte Norman zu mir, «es werden jede Menge reizende Leute dasein, und Sie sind auch eine reizende Person, deshalb sind wir sicher, daß die anderen Ihnen gefallen werden.»

«Danke», sagte ich. Erst mein Vormittag und jetzt mein Abend. «Ich werde ganz bestimmt kommen, sofern nicht –»

«Ja, wo –» Sandra drehte sich in ihrem Stuhl um. «Oh, da», sagte sie, als Dolores mit einem Glas Saft und einem Teller mit Spiegeleiern und Speck für mich erschien.

Norman brach von der Gardenie neben sich eine Blüte ab und legte sie auf meinen Teller. «Ist nicht alles wunderbar für Sie zubereitet?» sagte Sandra.

«Wundunderbar, wundunderbar», sang Norman.

«Und werden die Moffats bei Ihnen wohnen?» fragte ich.

«Nein, nein», sagte Norman. «Sie haben ein hübsches Häuschen hier in der Stadt. Ganz in der Nähe von unserem alten. Gleich auf der anderen Seite vom Golfclub.»

«Golfclub», sagte Sandra. «Golfclub, Golfclub. Weiß jemand, wie der eigentlich richtig heißt, Golf*club* oder *Golf*club? Wie auch immer, der Tonfall scheint etwas zu bedeuten, nicht wahr?» Ich sah sie höflich an. «‹Die Leute wohnen gleich auf der anderen Seite eines Golfclubs.› Das könnte zum Beispiel bedeuten: ein kleines bißchen dahinter, aber zu weit. Gleich hinterm Zaun, sozusagen.» Sie lachte und klatschte in die Hände. «Man würde sagen: ‹Oh, die beiden? Das sind reizende Leute, aber sie sind auf die andere Seite vom Golfclub gezogen.›»

«Ach so», sagte ich.

«Dolores», sagte Sandra, «wir *warten* auf unseren Kaffee.»

Norman wandte sich ab, um die Gardenie zurückzuschneiden. «Sie haben einen traumhaften Pool», sagte er. «Sagen Sie uns Bescheid, falls Sie ihn mal benutzen möchten. Sie werden mit Freuden zustimmen.»

«Machen Sie das, damit sie blüht?» fragte ich ihn.

«Tja», sagte Norman. «Ich weiß nicht. Die blöden Dinger blühen in diesem Klima, ganz gleich, was man mit ihnen macht.» Er stand auf, um ein paar Pflanzen zu inspizieren, die die Hecke säumten. «Das verfluchte Karnickel hat ziemlichen Schaden angerichtet, Sandra», sagte er wehmütig. «Wir müssen dem Jungen sagen, er soll die hier durch andere ersetzen.»

«Na ja, immerhin», beruhigte ich ihn, «habe ich es in letzter Zeit nicht mehr hier gesehen.»

«Ich wette, Sie lechzen schon nach Ihrem Kaffee», sagte Sandra. «Ich tue es jedenfalls, das steht fest.»

«Wo, meinen Sie, ist es geblieben?» fragte ich. «Das Kaninchen.»

Sandra verzog das Gesicht und fegte ein paar Krümel vom Tisch. «Man sehe sich bloß mal diesen Schweinkram an», sagte sie.

Norman richtete sich auf und seufzte. «Er mußte es aus dem Verkehr ziehen», sagte er und sah zu Boden. «Ich weiß nicht warum.»

Während Norman weiterschlenderte und an den Pflanzen herumzupfte, redete Sandra hastig mit leiser Stimme auf mich ein. «Ich glaube, die Leute nebenan haben das Kaninchen gegessen», sagte sie. «Aber ich will Norman das nicht sagen. Er würde einen Anfall kriegen. Er liebt Kaninchen. Dabei war dieses die reinste Pest, hab ich recht? Hat alle Pflanzen abgefressen. Aber es war niedlich. Bei uns zu Hause gibt's die Viecher nicht. Na ja, es gibt sie wohl schon, nehme ich an, man könnte sie kriegen, aber hier essen die Leute sie.» Gedankenverloren beobachtete sie, wie Dolores sich näherte, doch dann fuhr sie erregt fort. «Oh, na ja, warum auch nicht? Der Mensch muß schließlich essen.» Als Dolores uns Kaffee einschenkte, sah Sandra mich an und hob eine Augenbraue. «Danke, Dolores», sagte sie mit übertriebener Freundlichkeit.

Mir waren sie peinlich, aber Dolores schien den plötzlichen schroffen Gemeinheiten, mit denen Sandra sie von Zeit zu Zeit bedachte, keine Beachtung zu schenken. «Wir essen Kühe», sagte ich.

«Sie haben nicht zufällig so etwas wie – Valium, oder?» fragte Sandra. «Vielleicht oben?»

«Habe ich nicht», sagte ich. «Nein.»

«Na, gut für Sie. Wer braucht solches Zeug schon? Ja»,

sagte sie nach einer Weile, «das ist wahr. Wir essen Kühe. Und Hühnchen. Und Ferkelchen. Aber ekelhaft sind die Viecher alle.»

Wir saßen da und beobachteten Norman, wie er die Pflanzen beäugte. «Der Kaffee ist köstlich», sagte ich.

«Oh! Wenn Sie etwas Köstliches –» sagte Sandra und sprang auf. Sie ging hinein und kam mit einer Flasche zurück. «Probieren Sie mal», sagte sie.

«Was ist das?» fragte ich. Ich sah von Sandra zu Norman, der zurückgekommen war und neben mir stand.

«Fühlen Sie sich nicht verpflichtet, wenn Sie nicht in der Stimmung sind», sagte er.

«Oh, Norman. Das ist quasi das *National*getränk», sagte Sandra.

«Aber wenn sie nicht will –» sagte Norman.

Sandra öffnete die Flasche, und wir alle lauschten, wie sie etwas in meinen Kaffee goß. «Es ist nur für Sie. Zum Probieren.»

Ich nahm einen Schluck. «Wunderbar, wirklich», sagte ich, obwohl ich es zu stark und ziemlich eigenartig fand.

Sandra hatte das Kinn auf die Rücken ihrer gefalteten Hände gelegt und sah mir beim Trinken zu. «Ja», sagte sie.

Sie schüttelte sich wie beim Aufwachen und goß etwas aus der Flasche in Normans Tasse und dann in ihre eigene. «Sandra –» sagte Norman. Aber sie sah ihn nicht an, und wir alle tranken mit niedergeschlagenen Augen.

«Na denn …» seufzte Norman. Er erhob sich und trottete zurück zu den Pflanzen an der Grundstücksgrenze.

«Er kann nicht stillsitzen», sagte Sandra. «Das macht mir Sorgen.»

Norman schüttelte über den Pflanzen noch einmal den Kopf und wandte sich wieder uns zu, wobei er zum Schutz gegen die Sonne eine Hand über die Augen legte. «Kann ich

Sie irgendwohin mitnehmen?» fragte er mich. «Ich muß auf eine kurze Partie runter zum Golfclub.»

«Sehen Sie?» rief Sandra heiter. «Aber bleiben Sie auf dieser Seite!»

«Ich will in die Stadt», sagte ich. «Ich glaube, das liegt nicht auf Ihrem Weg.»

«Ich muß sowieso fahren», sagte Norman. «Los, rein in den Wagen, hopphopp.»

An jenem Abend schimmerte die Party unter mir im Licht von Kerzen und Laternen. Mein Zimmer schien dazuzugehören, und während das laute Gemurmel zu mir heraufdrang, beobachtete ich Dolores und einen Jungen, beide ganz in Weiß, mit hiesigen Webereien über ihren Kleidern, wie sie ihre Runden drehten und Tabletts von Gast zu Gast trugen. Als ich die Tür hinter mir schloß, um nach unten zu gehen, spürte ich, wie mein Apartment sich mit Träumen füllte, die darauf lauerten, bei meiner Rückkehr über mich herzufallen.

Ich machte eine rasche Runde durch den Garten – Marcos und Elena waren natürlich nicht da – und bemerkte Simon Peter, der sich in meine Richtung in Bewegung setzte. Ich konnte mich gerade noch rechtzeitig umdrehen und stand einer stupsnasigen Frau in Rüschenkleid und mit klebrig aussehenden gelbbraunen Haarrollen gegenüber, die an lackierte Hobelspäne erinnerten. «Sie haben ja gar keinen Drink!» sagte sie. «Na, ich hoffe, daß Sie ein Stündchen durchhalten. Am besten, man geht einfach rein und schenkt sich selbst was ein, aber wenn Norman das mitkriegt, wird er ganz unglücklich. Wie lange ist es her, seit sie aus dem großen Haus ausgezogen sind? Neun Jahre? Zehn Jahre? Trotzdem, ich glaube, es fällt ihnen schwer, sich umzugewöhnen. Sandra sieht allerdings recht gut aus, finden Sie nicht?»

«Ja», sagte ich.

«Manchmal ist es schlimmer, wenn sie gerade frisch aus der Klinik kommt», sagte die Frau. «Man kann sich kaum vorstellen, nicht wahr, daß sie diejenige war, die all die Jahre den ganzen Laden geschmissen hat, während Norman an der Flasche hing. Oh, sie war unglaublich tüchtig! Andererseits, er war immer einfach ... *liebenswert*, finden Sie nicht? Ein *gütiger* Mann, wie Bob immer sagt.»

Wie kann sie es wagen, dachte ich. Wie kann diese Fremde es wagen, mir die Geheimnisse ihrer Freunde auszuplaudern. Aber während ich das dachte, wurde mir klar, daß Sandra und Norman mir diese Informationen über sich bereits selbst angeboten hatten, und ich sah zu Boden, um dem Spiegelbild meiner eigenen Brutalität und Feigheit im Gesicht dieser Frau auszuweichen.

«Ein Jammer, dieses Wetter», sagte die Frau. «All der Dunst. Oder Smog, was immer es ist. Früher hatten wir das nie.» Sie täschelte ihre sorgfältige Dauerwelle. «Oh, ich sehe, daß Sie meine Schärpe bewundern», sagte sie. «Guatemala. Alt, hat das Mädchen gesagt, und sie machte einen ehrlichen Eindruck. Ich glaube, sie war Deutsche.»

«Bestimmt», sagte ich, während ich mich nach Norman und Sandra umsah. Ich würde gute Nacht sagen und dann gehen.

«Wie bitte?» sagte die Frau.

«Verzeihen Sie», sagte ich. «Ja, sie ist gewiß echt.»

«Na ja, zumindest hat man mir sie so verkauft», sagte die Frau. «Sie machen natürlich auch heute noch hinreißende Sachen, aber ich würde das nicht empfehlen. Bob und ich waren vergangenes Jahr entsetzlich enttäuscht. Wir hatten zwar einen herrlichen Blick über den See, aber alles andere war die reinste Katastrophe. Und das Essen! Also, tut mir leid, aber wenn man ehrlich ist, muß man sagen, daß es im Grunde überhaupt kein richtiges Essen war.»

«Ich glaube, ich geh mal rein und hole mir was», sagte ich, doch im gleichen Moment erschien der Junge mit einem Tablett voll kühler Drinks. Er war sehr jung, im Grunde noch ein Kind, und er strahlte. Er schien glücklich zu sein mit seinem Tablett und seiner Uniform.

«Hehe», sagte die Frau laut, als der Junge sich davonmachen wollte. «Du bleibst mucksmäuschenstill hier stehen.» Während die Frau ihr Glas leer trank und es gegen ein volles eintauschte, bemerkte ich, daß der Junge genau wie Dolores aussah – er mußte ihr Sohn sein.

«Hallo, hallo», sagte Norman. Er ging an uns vorbei über den Rasen, und er hielt eine Frau fest beim Ellenbogen, die auf ihren hochhackigen Sandaletten unsicher neben ihm herwankte. «Alle versorgt, wie ich sehe. Gut.»

«Muriel», sagte die Frau neben Norman. «Kein Mensch hat mir gesagt, daß du schon da bist.»

«Gerade angekommen», sagte die Frau, mit der ich mich unterhielt. «Vor knapp einer Woche.»

«Wunderbar», rief die andere Frau über ihre Schulter zurück, während sie und Norman ihren Weg fortsetzten. «Und wie geht's Bob?»

«Na ja, weißt du.» Muriel beugte sich an mir vorbei, um ihrer entschwindenden Freundin zu antworten. «Er war den ganzen Tag draußen auf dem Golfplatz.» Beide Frauen lachten und winkten. «Offen gestanden», sagte Muriel zu mir, «kann er es einfach nicht mehr ertragen, zu ihren Parties zu kommen. Er war so eng mit Norman befreundet, und seit sie das Haus in Fort Lauderdale verloren haben, bringt Bob es kaum noch übers Herz, sie zu besuchen. Aber ich finde, wir müssen einfach kommen, wegen Gerald und Helen, finden Sie nicht? Wissen Sie» – sie machte eine Pause und musterte mich mit einem Radarblick –, «ich kann mich von Fort Lauderdale her gar nicht an Sie erinnern –»

«Ist es nicht herrlich», sagte Sandra, die mit schwingenden Röcken herbeikam. Sie legte einen bloßen, etwas schlaffen Arm um Muriel. «Alle beieinander.»

«Einen Augenblick, Liebe», sagte Muriel und machte sich mit einem Kleenex an Sandra zu schaffen, um ihr ein bißchen Lippenstift vom Zahn zu wischen. «So. Ich habe deiner jungen Freundin hier gerade von eurem wunderwunderschönen Haus in Fort Lauderdale erzählt.»

«Wir hatten soviel Spaß, nicht wahr?» sagte Sandra.

«Woher kennt ihr beide euch?» fragte Muriel.

«Oh, sie ist mein Schätzchen», sagte Sandra. «Ist sie nicht entzückend? Aber sie ist furchtbar beschäftigt. Lauter wichtige Dinge zu tun.» Sie rümpfte die Nase und legte sie einen Augenblick lang gegen meine. «Ich hasse Sie, wenn Sie so beschäftigt sind», sagte sie. Sie wandte sich Muriel zu. «Wo ist Bob?» sagte sie. «Ich habe Bob den ganzen Abend nicht gesehen.»

«Er war ganz deprimiert, daß er nicht mitkommen konnte», sagte Muriel. «Aber er war einfach zu erschöpft. Er hat den ganzen Tag mit Dr. Skip auf dem Platz verbracht.»

Mir wurde klar, daß ich Sandras Gesicht noch nie zuvor entspannt gesehen hatte. Sie sah Muriel ruhig an, während diese sich vorsichtig ein herabgefallenes Blütenblatt von ihrem Kleid klaubte, und als Muriel wieder aufsah, starrte Sandra sie immer noch an. «Er wird schnell müde», sagte Muriel und sah flüchtig zu mir herüber, um sich meine Unterstützung zu sichern. «Er ist nicht mehr so jung wie früher.» Aber ich sah sie genauso an, wie Sandra sie angesehen hatte, und Sandra ihrerseits drehte sich um und ging davon.

«Puh!» sagte Muriel. «Na, ich fürchte, jetzt habe ich was angerichtet, aber das ist genau die Sache –» Ein Ausdruck faden Triumphes breitete sich über ihr Gesicht aus. «Sie gibt uns die Schuld. Sie gibt Norman die Schuld. Aber was soll Norman anderes machen? Er ist der einzige, der die Autorität hat, sie bei der Stange zu halten.»

Aber drüben auf der Terrasse geschah etwas. Genau in dem Moment, als Norman die Hand ausstreckte, um von Dolores' Sohn einen Drink in Empfang zu nehmen, kam Sandra angelaufen. Wie gelähmt sah Norman zu, wie Sandra das Kind bei der Schulter faßte, mit der freien Hand einen Drink vom Tablett nahm und ihn hoch über ihren Kopf hielt. Das Kind starrte mit riesigen, vor Angst glühenden Augen hinauf, und das Glas schien dort zu verharren, wo Sandra es losließ, und einen Moment lang träge in der Luft zu funkeln, ehe es auf dem Schiefer zersprang. Das Geräusch schien ein Zeichen zu sein, daß die Party noch lauter als vorher weitergehen konnte, und das ganze Ereignis wurde von einem Spalt der Stille verschluckt, der sich hinter uns schloß, während Sandra die Gläser eines nach dem anderen vom Tablett des Jungen nahm und fallen ließ.

Als ich über den Rasen ging, grapschte eine schwabbelige Hand nach meiner. «Sie sind jetzt hoffentlich nicht vollkommen entsetzt?» sagte eine Stimme. Die Stimme und die Hand gehörten einem großen Mann in Bermudashorts. «Die Sache ist vorbei und erledigt», sagte er. «Morgen wird sich kein Mensch mehr daran erinnern.» Ich zog energisch meine Hand zurück und setzte meinen Weg über den Rasen fort.

Ich fand Sandra im Wohnzimmer, an Dolores gelehnt, die sie wie ein kleines Kind tröstete. Ihr Weinen hörte sich an wie ein klägliches, stoßweises Husten. Norman stand ein paar Schritte entfernt und schaute zum Mond hinauf. Ich sah, daß sein Gesicht tränennaß war, und wie das Gesicht, das vom Mond auf ihn zurückschaute, war es konturlos, als gehörte es zu einer verwitterten Statue. Es gab hier nichts für mich zu tun.

In der Nähe des Tores trat Dolores' Sohn teilnahmslos

gegen die Wand. Als ich hinausging, taten wir so, als bemerkten wir uns nicht.

Als ich auf den Platz kam, war er fast leer. Vier Männer standen noch an verschiedenen Punkten in gleicher Entfernung um den Musikpavillon herum und zauberten Ströme von Blasen aus ihren Flaschen mit farbiger Flüssigkeit, aber die anderen Händler und die Mehrzahl der Leute waren verschwunden, und die letzten noch verbliebenen mußten, als ich mich auf eine Bank setzte, annehmen, daß ich auf jemanden wartete.

Waren Sandra und Norman sich je bewußt gewesen, was für ein Leben sie führten? Wahrscheinlich nicht. Es schien, daß die Menschen einfach jede Frucht in Reichweite aßen, die Samen achtlos verstreuten und sich dann Jahre später vom Wildwuchs umzingelt sahen. Ich lenkte meine Gedanken zurück in meine eigene Vergangenheit und wollte unbedingt wissen, ob es in meinem Leben irgendeinen Scheideweg, irgendeine aufschlußreiche Entscheidung gegeben hatte, die das Ziel erkennen ließ, auf das ich mich zubewegte, aber da waren nur das zarte Geplapper der Blätter über mir und ein milder Rosenduft, der durch die Nachtluft zog.

Wenn ich mich nur emporheben und an einen Ort in der Zukunft tragen lassen könnte, zu dem sich die Stunden in einer huldvollen, stetigen Prozession hinbewegten und an dem ich die billige Münze des Alltagslebens unter angenehmen Menschen ausgeben könnte. Ich schloß einen Moment lang erschöpft die Augen, und als ich sie wieder öffnete, schien ein Stück Chiffon mich zu umhüllen, ein wogendes Etwas, das der Mutter meiner Mutter gehört hatte. Ich betrachtete es genau und vertiefte mich in die faszinierenden Farben, die, obwohl schon früher der Erinnerung ausgesetzt, nicht verblichen waren. Ich hielt es empor, und es filterte ein kaltes Nachmittagslicht durch sein hinreißend zartes Gewebe. Die Muster wurden größer, und auch die Fäden und die dunklen Lücken zwischen ihnen, und dann war alles verschwunden, und die Nacht umgab mich wieder. Und doch hatte ich jenes vergessene Tuch so deutlich gesehen, als habe sich ein Globus unter meinen Füßen dreißig Jahre rückwärts gedreht und mich direkt neben ihm landen lassen.

Und nun kam es zu einer weiteren Drehung, und ich kauerte in der Gasse, wo Mülleimer wie Pilze zusammenstanden und die Apartmentgebäude aus Backstein endlos in die Höhe wucherten und eine häusliche Atmosphäre um mich verbreiteten. Die meisten Fenster waren dunkel und leer, aber in manchen waren weiße Rollos halb heruntergelassen. Eine Schnur mit Ring bewegte sich ziellos und unheilverheißend in einem geisterhaften Windhauch. Ich schaute und schaute, bis sich ein enger werdender Ring von Dunkelheit um alles schloß.

Ich saß bibbernd und elend am Beckenrand eines Hallenbades, in das mich meine Mutter samstags zum Baden schickte. Licht, das unter Wasser reflektiert wurde, kräuselte sich an den dunklen Wänden und an der Decke, und in dem gekachelten Raum hallten wirre, dumpfe Geräusche wider. Das Chlor stank und brannte mir in Nase und Augen.

In der Pause lehnte ich an einem Zaun, während Klassenkameraden Völkerball spielten – ein schreckliches Spiel, verbissen und sinnlos. Sharon, ein rechthaberisches fettes Mädchen, kam herbei und stellte sich neben mich. Sie hatte noch nie mit mir gesprochen, aber jetzt fragte sie mich, ob ich nach der Schule mit ihr Rollschuh fahren wolle. Ich sah sie beklommen an. Hatte sie Mitleid mit mir gehabt? Als ich eine ausweichende Antwort gab, sah ich, wie die Angst ihre Selbstsicherheit zerfraß, und ihre Absicht wurde klar – sie hatte gedacht, ich sei leicht zu erobern. «Sharon hat jetzt auch Freunde», würden ihre erleichterten Eltern sagen können.

Nun, ich mußte nicht ihr Rettungsring sein. «Nein, danke», sagte ich. Meine Kräfte waren zurückgekehrt. «Ich muß nach Hause zu meiner Mutter.»

In der Universitätsbibliothek unterhielt ich mich mit einem Mann aus einem meiner Seminare. Mich überkam die Angst, er könnte mich bitten, einen Kaffee mit ihm zu trinken, und während ich auf die gefürchtete Frage wartete und gleichzeitig versuchte, mich auf das zu konzentrieren, was er sagte, wurde mir sein Gesicht immer fremder. Plötzlich sah er auf die Uhr, wandte sich ab und ließ mich verwirrt zurück.

Meine Freundin Pamela und ich saßen sonntags nach einem frühen Abendbrot in unserem Lieblingscafé und studierten die Rechnung. Wir öffneten unsere Portemonnaies, und jede von uns zählte gewissenhaft auf den Tisch, was sie zu zahlen hatte. Die Scheinwerfer der vorbeifahrenden Autos waren schwefelgelb in einem kalten herbstlichen Nieselregen. Zeit zu gehen – morgen mußten wir ins Büro.

Nun. Ja. Das war erst einen Monat her. Blinzelnd betrachtete ich die Umrisse des Laubwerks, das sich gegen den samtenen Nachthimmel abhob. Was für zufällige, ereignisarme Erinnerungen. Wie auch immer, es mußte entsetzlich spät sein, und ich hätte schon längst schlafen sollen, doch als ich gerade aufbrechen wollte, überkam mich jäh das Gefühl, in einem Tunnel zu verschwinden, und ich saß bei meiner Mutter und hielt ihre Hand. Ich ertastete mit meinen Fingern die riesigen Erwachsenenknochen, die faszinierenden Adern, die die Hand durchzogen wie geheimnisvolle Flüsse; ich konzentrierte meine gesamte Aufmerksamkeit auf die Buckel ihrer Knöchel, auf den Ehering, auf ihre blassen, flachen Nägel. «Deine Hand ist wunderschön», sagte ich.

«Meine Hand ist häßlich», sagte sie und entzog sie mir. «Ich habe häßliche Hände. Sie sind alt.» Später, als ich allein war, weinte ich, bis es schmerzte. Wie alt war ich damals gewesen? Nicht älter als sieben, nehme ich an, aber wie gut kannte ich diese Hände, als ich sie später auf der Krankenhausbettdecke liegen sah, nun wirklich alt, zart wie Papier. Das Licht vom Fenster fiel auf die Hände und auf das schlafende Gesicht meiner Mutter mit ihrer weichen Haut, die wie abgewetzter Stoff wirkte, und ich stand in der Tür und überlegte, ob ich ein leises Geräusch machen sollte, um zu sehen, ob sie bereit war aufzuwachen. Doch nun drang durch die Wände des Krankenhauszimmers Licht, und die Hände verschwanden, und auch meine Mutter verschwand in der funkelnden Dämmerung.

Himmel. Verschwunden. Wie rasch die lange Nacht sich in den Morgen verwandelt hatte. Wie wenig hinter mir lag. Ich erhob mich von der harten Bank und stampfte ein paarmal auf, damit meine Füße wieder durchblutet würden. Farben begannen in den Tag hineinzuströmen, und mich befiel Entsetzen darüber, daß ich hier draußen im Freien war, während mit jedem Pulsschlag Farben tiefer und untrüglicher die Blätter erfüllten, die Blumen und die steilen, von Mauern gesäumten Straßen, den Ring von Bergen, der mich umschloß, und auch den Himmel, an dem eine runde gelbe Sonne emporstieg.

Menschen erschienen auf dem Platz und bereiteten sich in aller Ruhe auf ihre Geschäfte vor, und ich sah, daß bereits ein paar Frauen mit übergeschlagenen Beinen auf dem Gehsteig saßen und auf Kleingeld warteten. Als ich das meine rasch unter ihnen verteilte, sagte eine der Frauen etwas zu mir. Wie dünn sie war, diese Frau – es war praktisch nichts von ihr übrig. Im richtigen Augenblick würde sie lediglich mit einem Schulterzucken ihr zerlumptes Tuch abwerfen müssen, um schwerelos vom Gehsteig emporzuschweben.

Als ich am Zeitungskiosk vorbeikam, war nur der kleine

Junge da. Mein Entsetzen wuchs; wo war der Bruder des Jungen? Ich wollte unbedingt fragen, aber natürlich konnte ich es nicht, und als das Kind mir zuwinkte, erhaschte ich einen kurzen Blick auf jenes Szenario, das Marcos' Götter erblickt hätten, wenn sie in diesem Augenblick auf ihre frühere Versammlungsstätte hinabgesehen hätten: eine sterbende Bettlerin; ein kleiner Junge, der mit ernster Miene seinen Arbeitstag beginnt; eine Gemeinde von Versagern auf der Flucht, zerstört durch ihre Vorliebe für ein tödliches Spektrum von Vergnügungen; eine einsame Frau, die auf die mittleren Jahre zusteuert. Wir wären ein hübscher Anblick, dachte ich, wie wir auf unseren unterschiedlichen Kursen dahinflogen – winzige Sternschnuppen, die im All verglühten. Aber sie würden nicht herabsehen, diese Götter. Sie waren entlassen worden, und nun waren sie frei hinter jenem Vorhang aus Smog und Schmutz, der sie vor dem Klagegesang ihrer neuen, dilettantischen Bittsteller schützte, und während der Tag die Menschen um mich herum jenen Positionen entgegentrug, die sie an diesem Abend auf dem Platz einnehmen würden, würde ich ohne fremde Hilfe meinen unruhigen Schlaf nach jenem Traum durchstöbern müssen, in dem meine Mutter mich bei der Hand nähme und mit mir in den fließenden Strom hinausträte.

Überall um mich herum wurden die Blechrolläden hochgezogen, das Treiben auf den Straßen wurde dichter und lärmender, und Menschen mit Bündeln voller Waren strömten hinab in die Stadt wie Sturzbäche von Schmelzwasser. Und wie im Nu wurde ich auf diesem Strom zurück zum Gartentor getragen, wo ich atemlos und zerzaust ankam. Doch als ich der sicheren Zuflucht meines Apartments entgegeneilte, zog mich ein Glitzern inmitten des schalen Schmutzes von Aschenbechern und Geschirr hinüber auf die Veranda. Oh, all die wunderschönen Gläser – ein kleines Häuflein, dachte ich, von etwas, das vorbei und erledigt war. Wie leid es Sandra tun würde, wenn sie aufwachte!

Ich beugte mich über die funkelnden Scherben, und als ich den Blick wieder hob, sah ich zu meiner Überraschung, daß die Wohnzimmervorhänge offen und Norman und Sandra schon auf waren. Ich spähte vorsichtig in den halbdunklen Raum und hielt mir die Hand über die Augen, um zuzusehen, wie sie langsam hin und her gingen und sich kraftlos bemühten, die Reste der Party aufzuräumen. Als sie auf mein Klopfen hin an die Tür kamen, bemerkte ich entsetzt, wie alt sie im Morgenlicht aussahen und wie elend in ihren abgewetzten Morgenmänteln – wie Leute, die gerade aus dem Krankenhaus entlassen worden sind. Sie sahen mich verwirrt an, als könnten sie mich nicht gleich einordnen – und ich war ja auch vorher nie von mir aus zu ihnen gekommen –, aber ich war nicht in der Lage, mich zu erklären oder überhaupt ein Wort zu sagen. Und während wir dastanden und uns anstarrten, sah ich auf ihren Gesichtern, wie direkt vor meinen Augen die Zeugnisse zahlloser Herausforderungen, die sie angenommen hatten und an denen sie in der Regel gescheitert waren, einander in rascher Folge ablösten, und dann, als sie erkannten, was sie zu tun hatten, faßten sie sich und baten mich herein.

Im Paradies des Regengottes

Der junge Amerikaner an der Tür war auf der Suche nach einer Unterkunft; das wußte Jean, sobald sie ihn sah. Nein, nicht ganz, vielmehr empfand sie zuallererst die brutale und irrationale Gewißheit, daß er gekommen war, um ihr etwas zu erzählen – die Gewißheit, daß er aus den Staaten gekommen war, um ihr etwas über Leo zu erzählen.

Es dauerte eine Weile, bis sie auftaute und den wirren Entschuldigungen des Jungen zuzuhören begann: Sein Name sei Mark Soundso, er habe in einem Café in der Nähe des Platzes mit einem Mann gesprochen. Dieser Mann habe gesagt, sie und ihr Mann wüßten am ehesten, ob es noch irgendwo etwas zu mieten gebe. Es tue ihm leid, daß er einfach so bei ihr zu Hause auftauche, aber er habe es vorher im Geschäft versucht, und das sei geschlossen gewesen. Er habe natürlich auch versucht anzurufen, aber die Telefone schienen irgendwie nicht zu *funktionieren*, und da der Mann ihm den Weg zum Haus erklärt habe... Übrigens, wie kamen die Leute hier bloß mit diesen Telefonen zurecht? Andererseits machte das natürlich auch einen Teil des Charmes dieses Landes aus, fand er.

Er sah sie an und begann auf der Stelle, sich zu entschuldigen: ein Klischee; und natürlich war es entsetzlich provozierend, sich – wie sie – andauernd solche Sprüche anhören zu müssen. Und im Grunde war er doch so gut wie nie irgendwo, wo die Telefone funktionierten. Aber manchmal machte man eben einfach den Mund auf, und schon kamen irgendwelche...

«Natürlich», sagte Jean. «Na ja, und außerdem.» Er war groß und schien fast ein bißchen aufgedunsen, als sei er übermüdet oder leide an einer harmlosen chronischen Entzündung. «Jedenfalls glaube ich kaum, daß irgend jemand behaupten würde, kaputte Technik und der Charme eines Landes hätten etwas miteinander zu tun, hier jedenfalls nicht.»

«Hmm.» Der Junge runzelte die Stirn. «‹Miteinander zu tun›. Genau. *Schwierig*...»

«Ich fürchte, ich kann Ihnen nicht sagen, wo Sie zur Zeit ein Haus finden», sagte sie. «Vielleicht könnte Leo Ihnen helfen, aber da müssen Sie noch mal wiederkommen. Tut mir leid. Er ist gerade oben in den Staaten.»

«Ah», sagte der Junge.

«Tut mir leid», sagte Jean. «Sie haben ihn knapp verpaßt. Heute morgen ist er abgereist.»

«Na dann.» Der Junge runzelte wieder die Stirn und nickte. «Danke. Schade. Oh – soll ich noch mal vorbeikommen? Ja, ach ja, das haben Sie ja gesagt.»

«Irgendwann später», sagte Jean. «Ja.»

«Gut», sagte er. «Ich versuch's nächste Woche noch mal.»

«Prima», sagte sie.

Er war riesig, wie er so dastand. Reumütig senkte er den Kopf. «Gut», sagte er. «Danke.»

Sie seufzte. «Wollen Sie reinkommen?»

Drinnen wirkte er noch größer, und formloser, als erlaubte ihre Erschöpfung es ihm, sich in alle Ecken des großen Raumes auszubreiten. «Sind Sie mit dem Bus gekommen?» fragte sie, bestrebt, sich auf einen Punkt zu konzentrieren.

Er war mit dem Bus gekommen. Offenbar genoß er es, daß sie ihn fragte; es war eine kurze Fahrt – Leo und sie wohnten kaum zwanzig Minuten außerhalb der Stadt –, aber es war ein komplizierter Weg und nicht leicht, Fremden das Fahrtziel zu erklären. Der Junge war offensichtlich erfahren im Reisen –

Erst einen Tag in der Stadt, und er hatte sie schon gefunden. Andererseits war er bereits einige Wochen im Land, wie sie seinen Worten entnahm.

Während er erzählte, glitt seine schemenhafte Gestalt durch den Raum, ohne von den Krallen des Lampen- und Kerzenlichts erfaßt zu werden, und er warf flüchtige Blicke auf ihre «Abgesandten», wie Leo sie scherzhaft nannte – die großen Figuren, die sie im Lauf der Jahre aus verschiedenen Materialien gebaut hatte. «Der Mann im Café hat schon *erwähnt*, daß Sie Bildhauerin sind», sagte der Junge, als wäre es erstaunlich, daß dies den Tatsachen entsprach. *Mark, Mark*, rief sie sich seinen Namen ins Gedächtnis. Komisch, es sah aus, als würden die Figuren dort in den düsteren Zimmerecken herumlungern oder sich zusammenrotten.

«Geschweißt?» sagte der Junge.

«Der ja.» Wunderbar, ein Thema, über das sich beinah wie von selbst reden ließ – passende Worte entströmten ihr, ohne daß es irgendeiner Kontrolle bedurfte. «Von den frühen sind einige geschweißt, aber ich arbeite schon seit Jahren nicht mehr mit Metall.»

Er drückte sich in der Nähe einer der Figuren herum und sah sie sich genau an. «Interessant», sagte er.

Jean mußte grinsen angesichts seiner Zurückhaltung. «Sie brauchen nicht... Ich muß Ihnen ehrlich sagen, daß mich ihre Qualität nicht sonderlich überzeugt.»

Jede Figur war Ausdruck – Zeuge und Ausdruck – irgendwelcher vorherrschender Lebensumstände gewesen: Einstellungen, Erkenntnisse, Urteile... Vorherrschend, früher einmal. Doch nach und nach waren die einzelnen Figuren in der allmählich wachsenden Menge untergegangen. Immer noch Zeugen für irgendwas, doch wofür, daran konnte sich Jean mit der Zeit kaum mehr erinnern. «Es macht mir einfach irgendwie Spaß.»

«Mmm.» Mark runzelte die Stirn. «Spaß...»

Es war nicht in erster Linie seine Größe – es war die Tatsache, daß er ständig wie ein Hindernis wirkte. Egal, ermahnte sich Jean. Neue Orte. Dinge, die sich plötzlich zu einer erstaunlichen Bedeutung aufblähen oder aus denen, nicht minder plötzlich, jegliche Bedeutung entweicht. Sie erinnerte sich: Sie und Leo sitzen übertrieben vorsichtig da, wie dieser Junge; bloß kein leichtfertiger Satz, keine Albernheit, durch die etwas aufbricht, zum Ausbruch kommt... «Es sollte eigentlich kein Problem sein, ein Haus für Sie zu finden», sagte sie. «Die Saison ist vorbei, und Leo betreut ein paar von den Ferienhäusern.»

Im Grunde gab es auch einiges, worum *sie* sich jetzt kümmern mußte – Pflanzen, Licht, um die unermüdlichen Einbrecher zu täuschen... In der Aufregung, als es darum ging, sein Ticket zu buchen, Kontakt mit den Freunden in San Antonio aufzunehmen und ihn ins Flugzeug zu setzen, hatten weder sie noch Leo an diese Dinge gedacht. «Wenn Leo zurückkommt, wird er...» Sie machte eine Bewegung mit der Hand, als würde sie Rauch wegwedeln.

«Ich lege überhaupt keinen Wert auf ein... na ja, ich meine – ein ganzes *Haus*. Ich hatte nicht die Absicht, ein ganzes... Und ich möchte wirklich nicht... Ihrem Mann zur Last fallen, wenn –»

«Leo macht so was Spaß», sagte Jean. «Kaum zu glauben, was? Na ja, wer weiß. Vielleicht macht Ihnen so was ja auch Spaß. Ich persönlich hasse das. Sich ums Propan kümmern, um die Schlüssel, um die Putzfrauen. Aber Leo gibt es wahrscheinlich das Gefühl...» Sie griff nach einem Kissen neben sich auf dem Sofa, sah es an und ließ es dann fallen. «Na ja, ihm macht es eben Spaß, weiter nichts. Weiter nichts.»

Mark holte tief Luft. «Auch der Preis spielt natürlich eine Rolle... Ich meine, ich hab nicht so wahnsinnig viel –»

«Natürlich», sagte Jean. Nein, der Junge hatte garantiert kein Geld. «Also, das ist hier unten jedem... Und außerdem, den Eigentümern ist es im Grunde sehr lieb... Wissen Sie, wahrscheinlich hab ich hier irgendwo einen ganzen Berg Schlüssel. Aber selbst wenn ich sie finde, weiß ich natürlich noch lange nicht, welcher Schlüssel wofür paßt. Leo sagt immer, er will Schilder dranmachen, aber Sie wissen ja, wie so was ist. *Jahre* vergehen...» Ihr Kopf fühlte sich an wie Gummi. Sie strich sich das Haar zurück. Auch das Haar, wie Gummi an ihren Fingern. Sie hatte am Morgen vergessen, es zu waschen.

Der Junge beobachtete sie. «Oh, sagen Sie mal», sagte sie. «Möchten Sie – ich bin wirklich unmöglich heute abend, Mark. Möchten Sie was trinken?»

«Ja», sagte er. «Gerne, toll. Oh, aber vielleicht wollen Sie... Meine Güte, es ist spät. Ich habe nicht –»

«Nein», sagte sie, «ehrlich. Ich schlafe nie vor zwei.»

«Na dann, super», sagte er.

Er hielt den Blick gesenkt; fast schien er Angst zu haben, sie anzusehen. Aber wenn er es tat, war sein Blick von einer solchen forschenden Intensität, daß es schon ans Absurde grenzte. Was, glaubte er, gab ihm das Recht, eine solche Neugierde an den Tag zu legen? Seine Jugend? Sein Status als Neuankömmling? Es gab nichts, was sie davon abhalten konnte, sich über ihn zu ärgern, dachte Jean, gerade als er blinzelte und den Blick auf die Verandatür richtete.

Sie betrachtete seine großen feuchten Augen. «Und», sagte sie. «Was gibt's da zu sehen?»

Er schüttelte den Kopf und schien verwirrt, als er sich zu ihr umdrehte. «Jede Menge Sterne...»

«Oh, jede Menge», sagte Jean. «Immer. Schwer was los hier in der Nacht.»

Schwer was los. Sie hatte sich nie ganz daran gewöhnen

können – an diesen Himmel, an diesen düsteren Raum, in dem Kacheln und zahllose mexikanische Spiegel schimmerten; an all die Gesichter in komplexen Brechungen – die Gesichter ihrer Plastiken, die Gesichter der Figuren und Masken aus präkolumbianischer Zeit, die Leo und sie überall im Raum verteilt hatten; an die funkelnde mexikanische Nacht da draußen mit ihren festlichen, erregenden Sternen und Rosen. Manchmal standen Leo und sie wie gebannt da, um sie herum diese Welt, die ihnen bisher entgangen zu sein schien… «O mein Gott», sagte sie. «Verzeihen Sie. Normalerweise bin ich etwas – Also, das einzige, was ich Ihnen anbieten kann, ist Canadian Club. Klar, es gibt Bier und Tequila in Mengen, aber davon hat man ziemlich bald die Nase voll, wenn man eine Weile im Land ist. Früher hatten wir immer riesige Flaschen mit irgendwelchem Gesöff, aber ich fürchte, zur Zeit sitzen wir hier ziemlich auf dem trocknen. Die traurige Wahrheit ist, daß wir auf Gedeih und Verderb davon abhängig sind, was unseren Besuchern auf ihrem Weg durch den Duty-Free-Shop in die Hände fällt.»

Er nahm eine kleine Steinfigur vom Couchtisch. «Ich trinke sowieso kaum was», sagte er und drehte die Figur in der Hand. «Haben Sie 'ne Cola oder so? Aber ehrlich, wenn Sie schlafen wollen…»

Wie oft sollte sie ihn auffordern zu bleiben? «Präkolumbianisch», sagte sie. «Kein besonders tolles Stück, und in katastrophalem Zustand, aber ich mag's.»

«Eine starke Persönlichkeit», sagte er.

«O ja», sagte sie. «Es ist Tlaloc. Sehr bedeutend. Der Knabe ist für den Erntekreislauf zuständig. Für den Regen, und für das Militär. Hat ein kleines Spezialparadies, wo man als Krieger landet, oder wenn man ertrunken ist. Hat ein Freund mitgebracht, als er das letzte Mal zu Besuch war. Der hat ein gutes Händchen bei der Suche nach interessanten

Figuren. Einmal hat er uns ein kleines Olmec-Fräulein mitgebracht. Und das da drüben ist Chac-Mool, der Götterbote. Der, der die Sonne durch die Gegend schleppt – den hat uns auch Corrigan mitgebracht. Und außerdem verdanken wir ihm die meisten unserer Masken.» Sie nahm Mark die Figur weg. Sie lag auf ihrer flachen Hand, während sie sie betrachtete: Sie gehörte ihr, war vertraut und unvertraut zugleich. Aber die Figur ließ sich nichts anmerken. «Meine Güte, Sie müssen ja sterben vor Durst. Sie werden... Ich war in einem schrecklichen –»

«Entschuldigung», sagte Mark. «Sie müssen –»

«Sie wissen doch, Mark, die Menschen werden mit zunehmendem Alter nicht müde, sie werden ungeduldig. Oh, sieh mal einer da –» Na ja, schließlich nicht sein Fehler, daß sie – «Wunderbar. Wie wär's mit Sprite? Wußte nicht mal, daß wir so was haben.»

«Hervorragend», sagte er geknickt. «Sprite.»

«Sprite, was anderes kann ich Ihnen nicht anbieten.» Es war eine Weile her seit Corrigans letztem Besuch hier. Damals lebte er noch gar nicht in seinem indianisch-mexikanischen Mixtec-Dorf, sondern mutterseelenallein in der Einöde. Und er schien zu schweben, ganz langsam von ihnen fortzutreiben. Sie hatte zuerst geglaubt, daß sie sich das vielleicht nur einbildete, aber in der Rückschau war sie ganz sicher. Seine Verschrobenheiten – Natürlich, Verschrobenheiten konnten ihren Ursprung durchaus in bewußten Entscheidungen haben, oder sie dienten als Mittel zum Zweck, oder als Rollenspiele. Aber Corrigan schien den seinen gänzlich zum Opfer gefallen zu sein... «Es stürzt Sie hoffentlich nicht in eine Glaubenskrise, Mark, wenn ich mir einen Drink mache.»

«Nein –» Er räusperte sich. «Nein, kein bißchen. Ich meine, ich hab früher auch getrunken.»

«Früher?» sagte sie. «Wie alt sind Sie?»

«Achtundzwanzig.» Er sah sie an. «Ist das –»

«Passabel», sagte sie. «Würde ich sagen. Und harmlos. Jedenfalls, was mich angeht.»

«Eigenartig», sagte er. «Finden Sie nicht? So eine kurze Phase. Ich meine, ich könnte nie sagen, wie alt Sie sind. Gleich hinter einem schließt sich die Öffnung wieder. Ich meine, ich kann schon nicht mehr sagen, ob jemand siebzehn oder zweiundzwanzig ist.»

«Siebzehn oder zweiundzwanzig», sagte Jean. «Ha. Ich kann nicht mal sagen, ob einer siebzehn oder fünfzig ist. Mein Gott, wenn ich ehrlich bin, ich *hasse* Canadian. Und soll ich Ihnen noch was sagen? Ich hab keine Ahnung mehr, wer der Geizknochen war, der uns... Wissen Sie, früher hatten wir mal alle möglichen Sorten... Ach, was soll's. Der Punkt ist, daß einfach nicht mehr so viele Leute hier runter kommen wie früher.»

«Nein.» Er runzelte die Stirn. «Wohl nicht...»

Achtundzwanzig. Ja, sie sah es ihm an. Er hatte zwar etwas Jungenhaftes und spielerisch Unausgewogenes, aber er war dicker als ein richtiger Junge, und eine Sorgenlast schien seine Bewegungen zu verlangsamen oder zu verwischen. Obwohl seine Züge unspezifisch und derb waren, spiegelten sich in seinem Ausdruck mit großer Reinheit die feinsten Regungen von Verlegenheit und Verwirrung. Ihr ungewaschenes Haar! Ihre unverhüllte Erbitterung! Na ja, alles Dinge, die ihm zu denken geben würden; leidenschaftslos bemerkte Jean die dornigen kleinen Ranken der Belustigung, die angesichts der Bestürzung, die sie in ihrem Gast auslöste, in ihr sprossen.

«Wann – wann erwarten Sie denn Ihren Mann zurück?» fragte er.

«Ziemlich bald», sagte sie. «Er ist bloß für ein paar Untersuchungen raufgefahren.»

«Das tut mir leid», sagte er. «Ist es was Schlimmes?»

Sie rieb sich das Nasenbein. Faszinierend, diese winzigen, diese winzig kleinen Dinge, die man tun konnte, damit es einem besser ging. Sich das Nasenbein reiben, die Schläfen ... Es gab eine Stelle an ihrer Handfläche, auf die brauchte Leo nur seinen Daumen zu legen, und schon entspannten sich ihre Muskeln an Rücken und Nacken ...

«Das tut mir leid», sagte der Junge wieder.

«Es handelt sich nur um Untersuchungen», sagte Jean.

Sie stemmte ihre Füße – schöne Füße, kleine Füße, das konnten auch ihre komischen Sneakers nicht verbergen – gegen den Couchtisch, lehnte sich zurück und sah an die Decke. Mark war mit seinen Händen mitten in einer nichtigen Geste steckengeblieben; aus dem Augenwinkel beobachtete sie, wie er versuchte, sich daraus zu befreien.

«Na ja, trotzdem, es ist schon interessant, finde ich», sagte er.

«Ja?» Sie hob eine Augenbraue. Was?»

«Diese Gegend.» Er wand sich, hielt aber durch. «Dieses Land. Auch wenn nicht mehr so viele Leute herkommen. Es ist trotzdem interessant.»

«Ah», sagte Jean.

«Der Mann im Café war interessant», sagte er nach einer Weile vorsichtig.

Jean bedachte ihn mit einem fragenden Blick.

«Der Mann, der mir von Ihnen und Mr. Soyer erzählt hat.»

«Ah ja?»

«Ich glaube, er war Deutscher. Na ja, ich wollte sagen, er ist Deutscher.»

«Jede Menge Deutsche hier», sagte Jean.

«Dieser war alt –»

«Jede Menge alte Deutsche.»

«Ein echt irrer Typ. Er machte lauter so ... dunkle Andeutungen. Zum Beispiel sagte er: ‹Der *Kaffee* in diesem Laden ist besser als der *Kaffee* nebenan. Haben Sie den nebenan probiert?› Es hörte sich an, als wäre er ein Spion, und ich wäre auch einer, bloß daß es mir keiner erzählt hatte.»

Jean lachte laut auf. Jenseits der seismischen Erschütterung ihres Körpers bemerkte sie, daß der Junge sie hoffnungsvoll ansah.

«Und danach», sagte er, «hatte ich stundenlang das Gefühl, genau so ist es. Als würde mir jeder was anderes erzählen.»

«Hört sich nach Schacht an», sagte Jean.

«Aber andererseits, wissen Sie was?» sagte Mark. «Irgendwie *ist* doch auch alles so. Ich meine, jeder erzählt einem... erzählt einem – Oh, und ich glaube, er hatte auch noch ein komisches Auge.»

«Genau», sagte Jean. «Schacht.» Schacht saß den ganzen Tag in irgendwelchen Cafés herum wie die behaarte Körperscheibe einer Spinne, die auf Beute wartet. Dabei baumelten seine Beine vom Hocker, und sein eines Auge entschwebte immer wieder auf geheimnisvolle Weise der eigentlichen Blickrichtung, während er auf mexikanische Jungen wartete. Es waren immer genügend Jungen zur Hand, die es auf ein Gratisessen abgesehen hatten – der Preis war nichts weiter als ein oder zwei Stunden Langeweile und hinterher die bissigen Bemerkungen der Freunde.

«Aber irgendwie war er ganz nett, glaube ich», sagte Mark. Jean sah ihn an, doch sein Gesicht blieb trügerisch ausdruckslos. «Er schien einsam zu sein.»

«Einsam», sagte Jean. «Na ja, wenn man über sein Leben nicht richtig sprechen kann – ich meine, manche Leute schaffen es ja, alles mögliche von sich zu glauben. Und man kann sich total isolieren damit, daß man eine offizielle Version seines Lebens verbreitet, während irgendwo im verborgenen was ganz anderes lauert.»

«Wollen Sie –» Ein ansatzweise gieriger Glanz zeigte sich in Marks Blick. «Meine Güte. Ich hab noch nie einen kennengelernt von denen –»

«Na ja, wer kann das schon mit Sicherheit wissen», sagte Jean. Leo und sie sprachen von Schacht immer als dem «Nazi», aber seine Hand, wenn sie sich zur Begrüßung an ihrer festklammerte, war die eines alten Mannes – zitternd und übersät mit Altersflecken. «Aber übrigens, das ist sehr interessant – es gibt eine Kneipe hier in der Stadt. Gehört einer österreichischen Familie. Und alle alten Deutschen und Österreicher aus der Gegend sitzen da rum, schaufeln riesige Berge Schweinefleisch und dergleichen in sich rein, und das ganze Zeug wird von Mexikanern zubereitet und serviert. Und sie erzählen sich allen möglichen Schmu auf deutsch. Und tun so, ob Sie's glauben oder nicht, als wären sie in Mexiko geboren oder hätten in allen möglichen Widerstandsgruppen mitgekämpft. Ich meine, klar, es soll auch den einen oder anderen alten Juden hier geben, und den einen oder anderen verstoßenen Aristokraten, auf welcher Seite er auch immer gestanden haben mag, und vielleicht hat der eine oder andere von denen auch tatsächlich mal ein Streichholz an den Berghof auf dem Obersalzberg gehalten oder sonstwas gemacht. Aber das gilt logischerweise für die wenigsten von denen. Jede Menge gefälschter Papiere in dem Laden, jede Menge gefälschter Lebensläufe. Aber wer immer diese Leute früher mal gewesen sind, jetzt sitzen sie dort beisammen und vermissen alle dasselbe, die einzig guten Backwaren auf der Welt, die einzig guten Straßen auf der Welt...»

Mark nickte. «Oh, Fremdheit», sagte er. «Unverständlichkeit.»

Während er und Jean die Gläser hoben und sich zuprosteten, sah sie ein kleines Häuflein – durchsichtige, gallertartige zerfetzte Brocken. Erinnerungen, herabgefallen vom Stacheldraht unter einer winzigen ölfarbenen Sonne. Ein kleines Häuflein, das auf dem vereisten Boden langsam wuchs, während eine Prozession von Zitternden, nackt und verzweifelt wie Engel, hinter dem Stacheldrahtzaun vorbeizog, wo bedeutungslose Erinnerungen Gestalt annahmen. «Na ja.» Jean schloß die Augen. «Verzeihung, noch eine dringende Frage – was hat *Sie* eigentlich hierhergeführt?»

«Oh, mich?» Mark schüttelte den Kopf. «Also, mich. Na ja, sagen wir... Tja, wer bin ich, was mach ich hier, was – hmm. Na gut, ich habe studiert. Ingenieur, was nicht ganz so lächerlich... Aber dann war ich fertig, und mir wurde klar, mein Gott, na ja. Das ist mein *Leben*, was ich bis dahin noch nicht so richtig kapiert hatte. Und dann starb ungefähr zur gleichen Zeit auch noch mein Vater. Und mir wurde klar, daß ich nicht allzuviel über ihn wußte. Und alles was ich nicht wußte, *existierte* mit einemmal nicht mehr. Und was noch existierte, das waren irgendwelche harmlosen Sachen, die ich zufällig wußte ... Und alles *verflüchtigte* sich von der Erdoberfläche, flog einfach *weg*... und ich wußte nicht, wie ich... Aber alle halben Sachen erschienen mir sinnlos. Also fing ich an, hektisch durch die Gegend zu rasen, schätze ich. Eine Zeitlang ging ich auf Lachsfang. Für große Firmen, vor der Küste von Alaska.» Er sah sie an. «Es ist unvorstellbar hart...»

Sie nickte.

«Und dann hab ich auf Ölfeldern gearbeitet. Am Amazonas. Was ehrlich gesagt auch kein Zuckerschlecken ist.» Er starrte auf die kleine Steinfigur auf dem Tisch. «Na ja, dafür ist mein Spanisch ganz passabel. So.»

Er sah wieder aus der Verandatür, und seine Gedanken gingen auf Reisen. «Wo haben Sie die letzte Nacht verbracht?» fragte Jean ruhig.

Er stieß einen gewaltigen Seufzer aus und entspannte sich. «Oh, ich hab mich im *El Parque* einquartiert. Ein wahnsinnig eleganter Laden. Ich meine, das Zimmer ist ziemlich primitiv, abgesehen von den Kakerlaken. Die Kakerlaken – meine Güte, hochentwickelt. Aber ich habe einen tollen Blick. Ich sehe direkt raus auf den Platz. Heute morgen bin ich also raus zum Markt, um Orangen und Brot zu kaufen, und dann bin ich wieder rauf und hab auf meinem Balkon gefrühstückt.»

Jean lehnte sich zurück und lächelte.

«Der Platz», sagte er. «Der ist echt...»

«Faszinierend», sagte sie. «Ich weiß. Und das Erstaunliche ist, daß er sich nie verändert. Er ist absolut ewig. Tag für Tag, Jahrzehnt für Jahrzehnt. Die Kinder, die alten Leute, die Kapelle in der Konzertmuschel, die Blumen, die Springbrunnen... Nur daß die Kinder immer neue Kinder sind, und die alten Leute sind immer wieder neue alte Leute, und die Blumen sind immer neue Blumen... Die Sonne geht auf, die Sonne geht unter – all die Jahre, und es ist uns nie langweilig geworden...»

«Wie viele Jahre?» Mark beugte sich vor. «Wenn ich fragen darf.»

Jean betrachtete ihr Glas – die Antwort schien wohlig auf dem Grunde ihres Drinks zu schlummern. «Tja», sagte sie bedächtig, «es läßt sich nicht leugnen. Wir sind in den Fünfzigern hergekommen.»

«Mm», sagte er mit einem so absurden Ausmaß an Takt, daß sie laut auflachte.

«Ja, vor Hunderten von –»

«Nein, ganz und gar –»

«Oh, die wirkliche Zeit beginnt immer mit dem Jahr der Geburt», sagte sie. «Jedenfalls geht es mir so. Wie auch immer, viele von uns sind damals hergekommen. In den Staaten passierten schreckliche Dinge. Vergleichsweise subtil, aber trotzdem...»

«Oh, stimmt», sagte er. «Meine Mom und mein Dad haben

mir davon erzählt. Alle sollten genau gleich aussehen, und alle mußten total glücklich sein...»

«Ja...» sagte sie. «Also, hören Sie, Mark. Wahrscheinlich wissen Sie nicht viel darüber, aber damals gab es eine vergleichsweise sanfte antikommunistische Säuberungswelle... Also, kein Mensch lief rum und brachte andere Leute um, alles war sehr nebulös und hinterhältig. Im Grunde war es eine Art Warnung. Hinterher lachten alle darüber, wie absurd das Ganze war, aber ich kann Ihnen sagen, Mark, die Leute benahmen sich weiterhin sehr, sehr vorsichtig. In dem, was sie taten, und in dem, was sie dachten, und das alles, ohne sich zu erinnern oder genau zu wissen warum.»

Er sah sie von der Seite an, als könnte er ihr durch Blicke allein ihre Gedanken entreißen. «Ja», sagte er. «Oh, übrigens, ich hatte einen Vetter oder so. Nein. Der Onkel meiner Mutter, Frank hieß er, hat sie gesagt. Sie war immer noch total wütend. Das FBI kam zu ihm nach Hause, und er war seinen Job los. Dabei» – Mark sah Jean überrascht an, als wäre er es, der die Geschichte zum erstenmal hörte – «war er gar kein *Kom*munist. Er war *Kla*rinettist.»

Jean sah ihn an. «Oh, ja. Sicher. Na ja, damals war Mexiko ein sehr schillerndes Land. Wissen Sie, all dieser Glanz, der von Ort zu Ort aufscheint. Mein Gott, Mexico City – Sie können sich gar nicht... So prunkvoll. Und hübsch und elegant. Und das ganze eigentümliche, wunderbare Land. Wie die Namen in unseren Ohren klangen – Chiapas, Cuilapan, Patzcuaro, Tepotzlan, Ixtlan del Rio... Stellen Sie sich mal vor, was für ein Gefühl das war – an einen Ort zu kommen, wo solche Worte noch lebendig waren! Und all die frischen Erinnerungen an Banditen-Heilige und Campesino-Intellektuelle und diese verrückten Maler-Revolutionäre. Und wilde Gestalten aus allen Ecken der Welt, diese Leute, die irgendwohin gehen, um ganz von vorne anzufangen... Die verschiedensten Typen waren hier, als wir zum erstenmal herkamen. Diese eine Frau zum Beispiel – eine Art russische Zigeuner-Jüdin, erstaunliche Mischung. Sie kam auf einem Pferd. Und wahre Fluten von rotem Haar. Die Männer schossen einander reihenweise über den Haufen...»

Mark nickte ehrfürchtig.

«Langweilig, langweilig», sagte Jean. «Ich weiß. Mein Gott, nicht mal mehr *Filme* kriegen wir hier zu sehen. Die Währung ist so kaputt, daß sie nicht mal mehr Filme importieren können.» Sie legte sich die Fingerspitzen auf die Augen; wenn sie bloß das *Reden* lassen könnte, vielleicht würde er dann...

«Mexico City –» Aber da war schon wieder seine Stimme. Sanft, unerbittlich. «Mexico City ist ziemlich schwierig geworden, kann ich mir vorstellen.»

«Die Sache ist –» Jean sah ihn an. «Vor einer Woche oder so ist sie *gestorben*. Hat uns zufällig jemand erzählt. Wir haben nur noch selten von ihr gehört. Sie hat getrunken. Ich meine, sie war alt – ganzes Stück älter als... als wir. Aber, ich meine, sie ist gestürzt. Sie ist die Scheiß-*Treppe* runtergefallen.»

Mark wurde rot. «Oh, Mann, das ist –»

«Höhere Gerechtigkeit», sagte Jean. «Na ja, schwierig, schwierig. Ja, schwierig heutzutage, Mexico City. Wir haben natürlich alle da angefangen. Dann sind die meisten unserer Freunde wieder raufgegangen, aber ein paar sind auch geblieben, und wir sind hier runter. Wir haben lange mitten in der Stadt gewohnt. Unser Freund Corrigan – der Typ mit den Masken? – wohnte direkt neben uns. Dann ist er in die Gegend hier gezogen, lange vor uns. Jetzt lebt er mutterseelenallein irgendwo weit weg in der Einöde. Er hat natürlich nicht das Gefühl, daß er mutterseelenallein ist – er hat einen von diesen gräßlichen kleinen, diesen Hunden. Ein Esquintle, so heißen die Viecher.»

«Oh, ja», sagte Mark. «Einen von denen –»

«Er behauptet, das Vieh sei aztekisch, und darum spricht er nur Nahuatl mit ihm.»

«Oh.» Mark runzelte die Stirn. «Das ist witzig.»

«Witzig», sagte Jean. «Also, Mark. Ich mach mir noch so einen köstlichen – Was ist mit Ihnen? Noch ein bißchen Lekker-lecker-Sprite?»

«Tja. Hätte nichts dagegen –» Er reichte ihr sein Glas und zuckte heftig mit den Augenbrauen.

«Ein solches Talent», sagte sie. «Es ist allerdings ein paar Jahre her, seit wir ihn das letztemal gesehen haben. Ich meine, ich bin sicher, daß es ihm gutgeht. Immer auf der Höhe seiner... Wir haben gehört, daß er jetzt versucht, seinen Strom selbst zu erzeugen. Wahrscheinlich aus alten Socken oder so.»

Einen Moment lang teilte sich ihre Stimme in verschiedene Lagen, und es entstand ein Akkord anderer Stimmen, die den Raum füllten. Dann senkte sich ein blendendes Wüstenlicht herab, und in dessen völliger Stille ging und ging und ging die winzige, ferne Figur Corrigans dahin... Jean schloß die Augen. «Als wir ihn das letzte Mal sahen, hat er auch noch versucht, ihm Mixtec beizubringen.»

«Bitte?» sagte Mark.

Jean schüttelte den Kopf.

«Diese Sterne...» Er stand auf und ging zur Verandatür.

Jean sah, daß keinerlei Dunst in der Luft lag, keinerlei Weichheit. Die Sterne funkelten hell und klar vor einem pechschwarzen Hintergrund, als wäre es ihr letzter Auftritt.

«Eigenartig», sagte er. «Wie Leute auf die Idee kommen, daß diese Dinger bestimmen könnten, was hier unten geschieht.»

«Daß überhaupt irgendwas bestimmen könnte, was hier unten geschieht», sagte Jean.

Er stand da und sah hinaus in die Nacht. «Wer sind diese Frauen in Rot?» fragte er.

Jean stand auf. «Die Frauen...»

«Nein, das meinte ich nicht», sagte er. «Nicht –»

«Oh –» Sie ließ sich wieder aufs Sofa plumpsen.

«Nicht hier – ich meinte die Frauen auf dem Platz, in diesen langen roten –»

«Ja, ich dachte, sie wären –»

«Nein, tut mir leid, bloß – ich hab sie den ganzen Tag beobachtet. Wie sie dahingleiten. Über den Platz. Ich kann mir nicht vorstellen, wer –»

«Ja», sagte sie. «Indios. Das sieht man sofort.»

«Sie sehen aus... Sie sehen nicht ganz echt aus –»

«Nein, nicht ganz echt. Eine Gruppe von Tzotsils, aber ich weiß nicht... Sie stammen ursprünglich nicht aus dieser Gegend; sie wirken irgendwie... na ja, ‹fehl am Platze›, sagen die Leute... Meine Güte, Leo hat irgendwann mal wunderbare Bilder von ihnen auf dem Platz gemalt. Ich frage mich –»

«Die würde ich zu gern mal sehen.» Mark blinzelte heftig, um die schwirrende goldene Lichtmasse in der Mitte des Raumes mit Blicken zu durchdringen.

«Ah, tja», sagte Jean. «Hier sind sie nicht, auf gar keinen Fall.» All ihr Gerede an diesem Abend; diese Geräuschkulisse. Und jetzt hatte sie dem Jungen wahrscheinlich auch noch nahegelegt, daß er wiederkommen solle. Um sich noch mehr von ihrem Gerede anzuhören, noch mehr von dieser Geräuschkulisse. «Ich glaube, ehrlich gesagt, Leo hat den ganzen Krempel ausgemistet, als er das Malen aufgab.»

Mark setzte zu einer Bemerkung an, hielt dann aber inne.

Jean zuckte die Achseln. «Er hat nicht geglaubt, daß er je gut genug werden würde», sagte sie klar und deutlich.

Nach einer Weile begann Mark wieder zu sprechen. «Das ist sehr mutig», sagte er.

«Finden Sie?» sagte Jean. «Ach, wissen Sie. Mutig, feige, wer kann das schon sagen. Es ist Leo im Grunde nicht sehr schwer gefallen, das Malen aufzugeben. Er hat einfach aufgehört, so wie ich weitermache. Es gibt verschiedene Arten, an Dingen festzuhalten. Unser Freund Corrigan zum Beispiel. In gewisser Hinsicht ist er der habgierigste Mensch, der mir je begegnet ist. Wenn er irgendwas sieht, was ihn interessiert, eine Maske zum Beispiel, oder eine von diesen Figuren wie die, die da auf dem Tisch liegt, dann tut er alles, um es zu kriegen. Aber bei der nächsten Gelegenheit verschenkt er es wieder. Im Grunde macht es Leo Spaß, Dinge aufzugeben. Es ist für ihn eine Art Pflichterfüllung, schätze ich. Er ist nie so glücklich wie in dem Moment, wo er etwas aufgibt oder hinter sich läßt.» Jetzt, da Jean sich diesen Satz sagen hörte, klang er hohl in ihren Ohren, oder oberlehrerhaft. Stimmte das, fragte sie sich. Hatte es je gestimmt? Oder war es eher eine von den Wahrheiten, mit denen Leo und sie sich eingerichtet hatten?

Mark sah sie eindringlich an. «Sagen Sie mir eins», sagte er. «Denken Sie je darüber nach zurückzugehen?»

«‹Zurück›», sagte sie. «Und was soll das heißen, ‹zurück›?»

Wie viele Spezies verschwanden jeden Tag, für den Augenblick, für immer? Es gab erschreckende Statistiken darüber – vierhundert pro Jahr sollten es früher gewesen sein, hatte sie irgendwo gelesen; und jetzt waren es mehrere hundert täglich. Und Legionen von Botanikern, Zoologen, Anthropologen und wer weiß was schwärmten mit allen möglichen Instrumenten über den Globus und flehten zu Gott, sie doch nur einen einzigen seltenen, kostbaren Organismus entdecken zu lassen, den sie beim Aussterben beobachten konnten. «Oh, natürlich ist die Vorstellung, irgendwo eine Art ‹Zuhause› zu haben, zu dem man zurückkehren kann und das dem Leben einen irgendwie selbstverständlichen Sinn gibt, wunderbar und ausgesprochen verführerisch. Und ich würde sagen, Leo und ich waren immer stolz darauf, dieser Versuchung widerstanden zu haben. Denn ein *Ort* – ich meine, was ist das schon? Ein Ort. Etwas, das man verläßt, etwas, wohin man kommt; hier oder dort, ‹Zuhause› oder ‹Fremde› – letztendlich basiert das alles auf einem gigantischen Mißverständnis.»

Aber stimmte das, was sie da sagte? Chiapas, Cuilapan, Patzcuaro, Tepotzlan, Ixtlan del Rio – antike Fragmente, bestrahlt von einem antiken Licht. Ja, was Leo und sie hinter sich gelassen hatten, war mit ihrer Abreise verblaßt, und was sie hier gesucht hatten, war ebenfalls verblaßt. Verblaßt, verschwunden – nicht in die Vergangenheit oder in eine aufgegebene Domäne der Phantasie, sondern in die Zukunft. In die Zukunft. Anzeichen für eine Kontinuität, für eine flüchtige Präzision würden sich ohne vorherige Ankündigung einstellen: eine kurze Verdichtung des Nachmittags in schweren goldenen Formen; ein Gesicht wie ein Schlüssel, flüchtig erspäht auf dem Markt; ein vollkommenes, bebendes Gleichgewicht auf dem Platz, für einen kurzen Augenblick wahrgenommen von einem Balkon aus... Verheißungen.

Hier rochen die Nächte noch immer nach Honig. Jean war noch immer durch das Geschrei eines *burro* in der Nachbarschaft zu beglücken. Damals, als Mexico City hinter ihnen verblaßt war und sie hierherkamen, hatten die Nächte immer nach Honig und Holzrauch gerochen, und die Tage nach Schokolade, Erde und Pfefferschoten – nach prächtigen *anchos* und *poblanos* in Säcken auf dem Markt. Wie sauber damals alles gewesen war! Nach der Revolution waren die Campesinos ärmer denn je. Sie trugen Weiß damals; auf den Feldern waren die grobgewebten Stoffe meilenweit zu sehen gewesen. Man wurde vom Hahnenschrei geweckt, und in den Kirchhöfen blühten Kakteen. Dann sickerten Giftstoffe von neuen Industrien und Autoabgasen in den Boden, zerfraßen die Organe der Kinder. Eine mörderische Armut folgte auf die andere. Flüchtlinge tauchten auf, Indios auf der Flucht vor Internierung und Mord in Guatemala und vor den heimlichen Kriegen hier draußen in der schweigsamen Wüste. Corrigan war es, der ihnen immer wieder von Feuergefechten berichtete. Bisweilen gingen in der Stadt Gerüchte um. Alicia, die für sie kochte, oder Ramón, der die großen Krüge mit Trinkwasser brachte, ließen entsprechende Bemerkungen fallen. Hin und wieder hieß es, jemand sei verschwunden – jemandes Vetter, jemandes Sohn... Die Tzotsil-Frauen glitten in ständig wechselnder blutroter Formation auf den weißgetünchten Gehwegen über den Platz. Sie näherten sich, wenn man am Brunnen unter den majestätischen Palmen saß. Sie streckten die Arme aus. Ihre Stimmen waren kaum zu hören. Sie sahen durch einen hindurch, sie sahen etwas, was in weiter Ferne geschah. Die Touristen ließen kleine Beträge in ihre ausgestreckten Hände fallen, geblendet von der Schönheit ihrer Gewänder und ihrer ausgezehrten, überirdischen Gesichter. Wer waren die Frauen in Rot, wollten sie wissen. Man zuckte die Achseln: Es waren Witwen.

Jetzt häufig – Geflüster über Spezialeinheiten, die in der Wüste stationiert seien. Manchmal hörte man nachts ganz schwach einen sirrenden Ton wie von einer Kugel, die von Stein abprallt – «War das das Telefon?» sagte Jean.

«Nein», sagte Mark.

«Ah», sagte Jean.

«Ja.» Er stand auf. «Es ist spät. Ich werde Sie jetzt allein lassen.» Seine sanfte Stimme schwebte an ihrem Ohr wie die eines Priesters. «Ich danke Ihnen, Mrs. Soyer, Sie waren sehr –»

«Jean», sagte sie. «Nichts zu danken.» Sie schloß die Augen, und wieder war der Raum von grellem Wüstenlicht erfüllt. Warum war sie heute morgen nicht mit ihm mitgefahren? So lange her, die grelle Sonne. Die Tzotsil-Frauen würden jetzt, gehüllt in ihre roten Tücher, im Halbschlaf vor sich hindämmern. Schacht tränke seinen letzten Tequila, während er hinaussah auf den dunklen Platz. Und da oben – die drohende Erstickung in betäubtem Schlaf? Rasche Schritte auf dem Korridor? Was immer auch geschah, dort, in dem weißen Bett, sie würde am Morgen aufstehen, sie würde ins Geschäft gehen. Sie würde nach Hause kommen und essen, was Alicia zubereitet hätte, sie würde einen Drink nehmen, die Sterne betrachten... Inmitten all des Sonnenlichts war der Gedanke lächerlich gewesen, mitfahren zu wollen. Lächerlich und unbedacht, denn allein schon die bloße Beunruhigung hatte etwas Bösartiges. Gestern hatte er sich den ganzen Tag seiner kleinen Pflichten in Haus und Garten angenommen. Selbst heute morgen noch. Er hatte von seiner Gartenarbeit zu ihr aufgeblickt und die Hand zum Schutz gegen die Sonne über die Augen gehalten, während der Hohlspatel noch in der Erde steckte –

«Also dann.» Diese weiche Stimme. «Nächste Woche.»

«Nächste Woche...» wiederholte Jean, aber einen Augenblick lang wußte sie nicht, wovon der Junge sprach.

Quellennachweis

«Zerbrochenes Glas» («Broken Glass») wurde dem Band *Transactions In A Foreign Currency* entnommen; «Im Schutz der 82. Luftlandedivision» («Under The 82nd Airborne») und «Semana Santa» («Holy Week») stammen aus *Under The 82nd Airborne*; «Über den See» («Across The Lake»), «Jemand zum Reden» («Someone To Talk To») und «Im Paradies des Regengottes» («Tlaloc's Paradise») erscheinen hier erstmalig.